こ、こんなイケメンが
私の幼馴染みで
婚約者ですって？
さすが悪役令嬢、それくらいの器じゃなければ
こんな大役務まらないわ

MELISSA

こ、こんなイケメンが私の幼馴染みで婚約者ですって？さすが悪役令嬢、それくらいの器じゃなければこんな大役務まらないわ

夏の葵

Illustrator
すらだ まみ

この作品はフィクションです。
実際の人物・団体・事件などに一切関係ありません。

こ、こんなイケメンが私の幼馴染みで婚約者ですって？
さすが悪役令嬢、それくらいの器じゃなければ
こんな大役務まらないわ

MELISSA

プロローグ

　ふかふかの絨毯《じゅうたん》に、猫科を連想させるしなやかで筋肉質な身体《からだ》を押し倒して、その股の間にあるものを下衣越しに靴の踵《かかと》で踏みつける。

「んっ……」

　一緒に床に転がった青い繻子《しゅす》のクッションに負けないくらい、真っ青な宝石のような瞳《ひとみ》がぎゅっと閉じられ、長い憂《うれ》いのある睫毛《まつげ》が影を落とす。ふっくらした形の良い唇はきゅっと引き結ばれて、屈辱に耐え兼ねるように後頭部は床に擦りつけられ、美しいキラキラの金髪が乱れるその様は、この世のものとも思えないセクシーさで。

　それを見下ろす私は、泣きそうだった。

　この国で最も敬うべき一国の王子様を、あろうことか床に転がし、黄金色に輝いているであろうシャンデリアをありえない角度から見上げさせて。ふてぶてしく腰に手を当て、さも可笑《おか》しそうに見下ろすビッチな婚約者の私。

　大切な次期国王を生産する場所である、国の宝とも言える大事な秘所を足蹴《あしげ》にするなどという、無礼極まりない行為。

　祈るように、胸で呼吸する。

　お願い、早く怒って？　今度こそ、大嫌いになって。

　ビッチなお前の顔なんて、もう金輪際《こんりんざい》見たくないって言って。婚約は破棄するって。

　私はこの世界で、婚約者に嫌われて婚約破棄してもらわないとならない。

　ただでさえゲームが苦手な私なのに乙女ゲームなんてわけがわからない、攻略なんてできるわけない。とにかく可愛《かわい》いメインヒロインに出会って、恋愛して相思相愛になる、乙女ゲームってそういうものなのよね？

そのために悪役なのだろう私はストーリー通りに女王様ビッチキャラを演じて、王子様にＳＭプレイを仕掛け、こんな婚約者に辟易《へきえき》してもらおうとしているのだけど……。

ふかふかの絨毯の上で、ジノンの一瞬苦しそうに瞼《まぶた》をぎゅっと閉じて身動《みじろ》ぎする露《あらわ》になった喉と、きゅっと引き結んだ唇の膨らみが本当にセクシー。

「いたた……」

「あ……」

思わず心配そうに瞳を潤ませ見下ろす私と、宝石のように煌《きら》めく青い瞳を開けて見上げるジノンの目が合う。

どくんと私の胸が苦しくときめく。

ジノンはゆっくりと上体を起こしている間も、私を上目遣いでじっと見つめている。その視線は、小動物を捕獲するハンターのように注意深い。

そうっと股の間に目をやって、また、そうっとジノンを見下ろす。できるだけ、そうっと踏みつけたはずだけど。

痛い？　と口をついて出そうになるのを、冷や汗を感じ狼狽《うろた》えながら押し止《とど》める。せっかく痛い思いをさせてまで決行したのに、それでは水の泡になってしまう。

するとジノンはゆらりと微笑《ほほえ》み、口を開いた。一瞬不敵そうな表情に見えたのは、気のせいなのか？

「いいよ？　リシェリ。気持ちいい……続けて？」

「ええっ」

想定外のその言葉に、思わず私はひゅっと息を呑《の》む。

「次はどうするつもりだった？　リシェリ……」

「……ど、どうって……」

「付き合ってやるよ。さぁ？　俺をどんな目に遭わせて、どう思わせたかったんだ？」

ジノンは額を私の胸元に擦り寄せると低く掠《かす》れた声で囁《ささや》き、至近距離で私を見上げてくる。その両手首は、抵抗できないように縛られているのに。弄《もてあそ》ばれ、蹂躙《じゅうりん》され、いたぶられ、泣き喘《あえ》がせて。こんなビッチとはもうやっていけない、婚約破棄だと言わせるのは私であるはずなのに。

「ほら、早く……？」

そう言いながら、ジノンは縛られた両手首の輪の中に私の頭を通し、肩の上で着地した両腕で私のうなじを引き寄せて悩殺するかのような真っ青な瞳を細め、首を傾《かし》げた。キスをこれからするみたいに。

チュートリアル

一

「お前じゃ勃《た》たない、王妃になるならない以前の問題だ。だから今のうちに婚約は……、聞いてるのか？」


気がついたら、私はざわめく木々が揺れる中にいて。

すぐ目の前の小道を歩いているはずの少年の声が、不思議なくらい遠くに聞こえていた。

バクンと心臓に衝撃を受けると途端に呼吸が苦しくなり、冷たい汗が一気に迸《ほとばし》るように全身から吹き出していく。

目の前の輪郭が黒く塗り潰されたように狭くなり、ああ、眼孔を内側から見るとこうなるのね？とおかしな思考が一瞬脳裏を掠《かす》める。

「……どうした？　大丈夫か？」

「いえ……」

ぐにゃりと目の前が歪《ゆが》んでいく中で、こちらを振り返ったキラキラの金髪が陽射《ひざ》しを受けて眩《まぶ》しく光り、続けて目に飛び込んでくる真っ青な瞳《ひとみ》の力強さに、胸を掴《つか》まれてそのまま吸い込まれそう。

（誰《だれ》……？）

それに。

（どこ？　ここ……）

でも、それどころじゃなかった。胸が、本当に苦しい。何？　なんでこんなに、苦しいの？　何が起きてるの？

（もしかして……）

死んでしまうかもしれない、と不安が背後から波のように打ち寄せて、泣き出しそうにくしゃりと頬《ほお》が歪む。

目の前の少年が目を見開いて驚き、サッと両手を差し出して私の崩れ落ちていく両腕を掴んで支えてくれる。

でも。心臓が尋常じゃないほど、どんどん大きく打ってくる。身体《からだ》の力が抜けていく。

「だめ……助けて……」

ドサッと大きな荷物が落ちるような音がして。

ふわりとした感触に包まれたまま、目の前が真っ暗になった。

「……ん……」

うっすら重い瞼《まぶた》を開けると、うすぼんやりとした霧の中にいた。ふわふわと空中に浮遊しているような背中の感覚に、違和感を感じて目を凝らす。

「何……ここ……」

本当に雲の上に寝転んでいて、悪い夢を見ているような余韻に包まれ、飛び起きた。

「目が醒《さ》めた？　ちょっと、起きたわよ？　私が」

「え？　何、これ……」

目の前に、私がいる。

鏡じゃない。私が今着てる、服が違う。そう思って自分を改めて見下ろすと、私がこれまで袖を通したこともないような、ウエストできゅっと締まったスカートがふわふわのシャンパンブルーのドレスを着ている。何故《なぜ》か胸元で揺れている波打つ髪は、きらめくようなプラチナブロンド。

「何、これ。夢？」

茫然《ぼうぜん》と呟《つぶや》く私の目の前で、腰に手を当て首を傾《かし》げているのは紛れもなく、私だ。私でしかない。

この前美容室に行ったばかりで、可愛《かわい》いピンクブラウンにカラーリングして緩いパーマをかけたセミロングの髪が、いい感じにツヤツヤとしている。

すっぴんであどけない顔の私が、私に向かって上から目線の目つきと口調で呟くという驚きの光景に、息を呑《の》む。

「まぁ、そのようなものね。意識を失ってから、あなたはまだ眠ったままなのよ。えーと……」

「凛《りん》」

「ああそう。りん、ね。私はリシェリ。よろしく、凛。と言っても、もう身体が入れ替わってしまってるけど。もうこれからは、あなたがリシェリで私が凛よ」

「リシェリ……て？　何、言ってるの？　ここはどこ？　意識を失ってるって……？」

「ちょっと。説明してよ、早く」

腰に手を当てたまま、後ろを振り返っている私（の姿をしている人）は誰かに先を促すようにして。

促され仕方なさそうに渋々前に出てきたその人は、光に包まれたまるで神父みたいな姿をしていた。

「え？　私、死んだの？　ここ、天国？」

「いえ……ここは、あの世とこの世の中間地点、といった場所です」

光に包まれてひたすら眩しいその人は、一斉に鈴が鳴るような倍音《ばいおん》で言葉を発する。

「あなた、神様?」

「まぁ、そうですね。創造の源……とでも言いましょうか、そのような存在のうちの一つです」

「そんな人が何故ここに? 私とこの目の前の私は何? 何が起こったの?」

「そうですね、あなた……凛とリシェリは詳しく言うと、亡くなったのです」

「ええ!? さっき、死んだ? って聞いたら、否定してなかった?」

「亡くなったのは亡くなったんですが、そのあとすぐに生まれ変わったんです。ただし、お互いの身体に入れ替わる形でね。これも転生の一つの形なんですけど」

「ちょ、ちょ、ちょっと、待って」

「取り乱す気持ちはわかりますが、ひとまず落ち着いて。ちゃんと説明しますから」

光の存在は、困ったように肩を竦《すく》めたように見えた。

「お二人は亡くなったのは亡くなったんですよ、それぞれがこれまで暮らしていた世界で、一度はね。輪廻転生《りんねてんせい》って聞いたことがありますか?」

「まぁ。そんな詳しくないけど」

私は胡散臭《うさんくさ》そうに目を細め、その先を待つ。

「魂はいったん亡くなったら天国へ召されて、しばらく休養するものなんです、大抵の場合はね。でも最近よく起こっていることなのですが、すぐに生まれ変わって、また新たに人生を生きることを選ぶ方々が増えました」

「……はぁ……」

なんか嫌な予感がしてきた。聞いたことあるような、大抵、妹のこころか親友のユキネの読んでたライトノベルの話だ。

「で、大抵は母親のお腹《なか》の中に、空から魂を吹き込んで誕生するんですけど。お二人のようにあくまで心臓だけ止まって身体が健康体であれば、魂がその身体を選ぶのも最近、流行《はや》っているんです。その、天界ではね」

「流行ってるって……」

神様のくせに拍子抜けするような表現をされて、私は愕然《がくぜん》とする。

「本当なんですよ。でも、今生まれた身体だろうが、これから生まれる身体だろうが、とっくに生まれた身体だろうが、身体は身体でしょう？　その辺り、魂はこだわらないんです」

「え？　じゃあ、私はまた元の身体に戻ればよかっただけだったんじゃないの？　この人も。何で入れ替わってるの？　元に戻せないの？」

「それは……」

「んんっケホッ……」

何か言い掛けたその言葉を制して、私（の姿をしたリシェリ）が強引と言っていいくらいの剣幕で、間に割り込んでくる。

「ムリよ。諦めなさい、リシェリ。あなたはこれからは、リシェリとして生きるの。私は凛として、ちゃんと人生をまっとうしてあげる。今だって上手《うま》くやってるわ、あなたの代わりに」

「ええ～？」

「あなたが丸三日今も眠りこけている間に、私はすっかりあなたの世界もある程度把握して、これからの人生設計もほぼ考えてあるわ。あなた、保育士になるために今の大学に入ったそうね？」

「……そうよ？　子どもの頃からの夢だったの」

「悪いけど、一流大学に受験し直して、一流企業に就職して、世界中を旅して、いんふるえんさーになって一財産築き上げてみせるわ。私の頭なら造作もないことよ。そして自由に恋愛して気儘《きまま》に暮らすの。ずっと夢だったのよ。リシェリの世界では考えられなかったことだわ。本当に嬉《うれ》しいの。ありがとう、凜」

「いえいえ……どういたしまして……？　いや、てか私は？」

びっくりするような人生設計に呆気《あっけ》にとられた私を見て、目の前の私（の姿をしたリシェリ）はにっこりと満面の笑みを浮かべた。

「あなたはね、エルランドの公爵令嬢として、何不自由ない最高の人生を送るの。結婚相手は大国の王子様よ？　あなたは王妃になるの。どう？　夢みたいでしょう？」

それを聞いて、私は仰天する。

「王妃ぃ？　王子様と結婚？」

「そうよ？　私は自立心が強すぎて王妃なんてものは窮屈でしかないけど、あなたのようなタイプなら大丈夫、一生楽して生きていけるわよ？　保育士が夢なんて最高だわ。王妃はできるだけ多くの世継ぎを産み育てることが求められるから、子どもが好きなあなたにぴったりじゃない」

何かもうプレゼンする営業部員みたいな私（の姿をしたリシェリ）の佇《たたず》まいに、何がなんだかもうわけがわからない。ただただ圧倒され、言葉も出ない。ダメだ、思考回路が追いつかない。

泣きそうな顔で神様だと言う光に包まれた、うすぼんやりとした神父みたいな人に助けを求める。

「うん……とりあえず凜、まずは目を覚ましましょう。転生先で上手くやっていけるかどうか見極めるために一週間、時間をあげます。その間よく考えて、もう一度一週間後、ここで会いましょう。リシェリも一緒にね」

神様はそう言うけれども、リシェリ（どう見ても私の姿だけど）は一瞬くっと顔をしかめ。やがて諦めたように私に向き直った。

「凛」

「はい？」

「私の部屋の机の一番上の引き出しの中に、私の日記帳が入ってる。鍵《かぎ》はオルゴールの中。見てもいいわ。それを読んでこれからのこと、真剣に考えるのね」

「日記を見てもいいの？」

「いいわよ。私は、それ以上のあなたのすごいもの、見たもの」

「え？　……ええ⁉」

その言葉に今日一、いや人生一、私はサッと青ざめた。も、もしや。

もしかして……。嘘《うそ》だよね？　嘘と言って……。

「私だけじゃなくて、あなたの母親や妹も見たわよ？」

なんということだ。

「も、もしかして、スマホのこと？」

「すまほって言ったかしら？　このくらいの、便利な魔道具」

「魔道具じゃないし……なんで……パスワードかけといたのに……」

「なんか？　指紋？　気を失っている間に、この指で中を開けて見たそうよ。そりゃそうよね。あんな裸同然の格好でぐっしょり下着を濡《ぬ》らして倒れてたら、何を肴《さかな》にして気をやったのか知りたくもなるでしょ。まあ、あんな、破廉恥《はれんち》な……」

「わあああああああ‼」

雲を突き抜けるほどの絶叫に、二人は度肝を抜かれフリーズしている。

「心臓が止まったって、心臓が止まって死んだって、それって、もしかして……」

わなわなと小刻みに身体が震えてくる私に、神様は決まり悪そうに苦笑いをして。

「そう……腹上死の……一人バージョンと言うか……心臓に大きな負担をかけることには、違いないからね」

なんということだ。指紋認証のことを忘れていた。地獄だ。地獄でしかない。

顔から火を出して悶《もだ》えている私に、リシェリは同情するように肩を竦めてみせる。

「大丈夫よ、私も同じようなものだから」

「……?」

「私も、恥ずかしい思いをしたのは同じ。すまほの中身とあなたの自慰の事後を、あなたの代わりにあなたの家族に見られるくらい、私の恥に比べたらなんてことなかったわ」

「もう、やめて……いいから、その話は……」

「オトゲーっていうやつね、あなたの妹が嵌《は》まってる」

急に思ってもみないことを言い出したリシェリに、私は眉を顰《ひそ》めた。

「オトゲー?　あ、乙ゲー?」

「そうそれ。あなたの妹から、あなたはオトゲーをやったことがないって聞いてるけど。ゲームの話というか内容は、だいたいわかってるらしいわね?」

「こころがプレイしてた、いちゃラブのやつ?　去年から毎日うるさいくらい報告してくるから、だいたい知ってると思うけど……それがどうしたの?」

するとリシェリは黙ってしまった。

ややあって、口を開く。

「すぐわかるわ。じゃあまた一週間後、会いましょう」

****

瞼の裏でゆるゆると虹色の明るい光を感じ、瞼をうっすら開けていくうちに、それは陽射しなのだと気づく。

ふわふわの布団やクッションの感触を背中や胸に感じ、かくんと頭が動いた瞬間に、後頭部を支える肌触りの良い枕からふわりと花の香りがした。

瞳を開けて見えたものは、陽射しが燦々《さんさん》と薄いピンクのレースのカーテンから入り込んでくる片側一面のガラス窓。すごい開放感。広い天井に、キラキラしたシャンデリアがぶら下がってる。

薄いピンクの壁紙、わぁ、この色すっごく可愛い。手元の白のレースの布団カバーも、可愛すぎる。好み。

ぽけーと寝惚《ねぼ》けた頭でそんなことを考えていると、足元でもぞもぞとした擽《くすぐ》ったさが迫《せ》り上がってきて、思わずぱちりと両目を開け、飛び起きた。

バチッ

小さな男の子と、ばっちり目が合う。

布団の掛けられた私の足にしがみついていて、急に私が動いたことにびっくりしたらしい。私と小さな男の子は目を合わせたまま、一、二秒静止していた。

「あっ……レディ！　気がつかれましたか？　ワンダ様、ワンダ様！　レディが目覚められました！」

頓狂《とんきょう》なその声に驚いて私がパッと顔を上げるのと、小さな男の子が私の胸に飛び込んでくるのが、殆《ほとん》ど同時だった。

「姉さまぁ、もう目を覚まさないのかと思ったよぉ。会いたかったよぉ～僕、僕……」

この子はいったい……見たところ、十歳くらい？　姉さまって言った？　私を姉って呼ぶのは、年子の妹のこころと七歳の弟の悠くんくらいだけど……。

「な、な……？」

「？」

目の前できょとんとしている男の子が、首を傾げる。か、……かわいっ……。

くりくりしたぱっちりお目々は、キラッキラのエメラルドのようなグリーン。クルクルの銀髪の巻き毛。まるで天使だ。

いや。違うでしょ。こんなお姫様みたいな部屋に、普通に銀髪の天使もいないでしょ。ぐるぐると思考が廻《めぐ》る。

さっき部屋を出ていった女性が、更に年配の女性と一緒に、生き別れた娘に会うみたいな表情で私のところへ駆け寄ってきた。

「リシェリ様！　ああ、よかった。お目が覚めて……ばあやは嬉しいです。どこも、お変わりないですか？　今、医師を呼びましょうね。旦那様と奥様、殿下にも知らせないと。ミラ、皆に知らせてきて頂戴」

若い方の女性に手早く指示して、ばあやって自分を呼んだその人は柔らかな手のひらで私の額に触れ、熱を見る。優しそうな栗色の髪と瞳、少しぽっちゃりした温かそうなお母さんといった雰囲気のその女性は、ほっとしたように肩の力を抜いた。

「熱はなさそうですね。どうしました？　マイレディ？」

固まったまま黙りこくっている私を、さすがにおかしいと気づいたのだろう。ばあやさんは、シーツに座り込んでいる小さな男の子に向き直る。

「ぼっちゃま？　どうされたのでしょう？　リシェリ様は」

「僕もわかんない。起きてずっと、こんなままだよ？」

二つの視線が私に向かう。

えーと。えーと。

やっぱりあれは夢じゃなかったらしい。ワンチャン、寝覚めが悪い夢かと期待してたのに。つい先ほどの雲の上であった出来事と、神様とリシェリとの会話が甦《よみがえ》る。

うーん。うーん。

とにかくここを切り抜けないと。どうしよう。ここ、どこ？　日本ではなさそう。ばあやとかぼっちゃんなんて文化、まだ世界のどこかにあるの？　服装もなんか西洋の昔っぽい……。

自分を見下ろすと白のピラピラしたネグリジェに、やはり雲の上で見たのと同じ、ふわふわに波打つプラチナブロンドが胸に流れている。

「……」

「姉さま？」

「レディ？」

知ったかぶりなんて高度な芸、私には逆立ちしたってできそうにない。ここが何処なのか、ここが日本から何処らへんに位置する国なのかもわからないのだから。私はこの時、何故か普通に会話をしている不思議に気づく余裕もなかった。

もう私ができることといったら、記憶喪失のフリしか思いつかない。仕方ない。私は意を決して、顔を上げた。

「ここは何処……？　私は誰……？」

「!!」

驚愕した顔のバリエーションが二つ、私の目の前で立ち上がる。

雷に打たれたように、大きく瞳と口を見開いている、ばあやさんと。大きなグリーンの瞳とぷくんとした薔薇《ばら》色の唇を、ひょっとこみたいに飛び出させている、小さな男の子。あまりの驚きように、こんな時だけど私は少し笑ってしまった。

その時だった。

突然、シュルルと風が巻き込むような音がして。

目の前に、ヒュンという空気の揺れと微《かす》かな光とともに、一気に空間を捻《ね》じ曲《ま》げるかのように人が割り込んで現れた。

「!?」

今度は、私が仰天する番だった。

なに、このイケメン!?

いや、違う。なんで、急に人が現れるの!?　テレポーテーション？　超能力？

いや、でもやっぱりちょっと待って、ものすごいイケメンだ。こんな綺麗《きれい》な男の子、見たことない。

光を受けて輝くキラッキラの金髪。ブルーダイヤのように煌《きら》めく、真っ青な瞳。

何歳だろう、まだあどけなさがあるからこころより少し年下かな？　それなのに、なんでこんなにセクシーなの？　背も高いし、騎士みたいなシャツの間から出ている剥《む》き出しの肩や腕は、しなやか

な筋肉が乗っている。吸い込まれそうな超絶イケメン。

金髪の隙間からこめかみにかけてポタポタと汗が落ちて。生成《きなり》のシャツから覗《のぞ》く首筋から鎖骨にも、汗が滴り落ちて、目のやり場に困るような色気が漏れる出で立ちで、その少年は走った後のように胸を上下させ荒い呼吸をしたまま、私を横目で見下ろしてくる。

どくどくん
少年は、ドキドキする胸を押さえてきっと赤い顔をしてるのであろう私に気づいて、訝《いぶか》しそうに眉根を寄せる。

「……もう大丈夫なのか?」

声もセクシー、低くてちょっと掠れてて。

「殿下……」

言いにくそうに口を開いたばあやさんに割り込むように、頓狂な声をあげて小さな男の子が叫ぶ。

「ジノン! 大変なんだよ、大変なんだよ!」

「くっつくな、ジュリアン。剣の居合い途中だから、汗で汚れる」

「それどころじゃ、ないんだよぉ……姉さまが、姉さまが……」

汗だくの少年はジノンという名前で。安心したように泣き出しジノンに縋《すが》りつく男の子はジュリアンというのか、名前まで可愛い。

「どうした、また泣かされたのか? だから構ってもらいにいくなって言ってるだろ?」

ジノンの言葉に悲しそうに眉を下げ、ばあやさんが恐る恐る私を覗き込む。

「そうでは、ありませんの。……レディ、そのお顔の様子では、殿下のこともお忘れに……?」

「は?」

ジノンはそこで初めて、異常事態に気づいたようだ。瞠目《どうもく》している。

「ほんとに僕のことも、忘れちゃったのぉ？」

ジュリアンは、ジノンからまた私の胸に戻ってくる。

私に縋りついて、うるうると愛くるしいグリーンの大きな瞳にいっぱい涙を溜《た》めて、ピュアな表情で見上げられると、元来、小さないたいけな子どもに弱い私はうっと狼狽《うろた》えてしまう。

「ご、ごめんね、お願いだから泣かないで。ほら、よしよし。いい子いい子……」

胸に縋りつくジュリアンをふわりと抱き締めて、揺らしながら背中をポンポンと叩《たた》き、頭をよしよししてあげる。まだまだ甘えん坊の弟の悠くんに、してあげるみたいに。

「……」

ジュリアンは驚いたように私を見上げ、凝視してくる。

「？　どうしたの？」

返事をしないジュリアンに、ばあやさんやジノンの方を見ると、二人ともさっきとはまた少し違うリアクションでフリーズしていた。奇妙な幽霊でも見るような微妙な表情で私をじろじろと見て。

「今、お前笑ったのか？」

「え？」

「なんだ、よしよしって……」

見たか？　というふうにジノンはばあやさんをパッと見やると、ばあやさんも口元に指先の甲を持っていって、信じられないという顔をしている。

「いい子いい子って言ってましたね。リシェリ様……？　本当にリシェリ様ですか？　どうしたのですか、ジュリアン様を抱き締めて撫でてあげるなんて……？？」

「ええ?」

違うの? 何なの? こんなに可愛いんだもん、ぎゅってしたくなるでしょ。

「早く医師を!」

ばあやさんは、走って部屋から出ていき。

入れ違いでやってきた、リシェリのお母さんとお父さんだという二人に対面して、代わる代わる抱き締められて、またもや赤くなったり青くなったりされたのだった。


「つ、疲れた……」

私が目を覚ましたのが午前中だったらしく、あれから医師に熱を測られ、脈を取られ、あれやこれやして、やっと終わったのがお昼過ぎだった。

丸三日間意識を失っていた私は、甘いお粥《かゆ》みたいなものをお腹に入れて、入浴して、ゆっくり休養するように言われて、やっと一人になれた。

誰にも何も言われない辺り、一応記憶喪失として誤魔化せたっていうことでいいのかな? 人がいなくなってから、もう泥のように脱力感で布団に沈み込む。

入浴する時に、初めて鏡を見たのだけど。

驚いた。あまりに鏡の中の女の子が、綺麗で。

透き通るような黄桃色の瞳。艶《つや》やかな波打つプラチナブロンドは背中までと長いけど、リシェリによく似合っていた。

ジノンが、こころよりも少し年下くらいかな? と思っていたけど、リシェリも同じくらいでまだ少女のようだった。でも胸はあるし、ウエストは括《くび》れて腰のラインもなめらかで。

「なんかエッチな身体……」

桃色の乳首を見て呆気にとられた。よく、凛の私と取り替えられて、雲の上でご機嫌だったものだ。

「あ。いけない、思い出した。今のうちに、日記、日記……」

白いピカピカの机の一番上の引き出しを端から順番に開けていき、鍵が掛かっている引き出しがあって、鍵はどこだと辺りを見回す。戸棚にある花瓶やティーポットとカップのセット、白いピアノの脇を通って……。

「あ、さっき見たな、そういえば」

反対側のベッド側にある、鏡台の方へ向かう。白くて可愛いブラシや香油瓶の隣に、小さな宝石箱のようなオルゴール。それを開けると、鍵が二つ入っていた。それを持って鏡に映ったリシェリを見る。

さっき入浴後に、ばあやさんが髪を魔法で乾かしてくれた時は、仰《の》け反《ぞ》ってしまった。そう。驚くべきことに、ここは地球上の何処でもなかったのだ。

こころやユキネあたりなら熱狂的に喜びそうな、きっと異世界というやつ。そう理解せざるを得なかった。

私だって、こころやユキネほどではないにしても、魔法とかファンタジーはどちらかと言うと好きな方ではあるけれど。空とか飛べるのかな？　妖精とかもいる？

ふかふかの絨毯《じゅうたん》の気持ちよい感触を足の裏に感じながら机に戻り、鍵を差し回し改めて引き立しを開けると、幾つかの細長い香水瓶と一緒にピンクの日記帳が仕舞ってあった。鍵のついた日記帳の錠口に鍵を差し込み一回転するとカチッと音がして開き、私はまたベッドに入り込んでふわふわのクッションを背に凭《もた》れ、ページを捲《めく》る。

『この国に、なんの不満があるわけじゃない。国も豊かで美しく、聡明な官僚達が揃《そろ》い、王も賢明、国民の幸福度も高い水準にあり、賢王と誉《ほま》れ高い王によく似たジノンを見ても、彼の統治時期に入ってもよりよく保たれるだろう。

でもどうせなら、南の国のナビミアがよかった。同じ国力水準にあって、恋が自由、性的にも奔放な国。そこで生まれたかった。

エルランドでただ一つ不満なのが、この国の貞淑さ。実態はわからないにしても、この貞淑を良しとする風潮が嫌。はっきり言って、つまんないわ。

ナビミアは王族であっても、恋愛結婚だという。物心つく前からジノンの婚約者と決まっていた私には、選択肢なんてものは最初からない。

私もせめて、贅沢《ぜいたく》は言わないから恋がしてみたい。愛読書のナビミアのノンフィクションの恋愛小説みたいな恋ができたら、どれだけ楽しいかしら。

特に、海賊の王子様と他国の侯爵令嬢の恋物語、あんなスリルのある恋がしてみたい。甲板でのセックスなんて、どんなにか燃えたでしょうね』

そこで私は一旦手を止めて、ポツリと呟いた。

「普通の日記だわ……なるほど、さっきのジノンとリシェリは婚約者同士なのね？　え？　ちょっと待って、私がリシェリで……ええ、私の婚約者なの？　あのイケメンが？　ええ？」

あの時、リシェリは王子様と結婚して王妃になって世継ぎをうんぬん、て言っていた。

「嘘」

思わず頭を押さえる。何か忘れているような気がして。何だったかな……。しばらく頭を押さえてうんうん唸《うな》っていた私だけど思い出せなくて、またパラパラと日記を捲る。

『ジュリアンが、庭師のシャーウッドの孫娘に恋してるみたい。私に似て早熟なんだから。あの娘も満更でもないみたいね。でも仲良くなんてさせないわ。ジュリアンは将来の公爵家の後継者なんだから。平民の娘と本気の恋になって、結婚したいだなんて言い出したら大変だわ。……なんて私ったら、婚約者がまだ決まっていないジュリアンや、自由に相手を選んで恋愛することができる、あんな小さな女の子に嫉妬心でもあるのかしら』

ペラペラ

『最近、身体が敏感になったというか、夜になると変に疼《うず》くようになってしまった。これはきっと、はしたない小説と閨房《けいぼう》の実演を見たせいね。正直に言うと、とても気持ちが乱れたの。でも、あれを私は将来、ジノンとしろって言うの？　あのムカつく幼馴染み、生意気で意地悪でふてぶてしくて高慢で計算高い、あのジノンと？　冗談じゃないわ。ジノンと一緒に布団に入って、恋愛小説を読んでる時のような胸のときめきや淫らな気持ちになるわけがない。気持ち良くなるどころか、濡れもしないと断言できるわ。本当に落ち込む』

「うーん……」

パラパラ、パラパラ

『マジラムが必要。ワンダに頼んで毎日飲むことにした。もう夜になると身体が疼いて仕方なかったから。そうでもしないと、誰かを誘惑して寝所や庭の物陰に引っ張り込みたくなる衝動を抑えられる自信がない。

どうして、こんないやらしい身体になってしまったのかしら？　成長のせいなの？　だとしたら、これからどうなってしまうの？　これからどんどん大人《おとな》の女の身体になっていくというのに。

というわけでマジラムを飲んで三日目、割りとよく効いていて一安心した。よかった、痴女にはなりたくないもの。それにしても、ジノンに恋することができていたらどんなによかったかしら。婚約者となら何の苦労もなく、好きなだけセックスできるのに』

なんか思い出せそう。何だっけ？　……何だったかな……？

パラパラ、パラパラ

ページを捲ると空白になってしまい、最後のページに戻り目を通して、私は絶叫した。

『どうしよう、本当にはしたないけど性欲が止められない。最近、庭師のシャーウッドの甥《おい》っ子がよく来るようになって、最初は軽い気持ちだったの。少し恋の雰囲気を楽しむだけでよかったのに、どうやら私も少し恋をしてしまっているわ。レジナルドがここ数日、私を意味ありげにじっと見つめているのは気のせいじゃないと思う。彼に誘われたら、初めての好奇心を抑えられないかもしれない』

「ど、ど、ど、どうしたのですか？　レディ」

すぐに、奥に控えていた侍女のミラがすっ飛んできた。ついでに言うと、ばあやさんはワンダという名前らしい。リシェリが生まれた時からの侍女長だという。ミラのおろおろしている顔を茫然と見て、私は呟いた。

「……何でもないの。そこに虫が走ったような気がして、怖くて。でも気のせいだったみたい。驚かせてごめんなさい」

すると、紺色の髪を後ろで纏めたサファイア色の瞳のミラは目を見開き、心配気に近寄ってきた。

「大丈夫ですか？　レディ。記憶を失くしただけでなく、どこか頭でも打ったのかもと殿下が仰《おっしゃ》っているのは、もしかして本当なのでしょうか？　レディが謝るなんて……」

私は肩を竦め、溜め息を吐いた。雲の上でのリシェリの態度を思い出す。悪役令嬢ってキャラ……と言えばそうなのかな？

「散歩とかできないかな？　外の空気を吸って、気分転換したいの」

なんで、ジノンもいるんだろう？　ジュリアンはわかるけど。そんな疑問は、すぐにかき消された。

あまりにも外の光景が素晴らしすぎて。

公爵家令嬢であるリシェリの邸宅は驚くべき豪華さで、散歩に出たいとお願いした私をしばらくして迎えにきたジノンとジュリアンと一緒に、外に出た。

今日はたまたま、ジノンとのティータイムの予定が入っている日だったらしい。婚約者同士であるリシェリとジノンは、定期的に会う予定を組まれているそうだ。

小道を通って中庭に出ると、そこには楽園のような世界が広がっていた。ピンクやイエロー、ブルーなど色とりどりの花がアーチ状に植えられた庭園に、噴水ではなく本物の湖が脇に流れていて、形よく整えられた木々が爽やかな葉ずれの音を立て、木漏れ日がキラキラと輝く。

「きゃあ！　きゃあ～！　見て見て、あれ妖精？　妖精なの!?」

なんとピンクやオレンジのワンピースを着た可愛らしい妖精達が、ふわふわと花から花へ飛び交っている。はためく羽がオーロラ色に煌めき、それが鱗粉《りんぷん》みたいにキラキラした粒子を振り撒《ま》いて舞い、目の前に降ってくる。

『……？　リシェリ？　どうしたの？』

『リシェリ？　こんなだっけ……？』

私を見下ろしながら、ふわりふわりと頭上を舞う妖精の鈴を振るような声にも、いちいち興奮してしまう。

「わあ！　今、名前呼んだ！　すごい！　すごーい！」

妖精にさえリシェリの違和感を感じ取ってしまわれているようだけど、もうそれどころじゃない。目の前に広がる夢のようなファンタジーの世界に、子どものように飛び上がって大はしゃぎだ。

振り返ると、ジノンとジュリアンが呆気にとられて私を見ていた。

特にジノンは、今では曲者《くせもの》を見るかのように警戒して私を見ている。よっぽどリシェリと普段の態度が違うのだろう。

「……やっぱり、頭、打ってたのか？」

「えへへ……はしゃぎすぎちゃった？」

恥ずかしそうに照れ笑いすると、それさえジノンには不信感を生じさせてしまうらしい。ちょっと記憶喪失という言い訳が苦しくならないうちに、もう少し努力して演技をしないといけないかもしれない。

（でも今日くらいは、いいよね？　だって妖精よ？　どうやったら現実世界で妖精に会えるっていうの？）

ふと、視線を感じてその方向を目で追うと、ピンクの薔薇のアーチの陰で可愛いらしい小さな女の子がそっとこちらを見守っていて、ジュリアンとチラチラと視線を合わせて微笑み合っていた。

亜麻色の巻き毛をポニーテールにして、若草色の瞳が素直そう。

と、女の子は私と目が合うと、なんだか萎縮したように縮こまって物陰に隠れてしまった。

（あ、あの子って、もしかして……）

「ジュリアン？　あの、あそこにいた可愛らしい女の子、一緒に遊んで欲しかったんじゃない？　行ってきたら？」

そう言うと、ジュリアンはパッと弾《はじ》かれるように笑顔になった。

「ええ？　いいの？　本当に？」

「いいわよ、迷子にならないでね？　水辺に近づいちゃダメよ？　庭園のそばにいてね？」

「ありがとう！　記憶が失くなった姉さまの方が、僕大好きだよ！」

女の子はジュリアンはそんな現金なことを言って、女の子のところへ走っていく。

ジュリアンはジュリアンにびっくりして、すぐに笑顔になって一緒に手を繋《つな》いで駆けていった。可愛いカップルに、私は思わず気持ちが和《なご》んで微笑んでしまう。

さっき、リシェリの日記の最後のページを見て青ざめた私は、気分を変えたくて外に出してもらったのだけど、今では完全に気分が変わっていた。

まぁ、いいか。一週間後、会いましょうってリシェリは言っていた。

まだ一日目だ。ゆっくり考えよう。まだ時間はある。まだ、すべてを把握しているわけじゃないし。

しかし、乙女ゲームのことは、ハッキリと思い出していた。こころとユキネが夢中になっていた、乙女ゲーム。

それは、『マジックアイズ～魔法の眼差《まなざ》しに溺《おぼ》れたい～』確か、そんなベタなタイトルのゲームだったたと思う。

メインヒロイン、名前なんていったかな？　忘れたけど、清楚で心の綺麗な男爵令嬢がヒロインで、魔法学院に入るところから始まる。

そこで、とにかくヒロインはモテまくる。攻略対象のイケメンキャラが何人かいて、誰と恋愛するか選んで、恋人になるべくプレイするのだ。

その、ヒロインが決めた攻略対象との恋に必ず邪魔者として登場するのが、ビッチな悪役公爵令嬢。

そう、これがリシェリで、リシェリは最初から、ジノン王子の婚約者ということが決まっている。だから、ヒロインの攻略対象に恋を仕掛けてベッドに誘惑するリシェリは、結局最終的にはジノン王子との婚約を破棄されて修道院に入れられるという、バッドエンドを迎えることが決まっている。メインヒロインの恋路を邪魔する悪女だけれど、まあ殺されるわけじゃないからまだ妥当な最後だ。

で。私は、ジノンを見上げる。ゲームのスタートは学院に入るところからだから、だからまだ、あのゲームのジノン王子よりも今は少し若いのね。

キラキラの金髪と吸い込まれそうなブルーアイズ、セクシーな容貌のジノンは、私の記憶が確かであれば『マジックアイズ』を象徴する一番人気の攻略キャラだ。

でも私は、こころやユキネが時折見せてきたスチルと呼ばれるジノンのセクシーシーンより、実際の破壊力に衝撃を受けている。ただ普通にそこにいるだけで、胸がドキドキしてしまう。

じっと見られていると視線で気づいたのだろう、ジノンが私を見下ろしてくる。やっぱりすごく素敵だけど、まだ少しあどけない。私は思わず、くすっと笑った。

すると、ジノンは信じられないという顔でまた驚いている。

(あ……また、笑っちゃったから……?)

ていうか笑っただけで周囲に引かれるとは、どんだけリシェリは無愛想なのだ。

「……お前……」

次の言葉を待っていると、ジノンはそのまま少し困ったように唇を噛《か》んで眉を下げた。

その時だった。

「きゃあああああ!」

「アビー!! ジノン!!! 何処《どこ》? 早く来て!!!」

辺りを切り裂くような絶叫に慌てて走るジノンの後を追うと、ジュリアンが一人泣き叫んで湖を指差していた。

「どうしたの⁉」

「アビーが、足を滑らせて湖に落ちちゃったよ！　早く助けて！」

「ええ⁉」

慌てて湖に入ろうとする私を押し留《とど》め、ジノンは何やら短く呟いた。すると湖の水面が真っ二つに割れ、アビーの巻き毛を結んでいたピンクのリボンが、ふわっと浮いて飛んできた。そしてアビーが割れた湖の中から空中に浮き上がり、その背中をジノンが受け止める。

「アビー！」

「息してないな。治癒師を呼ぶ、ちょっと待て」

ぐったりとしたアビーを、ジノンが芝生の上に寝転がせる。

「アビーちゃん、大丈夫？　聞こえる？」

話し掛けても反応はない。私はアビーちゃんの顎を上向かせ、気道を確保する。そして。

「いち、に、さん、しい、ご、ろく、なな、」

両手を重ねて、アビーの胸の上を押していく。

「さんじゅう、フッー……フッー」

私は唇を大きく開きアビーちゃんの鼻を摘まんで、小さな唇を塞いで息を吹き込む。薄い胸が膨らむのを確認して。

「……いち、に、さん、」

心臓マッサージを三十回、人口呼吸を二回。がんばれ、がんばれ、息をして。

何回、繰り返しただろう。こぷ、っと水を吐いて、アビーちゃんが苦しそうに咳《せ》き込んだ。小さな胸が、くっと上下して若草色の瞳が開かれる。

「アビーちゃん！　大丈夫？」

「……」

こく、と微かに頷く若草色の瞳と目が合うと、私は安堵《あんど》してアビーちゃんを抱き締めた。

「よかった……もう大丈夫、よくがんばったわね、もう大丈夫、大丈夫よ」

ホッとして自分にも言い聞かせるように繰り返し、顔を上げるといつの間にかこんなに人が来ていたのかと、私はびっくりした。

「お嬢様、ありがとうございます！　私の娘を助けてくださって！」

「ありがとうございます、お嬢様！　孫を助けてくださって、ありがとうございます！」

体格の良い年配の男性と、アビーちゃんによく似た女性が若草色の瞳から涙をぽろぽろ零《こぼ》しながら、アビーちゃんに駆け寄って泣き崩れた。アビーちゃんを母親に抱きかかえて渡すと、今度はジュリアンが私の膝に縋りついてくる。

「姉さま、ごめんなさい……」

「ジュリアン、よく、大きな声で教えてくれたわね。怖かったわね、もう大丈夫よ」

今度は、泣いて震えているジュリアンを抱き締めると。

こちらを見下ろしている、ジノンと目が合った。

その宝石みたいな青い瞳は、リシェリのプラチナブロンドの髪や黄桃色の瞳を、通り越して。

まるで、私自身に、詰問するみたいに。

「誰だ？　お前……」

二

朝。目を覚ましたら、足元をモミモミする感触が擽《くすぐ》ったすぎて、ベッドからガバッと起き上がる。またジュリアン？

「っ！」

驚いたのは私だけじゃなくて、目の前で痙攣《けいれん》したようにビクッと動いてそのままフリーズする、キラキラのピンクサファイアみたいな瞳《ひとみ》をしたふわふわの小動物と、対面していた。

「か、」

私の出した声に、またビクッとなってる薄いピンク色の毛並みの、ふわふわ。ゴロゴロと気持ち良さそうに、喉が鳴る音がする。

猫？　マンチカン？　垂れ耳ウサギ？　小動物？　じゃ、ないな……浮いてる……ペガサス？　なわけない。

ペロンと垂れた可愛《かわい》い耳は、その小さな体長とは比率が合わないくらい大きくて、その耳をパタパタと翼みたいにひらつかせて宙に浮いてるところを見ると、『珍しい世界の動物五〇選』をネットでクリックしても、絶対出てこない。

この世界の生き物だよね？　きっと。確かに妖精がいるくらいなんだから、こういう小動物だっているよね、そりゃ。でも、でもでも。

「……ぴゆ？　……ぴゆ……」

「か、可愛いっ！」

思わず自然と手を差し出してしまうくらい、可愛い。小さなふわふわの子は素直に私の手元まで下りてきて、小さな猫みたいな愛くるしい顔をちょんと可愛く傾《かし》げて私を見上げてくる。

「いやーん！　かわいいー！！！」

きゅーんと心臓を鷲掴《わしづか》みされる。ふわふわのその子を、堪《たま》らず抱き締めてすりすりする。ピンクの毛並みから、花の精油みたいなすっごくいい匂いがする。

「ぴ、ぴ、ぴゅ……」

ウサちゃんみたいなその子は私の胸の中で少し踠《もが》いていたけど、喉は相変わらずゴロゴロと鳴らしていた。


広い居間のさらに奥にある、一面ガラス張りの光で満ち溢《あふ》れたサンルームみたいな部屋の食卓で、侍女長のワンダばあやさんと侍女のミラに見守られながら、給仕達が運んで準備してくれた朝食を弟のジュリアンだけでなく公爵様と公爵夫人と一緒に囲む。

リシェリのベッドで纏《まと》わりついてきた小動物は、ワンダばあやさんが言うにはウサギの聖獣で、ジノンからのペットの贈り物だった。リシェリの十六歳の誕生日が近いらしい。朝食の邪魔をしないようにと聖獣はワンダに引き離されて、今はバルコニーでポーンポーンと跳ねて遊んでいる。

「リシェリ、今朝は体調はどう？　顔色は良いみたいだけど」

「はい、とても良いです。ありがとう、お父様」

にこりと微笑《ほほえ》み、上品なシルバーブルーの髪を撫《な》でつけた公爵様に愛想を振り撒《ま》く。

「まぁ。本当によかったわ。リシェリの大好きな苺《いちご》を沢山《たくさん》取り寄せたの。後で部屋に届けさせましょうか？」

「ありがとう、お母様。苺は大好きなので、そうしてくれると嬉《うれ》しいわ」

リシェリによく似た黄桃色の瞳をした美女であるリシェリの母親にも、にっこりと笑顔を見せる。

早朝からニコニコして気を遣うのは疲れるけど、仕方ない。

お父様お母様と言うのは、ジュリアンがそう呼んでいたから。だいたいジュリアンが振る舞うのをお手本にして、リシェリの父母に接している。ボロを出さないように、じゃなかった、できるだけ家族に心配を掛けないように。

大理石の床に、白を基調とした上品な調度品。食卓には美味《おい》しい卵料理と、サラダに温かいスープとパン。苺といい、お料理も元いた世界と同じような感じで味も美味しいし、ちゃんとコーヒーや紅茶だってある。

(だけど公爵様って……公爵夫人って……世界が違いすぎるなぁ)

最初に公爵という文字をリシェリの日記で見てからは、リシェリの父母と一緒にいると凛《りん》のなけなしの知識であるイギリスのロイヤル・ファミリーの面々が脳内で自動再生される。

(王妃なんて、とてもムリだよ……あの中にいるようなもんなんだよね?)

そこまで考えて、はたと気づく。あ、そうか？　結婚しないんだ。リシェリは結局、どうやったってジノンに婚約破棄される運命なんだった。途端に緊張した肩の力が抜け、ほっとして。私は薫《かお》り高い紅茶を食後に飲みながら、改めて窓の外のテラスを眺めた。

今の季節は、春？　なのかな？　眩《まぶ》しいくらい明るい陽射《ひざ》しに少しひんやりした涼しい風は、とても気持ちがいい。

「今日の午後も、殿下がいらっしゃるみたいね。ワンダから聞いているわ」

公爵夫人である母のヴァレリーが嬉しそうにしていて、反対に父のマーキュリーは、意外そうな表情を隠さなかった。

「そうなのか？　殿下はこれまで二、三週間に一度くらいしかいらっしゃらなかったのに？」

「リシェリ様が目の前で倒れてしまって記憶も曖昧《あいまい》なようなので、きっと殿下もご心配なんでしょう。リシェリ様は殿下の大切な婚約者ですもの、何よりですわ」

ワンダばあやさんが二人に説明しながら、ニコニコ顔で頷《うなず》いているのを見て、なんだか申し訳なくなる。リシェリのお父さんもお母さんもワンダも、意外なほどほのぼのした善良そうな人達だ。ジュリアンも可愛いし。将来、リシェリが婚約破棄されて修道院に入れられると知ったらどう思うだろう？

「……」

私は、くるりと周囲を見回した。

ウサちゃん。ジュリアン。リシェリのパパとママ。ワンダばあや。うーん。

私の視線が、ピタ、と一ヶ所で止まった。

ミラ！

紺色の髪を後ろで緩く纏めたサファイア色の瞳を、目で捕まえる。ミラは私の視線で、何故《なぜ》か自分がロックオンされたことを感じたのだろう。怯《おび》えるように動揺している。

私はにっこりと、今日一の満面の笑みを見せた。


朝食後、私はジュリアンをワンダばあやさんに託して、自室でミラと二人きりになる。てか二人きりになれるよう、部屋にミラだけを連れ込んでいた。

「ぴゅ……ぴゅ……」

このウサちゃんは例外。このピンクの愛くるしい外見に似合う可愛い名前を付けてあげたいところだけど、今はそんな場合じゃない。

「レ、レディ……」

怯えるミラを椅子《いす》に並んで座らせて、私はぐいぐいミラに迫っていた。

「よくわかった。やっぱりあなたが一番の適任者だわ。私が十歳の時から、私の面倒を側《そば》で見てくれているのよね？」

「はい。ワンダ様と一緒に」

「よかった。さぁ教えて？　私に私のすべてを。ちゃんと思い出せるように」

そう言う私の手元には、薄いピンク色の羽根ペン。私とミラが囲む机の上には、大きな白い紙と青いインク瓶が置かれている。私は、その白い紙の真ん中にリシェリと名前を書き、それを丸く囲んだ。それを起点にして、ジュリアンと書いて丸で囲みリシェリと線で繋《つな》げ、弟と書き込む。

「私は来週、誕生日なのね？　十六歳、と。ジュリアンは何歳なの？」

「うわー、本当に何も思い出せないんですね？」

最初はこわごわ私の相手をしていたミラも、ほっとけなくなったのだろう。時には羽根ペンを私から取り上げて、紙に書き込んでくれた。そうして小一時間くらい掛けて、私はミラの助けを借りて、私と公爵家、その周辺に纏《まつ》わる相関図を書き上げた。押さえておくべきエピソードやそれぞれの関係性、これまでの関わり方がどんなものだったとか、印象的な会話や言動なども、言われるがままに細かく書き込んで。

「なるほど。だいたいわかったわ。ありがとう、ミラ」

「いえいえ、お安い御用です。それにしても、リシェリ様は記憶を失《な》くされても、コツコツ真面目《まじめ》な勉強家なのはお変わりないですね」

「そうなの？」

「そうですわ。この調子であれば、すぐにお妃《きさき》教育も再開できそうですわね。ミラは安心しました」

「お妃教育？」

「はい。当然レディは次期王妃様になられるお方ですから、もちろんお小さい時から月に一度は王宮に上がって、しっかり行われていますよ？　て、これもお忘れですわね？」

ええ〜、と気が遠くなる私を、ミラは心配そうに覗き込み。

「今月はもう終わりましたけど。確か、レディが倒れた日は王宮に上がった日だったはずです。来月はレディの体調を見ながら、どうするか決めると思いますわ。レディのお身体《からだ》が一番大切ですからね」

ミラのその言葉で、急に私の頭の中に、映像が割り込んで入ってきた。

眩しい陽射しと金髪の煌《きら》めき。後ろ姿。葉ずれの音と狭くなる視界に、青い瞳が見開いて私の腕を支える。

反射的に立ち上がった私を、ミラはビックリして見上げる。

「どうしました？　レディ？」

「こうはしてられないわ。ミラ、ジノンは今日いつ来るの？」

「昨日と同じくらいのお時間かと。三時のティータイムをご一緒に」

私は壁に掛かった白い振り子時計に目をやった。十一時、まだ時間がある。

「ミラ。お願いがあるの。お出掛けできないかしら？　二人で」

「ええ!?」

王都の街並みは、自然に囲まれつつも洒脱《しゃだつ》な建物が立ち並んでいた。

湖があって海もあって森があって、山もある。お店も民家も開放感があってお洒落《しゃれ》な佇《たたず》まい。海外旅行専門のセレブなインフルエンサーが、画像や動画を上げてそうだと思うくらい夢のように素敵な光景が沢山ある。平民でも充分、素敵な暮らしができそう。

リシェリの日記に書いてあった、国が豊かで国民の幸福度も高いという言葉も説得力がある。

初めて旅行でやってきた熱心な観光客みたいに、馬車の窓に貼り付くようにして外の景色を感動して眺めている私に、向かいに座っているミラが声を掛ける。

「どうしてまた、修道院なんかに行きたくなったのですか？　レディ」

「……どんな所なのか、気になって」

「奥様が時折訪れて、様子を見たり必要な物資を寄付したりしているようです。レディは修道院に直接訪問することはありませんよ？」

ガタゴトと馬車に揺られ外の街並みを眺め、頷きながら私はミラの言葉を聞いていた。

結局ムリを言ったため、侍女のミラ以外にマッチョな護衛騎士が五人もついてきて、やっと外出を許してもらえた。ジュリアンとウサちゃんは渋々お留守番している。

「着きましたよ。公爵邸から一番近い修道院ですわ。他の修道院も、だいたいここと似たような感じだと思います」

大きな古城のような建物の前に馬車が止まって、護衛騎士に支えてもらいながら馬車を降りると、門の前で一目で神父様とシスターだとわかる二人が出迎えてくれる。あらかじめ早馬の伝達で、修道院の見学をさせてもらうよう伝えてくれていたらしく、すぐに中に通され案内してくれた。

パイプオルガンの音がして、賛美歌っぽい子ども達の合唱が聴こえる。ステンドグラスが嵌《は》め込まれた教会の中で、子ども達に歌を教えているシスター。

学舎もあって、街の子ども達に外国語や歴史、マナーなども日替わりで教えているのだと、神父様はニコニコしながら説明してくれた。子ども達はのびのびと、弾《はじ》けるような笑顔でシスターの話を聞いて勉強している。やっぱりよくある、あの服装なのね。一度着てみたかったんだよな、シスターの服。

敷地内にある大きな図書館には沢山の書物があって、街の人達が読むのと変わらない書籍が常に揃《そろ》えられているそうだ。シスターや修道士達が静かに読書をしている姿や、開放感のある中庭には素敵なティーセッティングがされてあり、お菓子や紅茶、赤ワインなどを飲みながら談笑している姿が見えた。

運動できる場所もちゃんと確保されており、テニスやゲートボールみたいに見える球技を楽しんでいる人達もいる。

宿舎もそれぞれに個室が用意されていて、入浴も飲食も好きにできるらしい。食事も一般の普通の人と同じものを食べられて、お酒も飲んでいい。

更に驚くべきことには、シスターも神父様も結婚を許されている。修道院内で恋に落ちてそのまま結婚する場合も、少なくないそうだ。

私は拍子抜けしてしまった。なんだ、全然良いじゃない。良い暮らしじゃない。公爵様とか貴族の人達から見たら質素なのかもしれないけど、私から見たら普通の暮らしに限りなく近かった。

帰り道、ミラに人気のお菓子屋さんを指し示され、今日一日のお礼も兼ねてミラに多めにお菓子を買ってあげる。ジュリアンやワンダばあやさん、リシェリのパパとママ、ジノンにも忘れずに。

よかった。ぎりぎりジノンとのティータイムに間に合いそう。帰りの馬車に揺られながら、ぼんやりと私は外を眺めていた。

一週間後、またあの雲の上で、凛の姿をしているリシェリと神様と落ち合う。

多分ライトノベルなんかだと、異世界の悪役令嬢に生まれ変わって、その世界で前世だかのストーリーを辿《たど》るように人生が展開されるのよね？　信じられるかは別として、それくらいは私でもだいたいの知識はあった。で、それが今回はあの乙ゲーバージョンなのよね？　マジックアイズ。

出掛ける前、ミラの何気ない言葉で、私は思い出した。

リシェリが亡くなる、おそらく心臓が止まる直前だったのか？　凛の身体が先に亡くなり、それと入れ替わるように、私はリシェリの身体の中に入ったのだろう。その時、ジノンが私を振り返ってこう言った。

『お前じゃ勃《た》たない。だから、今のうちに婚約は』

これだと、それに続く言葉は『今のうちに、婚約は白紙に戻そう』に違いない。

そうだとしたら、これから十八歳になって魔法学院に入り、ヒロインの攻略対象にリシェリがビッチ行為を行う以前に、ヒロインが攻略対象としてジノンルートを選択し、二人が恋に落ちる以前に、もう話はついている。

（勃たない、だなんて）

そんな言葉を投げつけるくらい、女として見られてないんだ。フラれたのはリシェリなのに、別に昨日出会ったばかりのジノンに恋なんてしてないのに、何故だか自分がフラれたみたいに胸が痛む。

（当然よね？　勃たないなんて乙女心を突き刺すようなことを言われたら、誰《だれ》だってショックを受けるわ）

もしかして、リシェリもジノンの言葉がショックで心臓が止まったんじゃないだろうか？　女の自信がガラガラと音を立てて崩れるほど、打ちのめされる言葉だ。でもふと、リシェリの日記の内容がポンと浮かんできた。

(あんなくそ生意気な男となんて、一緒の布団に入ったって濡《ぬ》れないわ、だったっけ？　充分ひどいわね、リシェリも)

ふふ、と笑いが込み上げる。

午前中ミラに助けてもらって相関図を書き上げる時も、ミラの遠慮がちな口ぶりからは、リシェリとジノンの仲は政略的な婚約関係と幼馴染みというのもあって、気心の知れた友達のようなもの。それ以上でもそれ以下でもなさそうだった。リシェリの日記からもジノンの私に対する態度からも、そこに矛盾《むじゅん》を感じなかったし。私はふう、と息を吐く。

一応私の中で浮かんでいる結論は、こうだ。婚約を破棄できるなら、早いうちがいいのは本当。ただジノンとの婚約を破棄したとしても、公爵令嬢であれば他の格式高い家に嫁ぐことになるのかもしれない。そうだとして、十九歳まで普通に生きてきた凛である私に務まるわけがない。悪いけどそんな大変そうな役割、務めたいとも思わない。

だから私にできることは、リシェリの家族には本当に申し訳ないけど、乙ゲーのストーリー通りビッチな悪役令嬢を演じきり婚約破棄されて修道院行きに従う。消極的な態度かもしれないけど、恋愛経験ゼロの私に乙女ゲームの真似事《まねごと》なんてできるわけがない。

今さっき見てきた修道院、ちっとも悪くなかった。むしろ良いくらいだ、保育園の代わりに永久就職するなら理想的だと思うくらいに。上手《うま》くいけば結婚だってできるかもしれないし、平民として平穏な一生を送れるかもしれない。本当は元の世界がよかったけど、戻れないんだったら仕方がない。

「レディ、帰ってきましたよ。あら、もうこんな時間。ティーセッティングできてるかしら？　レディが買ってくれたケーキも一緒にお出ししますね。しばらくお庭で待っていてください」

いそいそと駆けていくミラの背中を見送って、花の香りに誘われて薄いピンクの薔薇《ばら》が咲いている花壇まで、のんびり歩いていく。

「綺麗《きれい》だわ……花も元いた世界と変わらないのね」

ピンクの薔薇に顔を寄せ、すぅっと香りを吸い込む。

「リシェリ様」

「わっ」

急に誰かに手を掴まれて、薔薇の反対側に引き寄せられた。

「誰？」

「？　どうしたんですか？　リシェリ様？　新しい遊びですか？」

手を掴まれたまま、ぐっと目の前の青年に引き寄せられて、あっという間に私は男の胸の中にいた。

見上げると、鳶《とび》色の髪に赤いガーネットのような瞳が熱っぽく私を見下ろしている。

「ま、まさか……」

反射的にリシェリの日記の最後のページが思い浮かんで、身体からさっと血の気が引いていく。

「思い出しました？　お願い通り、人目につかない場所を用意しておきましたよ」

そう言って私の唇を大きな手のひらでぐっと押し付けて塞ぎ、大きな身体でひょいと私は持ち上げられ、あっという間に狭い小屋のような中に連れ込まれて湿ったベッドに押し倒されていた。

恐怖を感じて叫ぼうとする唇を、また手のひらでぐぐっと押さえ込まれて上から見下ろされ、私の身体を拘束するように重たい身体でのし掛かられて、鳶色の瞳はトロンと蕩《とろ》けて私に近づいてくる。

「っふ、う、う」

「やっぱりいざとなったら怖くなった？　でも、俺はもう我慢できないよ。貴女《あなた》を思ってこんなに硬くなってるんだ」

そう言って私の脚の間に石のように硬いものが、擦《こす》りつけられる。

「っ！　う！　んんっ」

嫌、誰か。助けて。私はその青年に向かって首を一生懸命、横に振る。お願い、やめて。

「だめだよ、もうやめてあげられない。だから言ったでしょう？　引き返すなら今だって。それなのに貴女は俺を好きにさせるだけ好きにさせて。もう貴女に夢中なんだ、貴女を抱きたい」

「う！　う！　むぅ……」

ぽろぽろと、涙と汗が泥のように瞳と全身から流れて、私は必死に踠く。

「この白い肌、まるで陶器のようだ。なんて美しいんだ」

私が大声を出すとわかっていて、私の唇を手のひらで塞いだまま、青年は荒い息を繰り返す。

「うっ！　んん！」

青年はぬるっとした唇を私の首や鎖骨に、ぶちゅぶちゅと音を立てて口づけてくる。その感触が、まるでナメクジのように気持ち悪くて堪らない。必死で踠いて、抵抗を続ける。

する、とスカートの中に男の太い指先が入ってきて、太腿《ふともも》を撫で上げられ、私が声にならない悲鳴をあげるのと。バキッと爆発するような音とともに私の上から青年の身体が、ジノンに殴り飛ばされて小屋の板張りを突き破るのが、同時だった。

「リシェリ！」

涙でぐしゃぐしゃに泣き濡れた私の後頭部を抱え上げて、ジノンの強い青い瞳が私を真っ直ぐに見つめる。

私は声にならない言葉を発しながら、おかしいくらいぶるぶると震える身体をもて余し、必死に縋《すが》りつくようにジノンを見上げる。助けて。助けて、怖い。ぼろぼろ涙が零《こぼ》れていく私を、息を呑《の》むようにジノンは見下ろして。

「もう大丈夫だ」

ぎゅっと私を抱き締めてくれた。

「はぁ、……はぁ、……あ……ぁあ……」

息が苦しくて、涙が止まらなくて嗚咽《おえつ》になっていく私の背中を、ポンポンとジノンは優しく叩《たた》いて、私の頭を優しく撫でてずっと抱き締めていてくれた。私がまた、気を失うまで。

****

「ジノン、リシェリの様子はどうだ？　数日前にリシェリが王宮で倒れてからというもの、毎日公爵邸に通っているらしいじゃないか」

「……まぁ」

公務の合間を縫ってやっと遅めの昼食で小休止を取るジノンと、父親であるエルランドの王ジャック。フォーク片手に、サラダを抉《えぐ》るジノンは目線を下げたまま。

(答え辛《づら》……)

ジノンの歯切れの悪い受け答えに、食卓の側にある応接スペースで優雅にチェスに興じていた、ジノンの弟であるアクセル王子と王妃マリーベルは顔を上げる。

「ほんと、どうしたの？　もしかして、心臓に毛が生えてるリシェリが珍しく弱ってる姿を見て、愛が芽生えたとか？」

「これ、アクセル。兄をからかわないのよ。でもそうね。リシェリの医師からは毎日報告を受けているわ。健康状態は問題なさそうだけれど、記憶障害が起きてるらしいわね。それに魔力が著しく低下してると。ジノン、そうなの？」

年子の弟のアクセルと母のマリーベル、色素の薄いシルバーブロンドの髪と同じ色の瞳、二人はよく似た親子だ。瞳が爛々《らんらん》と輝き、揃ってこちらを一心に見つめてくる。

見た目は精霊のように儚《はかな》げで繊細な美しい容姿だが、好奇心旺盛で悪戯《いたずら》っ子のドワーフみたいな性格の母と弟は、矢継ぎ早に畳み掛けてくる。ずっと口を挟みたくてウズウズしていた、とでも言うように。

「……記憶は、家族やワンダ達の助けを借りながら徐々に取り戻そうとはしてるみたいだけど。魔力も……確かに、今のリシェリからはまったく何も感じない」

ジノンは説明しながら溜《た》め息を吐き顔を上げると、差し向かいに座るジャックと目が合った。

弟のアクセルと母のマリーベルがよく似ているのに対して、兄のジノンと父のジャックも同じキラキラの金髪と真っ青な宝石のような瞳、凛とした力強い眼差《まなざ》しに、賢明な性格はよく似ていた。二人は顔を見合わせたまま、どちらも冷ややかに息を吐く。

「そう言えば……ジノン。確かあの夜、俺達に話があると言っていただろう？　リシェリが倒れて、うやむやになってしまっていたな？」

「……ああ……確かに……そんなこと、言ってたっけ」

ふと思い出すジャックの言葉にジノンは何故か構えてしまい、動揺を誤魔化すために立ち上がった。

窓の外を眺めるフリをする。ほんの数日前のことなのに、何故か遠い記憶のよう。

何故か、何かが、何もかも変わってしまったような気がしてしまう。

ジノンは窓の外の、庭園の小道を見下ろした。

あの日のリシェリが、浮かび上がる。シャンパンブルーのドレスを纏ったリシェリ。

『リシェリ』

あの日、王宮での妃教育を終えたリシェリを階下で待っていたジノンは、自然と目を見合わせて、一緒に中庭へと出ていった。リシェリが王宮に上がる日はいつも、ジノンだけでなく王と王妃、アクセル王子と夕食を共にする。いつもは、夕食を囲むまでの合間の時間潰しのひととき。

だが、この日は、ジノンとリシェリは明確な意思を持って庭に出ていた。

『今夜、皆に話そう。婚約の見直しについて』

『そうね。でも王陛下や王妃様はどう思うかしら？　憂鬱《ゆううつ》だわ』

『婚約を破棄したら、すぐにそれぞれ新しい相手を宛《あて》がわれそうだって？　そうならないように今夜、急を要しても無駄そうだってことを知らしめる』

『ねえ、やっぱりもう少し時期をずらさない？』

『どうして？　お前が早い方がいいって言っただろ？』

『だって……今更、お互いに夫婦の恋情を持てない云々《うんぬん》で、次期国王と王妃の婚約破棄に了承してもらえるものかしら？　私とジノンが幼馴染みの悪友のような仲だというのは皆、周知の事実でしょう？　これまで王妃として教育を長年受けてきたのだから、男と女の情が持てないなら、恋の相手を他に見つけろって言われるのがオチのような気がしてきたわ』

『お前の邸の、庭師の甥《おい》のようにか？』

『！』

ジノンはブルーアイズを煌めかせ、瞠目《どうもく》するリシェリを振り返る。

『この俺が知らないとでも思ったか？』

リシェリは迂闊《うかつ》だったと後悔したのか、一瞬目を瞑《つぶ》って悔しそうに、握った拳《こぶし》を空《くう》に打ちつける。

『恋くらいしてもいいでしょ？　自然に湧き上がる気持ちを止めることなんて誰にもできないわ』

『恋したって別にいいけど、婚約破棄は一刻も早い方がいい』

そこで、ジノンは言葉を切った。

『お前、マジラムを飲んでるだろ？』

『っ』

『日増しに欲に振り回されて苦しそうにしてるお前を見てると、不憫《ふびん》だ。幼馴染みの友情に免じて、早く楽にしてやる。お前が婚約破棄する前に王太子に不貞を働いて、修道院にぶち込まれて、名誉を地に落とす前にな』

『な……』

珍しく真っ赤になって顔を手のひらで押さえ、言葉を失くしているリシェリを見て、ジノンはふっと笑った。

『そんな恥ずかしがるなよ。別にいいだろ、性欲があるのは。だけど、俺とこのまま結婚して閨《ねや》に入って子作りすることになんかなったら、それこそ俺とお前には逆にパチュラムがいる。強力な媚薬《びやく》でも飲まなきゃ、お前も濡れないだろうし、俺もお前じゃ勃たない。だから、今のうちに婚約は』

破棄しよう。そう続けようとしていたのだ、あの時。

それなのに。

「ジノン？」

背中に視線を感じて、ジノンは振り返る。国王ジャックはその真っ青な瞳で、ジノンの内で起きている何かを見透そうとしているかのようだ。

ややあって、ジノンは口を開いた。

「あの日、魔法学院に俺達も通いたいって言おうとしてたんだ。俺とリシェリが十八になったら」

「そうか……そうだな。今はリシェリの魔力も低下しているそうだし、それもいいのかもしれない」

父王ジャックは微笑んで頷いた。


「これは……？」

ジノンは目の前のテーブルに引き寄せられた数々の皿を見て、眉《まゆ》を顰《ひそ》めた。

マスカットが載ったケーキに何やらチョコがフツフツとキャンドルで温められているポット、山盛りのフルーツが盛られた皿。そこに侍女のワンダとミラが、温めたカップと紅茶を運んできた。

リシェリ、ジュリアンと、何故か最近、どこをどうやったら仲良くなれたのか、庭師の孫娘だというアビゲイルも一緒にニコニコとテーブルを囲んでいる。

「これはね、マスカットをケーキにしたの。可愛い色合いでしょう？　作ったばかりだと水っぽくならずに美味しく食べられるのよ。こっちは……こんなの見たことない？　こうやって温めたチョコレートの中に、フルーツやパンを潜《くぐ》らせて食べるの」

「ケーキにしたの、ってお前が？　これを？　これも？」

毒でも入ってそうに訝《いぶか》しむジノンを、リシェリはぷるんとした唇をさらにぷくっと膨らませ、可愛く睨《にら》む。

いや、可愛く？

（いやいや、可愛くなんかない。これまで一度も、こいつを可愛いなんて思ったことなんかない）

戸惑う表情のジノンに、リシェリはプラチナブロンドのふわふわした髪を揺らしながら、黄桃色の瞳をふわりと細めて微笑んだ。

「作ったの、お礼に。まだ言ってなかったでしょ？　ウサちゃんのお礼と、その……」

そこで、リシェリは口をつぐんだ。

「……ああ、じゃ遠慮なく」

言い淀《よど》んだのはジュリアンとアビゲイルがいたからで。昨日アビゲイルの親戚にリシェリは犯されそうになって、ジノンが助けたお礼、ということが言いたかったのだろう。

あの男。

王太子の婚約者をヤろうとするなど極刑が当然で、緩くても一生幽閉か国外追放ものだが、元を正せば、リシェリがあの男をその気にさせるべく誘惑し狂わせたのが原因のため、ジノンは迷ったが赦《ゆる》すことにした。もっとも、ジノンの魔力と腕力で吹き飛ばされ負傷した身体は、かなり長い病院暮らしを余儀なくされるだろうが。

「うわ、ふわっふわで美味しい！　姉さまがこんな美味しいケーキを作れるなんて初めて知ったよ」

ジュリアンはエメラルドグリーンの瞳をキラキラ輝かせて、マスカットの載った白い生クリームのケーキを頬張《ほおば》る。

「おねえさん、このチョコも口の中でとろけるわ。うーん美味しい～。こんな美味しいもの、食べたことない！」

アビゲイルも頬を押さえて、ピックで刺した苺やバナナにチョコを絡ませて夢中で口に運んでいる。

その様子を、ふんわり微笑んで見守るリシェリ。興味を引かれて、前のめりになっているワンダとミラに気づくと。

「ワンダ、ミラ。どうぞ、一緒に食べて食べて」

と椅子《いす》を引いて、侍女に勧めてくる。

いや、もう、頭を打ったとしか思えない。記憶と一緒に、人格のアクまで抜け落ちるのか？

だとしたら、記憶がまた戻ったら、あの生意気なふてぶてしいリシェリがまた戻ってくるのだろうか？

「……」

ジノンは違和感が拭《ぬぐ》えない。それどころか、日増しに強くなってきている。ていうか、まったく、

(別人だ)

だって、こんな、こんな、

「可愛い……」

「っ……言ってない言ってない！　そんなこと！」

アビーの言葉でバチンと思わずテーブルにフォークを叩きつけるジノンに、リシェリ達はびくっと仰天した。

「ジノン、ど、どうしたの？」

「わぁ！　おねえさん、この子どうしたの？　すっごく可愛い！」

透き通った黄桃色の瞳を見開くリシェリの膝《ひざ》に、ぴょんと現れたウサギの聖獣が飛び乗る。

アビゲイルが若草色の瞳をぱっちりと見開いて、ピンクの瞳とふわふわの毛並み、きょとんとした聖獣の無垢《むく》な表情に釘付《くぎづ》けになっていた。

「あ、ケーキを食べに来たわね～？　もう、作ってる時に生クリームをさんざん味見して、邪魔して

くれておきながら」

リシェリは聖獣の前足のピンクの肉球をふにふに触りながら、可愛くて堪らないというふうにぎゅっと抱き締めて、ふわふわの毛並みにちゅっちゅっとキスを繰り返す。唖然《あぜん》と見守るジノンに、ワンダやミラは苦笑しつつ取り皿にマスカットのケーキを載せた。

「殿下、どうぞ。レディが殿下に作られたのです。とっても美味しいですよ」

「あ、……ああ」

フォークでふわふわのスポンジを掬《すく》い、ぱくんと口の中に入れるとふんわりと溶けるような、柔らかで優しい甘さ。

「あ」

「……？」

「今、美味しいって思ったでしょ？」

「何……？」

ジノンは、リシェリの嬉しそうな指摘に目の下が少し赤くなる。

「ジノン、赤くなってる。ジノンが照れてるところ、僕初めて見た」

「殿下……か〜わいい」

「こらこら、アビー。王太子殿下に、そのような口をきいてはいけません」

「申し訳ありません、殿下」

ジュリアンがからかい、アビゲイルの無邪気な笑顔をミラに慌てて窘《たしな》められると、素直に謝罪が返ってくる。

「いや、……美味《うま》いよ。これ」

溜め息混じりに呟《つぶや》き残りのケーキを食べるジノンをちらりと見て、リシェリは、ふふと笑っていた。

夜。王宮の自室で湯から上がったジノンは、風魔法で金髪を乾かしバスローブ姿のまま、どさりとベッドに横たわった。ふうと息を吐き、サイドテーブルに置いてある青い魔法石を手にとって、魔力を込める。

『久しぶりにケーキを作ったけど、喜んでくれてよかったわ、ウサちゃん』

『ぴゅ……』

『あんな美味しい果物が、この世界にはあるのね。リシェリもあっちで何か、気に入った食べ物はあったかな？』

リシェリは、不思議なことを言う。

ジノンは布団の上で肘《ひじ》を突いて横になり、手のひらで頭を支えて、寝室に流れ込んでくるリシェリの声を聞きながら、宙を見つめる。

最初から、意識を取り戻したリシェリに不信感しかなかったジノン。日毎《ひごと》に、ますますそれは深くなる。

昨日リシェリに誕生日祝いと称して、聖獣を贈った。聖獣の手の甲に魔法紋を施して、公務の合間にリシェリの様子を窺《うかが》っていたのだ。

リシェリは侍女のミラを使って、リシェリ自身やジュリアン、公爵家の家族や他の親戚筋との関わり、ジノンを含む王族はもちろんリシェリを取り巻く他の主要な人々の話を、細かく説明させていた。紙に書き込みながら。

最初、それは失われた記憶をできる限り思い出すために、しているのだと思っていた。

それが、急に、違うと確信を持ったのは。ジノンが感じていた、リシェリをまるで別人だと感じたのは錯覚ではないとわかったのは。

リシェリの一言だった。

『ミラ、私を修道院に連れていって欲しいの。中を見学したいのよ』

（違う。リシェリじゃない）

ジノンの幼馴染みのリシェリは、どういうことなのかまだよくわからないが、どこか他の所にいる。

今ここにいるリシェリは、リシェリの姿をした、まったくの別人だ。

リシェリは、あんな女じゃない。

もっと、すごく生意気で、ふてぶてしくて、高慢で、打算的で、竹を割ったような性格の、聡《さと》い奴だ。天と地が引っくり返ったって、修道院を見学したいなんて言うわけがない。

小さな女の子が目の前で溺れて息をしてないからって、必死で助けたりしない。

あんな美味いケーキが作れるわけがない。賭けてもいい、あいつは絶対、これまで一度だって台所に立ったことはない。

妖精や可愛いものを見て、あんなにフワフワの表情で笑って飛び跳ねる？　あれがリシェリなら、何か重い病気にかかったとしか思えない。

男に犯されそうになったからって、あんなにか弱く守ってあげたくなるみたいに震えて泣いたりしない。

子どもは煩《うるさ》くて面倒くさくて嫌いだと遠ざけるリシェリが、ジュリアンやアビーを抱き締めて頭を撫でて、よしよし、もう大丈夫、だと？

あんなのを見せるから、思わず自分も黄桃色の瞳を潤ませて縋ってくるリシェリを抱き締めて、頭を撫でて、同じようにしてしまったじゃないか。

初めて抱き締めた身体は華奢《きゃしゃ》で柔らかくて、プラチナブロンドの髪は滑らかで、花のようないい匂いがして。

まるで……、女のような……。

「いやいや。あいつは男にしか、見えてなかっただろ？」

いや。そうではなく。リシェリはどこに行ったんだ？　今どうなってるんだ？　この事態は。

あれは誰なんだ？

その時だった。

『ああ気持ちよかった。やっぱり風魔法って便利ね。ドライヤーより早くすぐに乾くもの。こんなに長い髪なのにすごいわね？　ウサちゃん』

『ぴゅぴゅ……』

（ドライヤー？）

『それにしても本当に綺麗な身体ねえ。うらやましいわ、リシェリが。今頃、リシェリもお風呂かな？　凛の身体を見て一体どう思ってるのかな？　平凡な身体ねって言ってるかしら、やだなぁ』

（りん？）

ジノンは指先に魔力を込め青い魔法石を握り締めると、リシェリの声がひと際《きわ》大きく、ジノンの寝室に響く。

『乳首もこんなに綺麗なピンクで、ウエストもきゅって細くてお尻までのラインなんて、本当にエッチな身体……』

「……っ」

ジノンは、ぴた、と身体が強張《こわば》る。

『そうだわ、……もしかして、ひょっとしたら、あそこも……こんな色なの？』

「……な、っ」

ジノンは狼狽《うろた》え、瞠目する。

『えーと、えーと、……あったわ、手鏡。そうっと、そっとね、ちょっと見るだけ……うわ……すごい、綺麗……』

しばし、無言が続き。何故かジノンも、瞠目したまま息を詰め、身動きが取れない。

『こんなところまで、綺麗な可愛いピンク色なのね……中は赤くて……女性器を確か薔薇の花びらに模して描く画家がいたっけ……ただの変態だと思ってたけど、なるほど、こんな綺麗なここを見て感動して描いたのね、きっと』

カツンっ
思わず、ジノンは青い魔法石をベッド横に勢いよく投げつけて、魔力を遮断した。

布団に突っ伏して、両瞼を手のひらで押さえて、呻《うめ》く。

その脚の間は、下衣を押し上げるように、張り詰めていた。

「ほんとに、……何なんだよ、こいつは……」

＊＊＊＊＊＊＊＊＊＊＊＊＊＊

『本当に、女ってくだらない。大嫌いよ！』

パラパラ……

「殿下、紅茶をどうぞ。あと、これはリシェリ様がお作りになったアップルパイですわ」

「……これが？　……ああ、ありがとう」

『競争意識が強くって、嫉妬心の塊で、自尊心が強くて、そのくせ愛されたがりで、嘘《うそ》つきで、自分が一番、素敵で美しいと言われて、ちやほやされないと気がすまない、幼稚な偽善者に、殺意が湧く』

パラパラ……

『どうして私が、六つも年下のクソガキに、敬称呼びして敬語で話さないといけないの？　ジノンのイトコだというだけで、筆頭公爵家の娘だというだけで？』

「リシェリ様、紅茶をお手元に置きますよ？　気をつけてくださいね？」

「……ん、ありがとう……わかったわ」

『本当にムカついて仕方ないから、ジノンの婚約者でいられて、あーっ幸せって満ち足りてる演技をしてやるの。私が世界で一番、最高にラッキーな女だってね。あのエロイーズの悔しそうな顔、ほんといい気味だわ。しかし、王妃にならなければエロイーズを跪《ひざまず》かせることができないなんて、もう嫌になるわ』

「ふぅっ……」

そこまで読んで私は顔を横に振りながら息を吐き、日記帳をパタンと閉じて、女の闘いを終わらせた。

「お前、さっきから何を読んでるんだ？」

「わっ、ジ、ジノン？　びっくりした……いつの間にいたの？」

いきなりの男の声で我に返ると、近くのテーブルで頬杖《ほおづえ》をついてこちらを見ているジノンと目が合って、私はどきっとしてしまった。

「まあ。やっぱり、気づいていなかったのですね？　レディは読書を始めると、周りが見えなくなるタイプでしたっけ？」

ミラが呆《あき》れたように眉を下げ、やれやれという顔で窘めてくる。

「僕ら、さっきからずっといるよ？　お茶の時間なのに姉さまが庭に来ないから、お茶とお菓子を運んでもらったんだ」

見ると、リシェリの部屋の中央のテーブルにジュリアンとアビーも揃っていて、温かい紅茶の湯気が立ち上り、私が午後一番に焼き上げたアップルパイもちゃんとスタンバイしてあった。

待たせていたと知って私は慌てて立ち上がり、机の引き出しの中に日記帳を仕舞って鍵を掛け、いったん皆の座るテーブルに行きかけて、また戻り、机の上の大きな紙を持ってくる。

「おねえさん、それなぁに？」

私が広げた紙を、アビーの可愛い若草色の瞳が覗き込む。

「私から見た周りの人達の、……相関図。記憶がなかなか戻らないから、暇があったらこうやって眺めてるの」

「ふぅん……」

アビーの隣でジュリアンは紅茶を啜《すす》り、私が作ったアップルパイを頬張って。

その隣でジノンは頬杖を突いたまま、その真っ青な瞳は、まだじっと私を見つめている。

（どうして毎日、来るの？）

青い瞳の強い眼差しと毎日のように目を合わせていると、どうも心臓によくなくて、勝手にドキドキしてしまう。年下のくせにまだ十六とかなのに、どうしてそんなにセクシーなの？　その低く少し掠《かす》れた声も困る。

リシェリはどうして、こんなのと四六時中一緒にいられたの？　なんで、好きにならずにいられたの？　私はジノンから気を逸《そ》らすべく、さりげなく視線を外し、手に持った相関図の中から先ほど日記帳で読んでいたエロイーズを探す。

「えーと、……あ、あった。筆頭公爵家……エロイーズ……十歳。ジノンとはイトコなのね」

私の言葉に、何故か私とアビー以外の一同が、ぐっと喉を詰まらせる気配がした。

「？」

見ると、目を白黒させてアップルパイを飲み込もうと踠いているジュリアンと、ピシッと凍りつくようなミラと、眉を顰めて訝しむジノン。

「どうかした？」

「お前こそ、何で急に、エリーのことが気になった？」

ジノンは、私の黄桃色の瞳を見透かそうとするかのように、覗き込む。

「いえ、……相関図を見て、少し、思い出せそうで……筆頭公爵家の令嬢で、ジュリアンと同い年なのね？」

「そうだけど、僕はエリーのこと、嫌いだよ？　姉さまは、もっともっと嫌いなはずだよ、エリーのこと。本当に覚えてないの？」

「うん……」

ジュリアンは、信じられないという表情で私を見ているが、私は肩を竦《すく》めるしかない。

「えっとねえ、エリーは、ジノンのことが、だーい好きなんだよ。ねえ？」

そう言ってジュリアンは傍《かたわ》らのジノンを見上げ、ジノンは黙って紅茶を啜っていたが、ティーカップをテーブルに置いた。

「エロイーズは俺とお前より、六つ年下だ。あいつが生まれる前から、すでに俺とお前の婚約は決まってた。だが身分は、筆頭公爵家のエリーの方がお前よりも上だ。だから自分の方が婚約者に相応《ふさわ》しいって思ってるんだろ」

「はぁ～、なるほど」

納得する私に、ジュリアンがエメラルドグリーンの瞳を曇らせる。

「姉さま、なに納得してるの？　だからエリーは、昔から姉さまの天敵なんだよ？」

「え～……そうなの？」

半信半疑でミラを見上げる私に、ミラは苦笑いする。

「天敵と言いますか……確かに、レディにあんなふうに強気な態度をお取りになれるのは、エロイーズ様くらいですわね……」

「十歳の子が？」

「はい……殿下が仰った通り、立場上はエロイーズ様の方がレディよりも上ですから。レディもエロイーズ様には、その……、敬意を払うよう努めていらっしゃいましたわ」

「へえ？」

あのリシェリが？　十歳の子どもに？　私はあの雲の上での、怖いもの知らずといった態度のリシェリが思い浮かんだ。まったく想像できない。貴族の力関係や敬意の払い方も、よくわからないし。

微妙な私の表情を見てジノンは心配げな顔をしてこう言った。

「お前……大丈夫か？　そのうち、倒れたお前の様子を見に、ここに押し掛けてくるぞ？」

「え」

その時だった。

コンコン。ノックの後に、ワンダの声。

「レディ、……エロイーズ様です」

「！」

タイムリーすぎて、見ると部屋の空気と一緒に、皆も震撼《しんかん》している。

開かれた扉から勢いよく、真紅のカーリーヘアの小さな美少女が飛び出してきた。

「リシェリ！　私よ！　エロイーズがわざわざ、来てあげたわよ？　お加減は如何《いかが》かしら？」

エロイーズは見るからに気が強そうだった。まだ薄い胸を張って偉そうにフンと顎を反らせて、私を不敵に一瞥《いちべつ》する。エロイーズの周りを取り囲むように、少し影の薄そうな、でも意地悪そうな小さな少女が二人、同じようにこちらを見ている。誰かしら、この二人？

私はコホン、と咳払《せきばら》いして、手に持っていた大きな白い紙を顔の前で開いて隠れ、隣のジュリアンにこっそり目配せする。するとすぐにジュリアンが、私の広げた紙の中に飛び込んできて、こそ、と呟いた。

「エリーの周りの女達？　あれは伯爵家と子爵家の娘だよ。いつもエリーが従えてる、めんどくさいやつ」

ああ、なるほど。私は短く頷き、顔を上げて、エロイーズ達に向かって笑顔を返した。

「お見舞いに来てくれたの？　体調は大丈夫よ。ありがとう、お嬢様達」

私の言葉に、エロイーズはピクリと眉を引き上げる。

「あら……？　どうしたのかしら？　リシェリ、私にそんな気安く話すなんて」

侮蔑するようなエロイーズの表情に、取り巻きの二人の少女達も同意するような表情をしてみせる。

私は、こんな小さなエロイーズの笑えないくらいの威圧感に、正直度肝を抜かれて絶句した。

「レディ……」

悲しそうなミラと悔しそうなジュリアンと、私と同じように凍りついているアビー。ジノンが憮然《ぶぜん》とした顔でエロイーズを振り返る。するとエロイーズは、先手を取ろうとするかのようにジノンの前に進み出た。

「ジノン！　会いたかったわ。貴方《あなた》もこちらにいらしたの」

「さっきからずっといただろ？　お前、俺の婚約者に向かって、見上げた態度だな？」

ジノンに向けて表情を百八十度反転させ、甘えた笑顔を見せるエロイーズ。取り巻きの少女達も、途端に媚《こ》びた様子を見せていて。上品そうなドレスを着ているけど、こういういじめっこの女の子達って、どこにでもいるのね。

「お医者様の話によると、リシェリは記憶喪失らしいじゃない？　ねえリシェリ？　王妃たるべき教養も外国語も、ダンスもピアノも、もしかしたらすべて忘れてしまったのかしら？」

エロイーズは不敵に微笑み、言いながら目配せすると、取り巻きの女の子達はバサッとテーブルの上に何冊かの綴《と》じ本を、見せつけるように置き放った。表紙を見るだけで、難しそうな参考書だとわかる。何語なのかもよくわからない。一つは楽譜だった。

リシェリが日記帳に、あれだけ恨み言を書き連ねたくなるのも当然だ。リシェリは、こんな嫌な思いをしていたの……。そう思うと私の母性本能がムカムカして、リシェリを守りたくなってくる。

黙ったまま何も言わない私を見て、勝ち誇ったようにエロイーズは笑った。

「あら？　もしかして本当に綺麗サッパリ忘れてしまったの？　まあ、それじゃあこれからのお妃教育は大変ね？　私が代わってあげましょうか？」

「そこまでだ、エロイーズ。お前、俺を怒らせたいんだな？」

ゾッとするようなジノンの表情と静かな声音に、エロイーズは怯《ひる》み、それでも消え入るような声を振り絞る。

「だって……、だって記憶がないんでしょ？　そんな状態でジノンの婚約者なんて、王妃なんて務まるわけないじゃない。外国語も話せない、ダンスも踊れないなんて。リシェリには宝の持ち腐れよ、この美しいピアノだって、ジノンだって……」

最後まで聞いていられなくて、私は立ち上がった。エロイーズもそうだけど、ジノンが怒り出しそうで。

白いピアノの前のスツールに、トンと座る。蓋を開けて鍵盤を見ると普通の白と黒の鍵盤で、ふぅと安堵《あんど》した。これで見たこともない楽器だったら、完全に終わってた。

そっと鍵盤に両手を置いた私に、皆がはっと息を呑むのがわかる。

私はチラと、さっきテーブルに置かれた難しそうな譜面を見て。溜め息を吐いて瞼を瞑り。

鍵盤に手を滑らせて押さえ、軽快にポロロンポロロロンと可愛い高音を響かせた。短い前奏の後、私は小さく咳払いして、ピアノに合わせて歌い出す。

大サービスだ。

すると、ピアノの上にウサちゃんが飛んできた。

リズムに合わせて、ピンクのふわふわの身体がぴょんぴょんと跳ねている。喜ぶウサちゃんと私は目を見合わせて、にっこり笑い合う。

短い歌と伴奏が終わり、ピアノから顔を上げると。案の定というか何というか、エロイーズや女の子達だけでなく、ジノンやジュリアン、ミラも、ぽっかーんと口を開けたまま、目を見開き固まっていた。

「にゃんにゃん……？　わんわん、だと……？」

ジノンの言葉に、私は照れ笑いし肩を竦めて舌を出す。

小さい頃から保育士になりたかったから、ピアノは小学生の時から一応頑張っていたのだけど、致命的に私は暗譜が苦手だった。大学でのピアノの試験が近くて、かろうじて最近練習していた簡単なやつ。

「おねえさん、今の曲可愛いわね。私好きよ」

弾んだ可愛い声でアビーは若草色の瞳を細め、笑いかけてくる。本当にアビーはいい子だ。

「ね、もう一曲、何か他にもできる？」

可愛いアビーのリクエストに私は困って、目を瞑った。他に、見なくても弾ける曲……。数ヶ月前にユキネと一緒に猛練習していた、あれしかない。迷った挙げ句。まぁいいか。楽しければ。

「じゃあノリノリの曲、いくね」

私は鍵盤に両手を置いて、バン！　と勢いよく叩きつけた。

アップテンポの、私とユキネの推しのグループの曲、まさか異世界で弾くとは思わなかった。色鮮やかな零れて弾んで流れ出すようなメロディが、リシェリの広くて高い天井の部屋いっぱいに、響き渡る。迷ったけどやっぱり歌いたくなって、弾きながら歌う。歌い出したら、指先が叩く鍵盤から跳ねるような旋律に合わせて身体も動く。

ふと見ると、ジュリアンとアビーが満面の笑みを浮かべてこちらを見ていた。

練習を繰り返して聞き慣れた曲が耳をついて流れてくると、先ほどの喧騒《けんそう》も吹き飛んでしまう。一気に幸せな気持ちが込み上げてきて、目を閉じて広がる爽快感を胸いっぱいに感じて歌っていると、ついこの前まで歌って弾いていた曲なのに、遠く懐かしい曲に久しぶりに出会ったみたいに、心が動いた。

こころや悠くん達と、見慣れた家の中で一緒に生活していた光景がフラッシュバックする。

零れて流れていく旋律は、黒と白の鍵盤から弾んで、まるで、ここでの私の世界も満たして、元の世界とこの世界を繋《つな》ぐ光となって溢れ、空まで昇っていくよう。

ラップも入ってる曲だけどこんな曲、この世界にもあるのかな？　エロイーズも女の子達も、茫然《ぼうぜん》としているのが面白い。練習で手こずったグリッサンドも成功して、テンションが上がる。

この曲、好きなんだよな。ああ、やっぱりいいな。元の世界に帰りたい。このままこの世界にいたら、一体これから、どれだけの素晴らしい曲を聞き逃してしまうだろう？　元の世界に、元の自分に戻りたい。悠くんを抱っこして、こころやユキネと一緒に笑い転げて、一緒にこの歌をもう一度歌いたい。

ジュリアンやアビーちゃんも、可愛いけど。

ふとジノンと目が合う。ジノンは身動《みじろ》ぎもせず、じっと私を見ていた。呆れてる？　それともこの曲が好き？

ジノンの真っ青な瞳はとても綺麗でずっと見つめていたら吸い込まれそうで、乙女ゲームじゃないけど、本当に魔法のようなブルーアイズ。つい今、胸の中で浮かんでいたはずの故郷への感傷が一瞬で吹き飛ぶみたいに、胸の中に何かが割って入ってくる。真っ青な瞳に真っ直ぐ見つめられていたら、そのうち胸の中をそっくり占領されそうで怖い。

あと少しだけでもこれ以上一緒にいたら、ゲームの通り、こころが言ってた通り、好きになる？

鍵盤から立ち昇って目の前に溢れていくような旋律が高揚感と一緒になって、そんな質問が自分の上から降ってきた。

「……う……ひっく」

明るい陽射しと爽やかな風がカーテンを翻《ひるがえ》す、まだ明るい時間だというのに、すべすべのシーツに滑り込む。部屋の天井の中央から豪華なシャンデリアが垂れ下がっていて、陽の光に煌めいて、そのキラキラした輝きはピンクの壁紙にも反射して、とても綺麗。

異世界の医師とは、なんて優秀なのだ。聴診器も体温計も血圧計もレントゲンも必要ないらしい。朝の診察で、うっすら瞳を細めてじっと見るだけですぐに、昨夜は眠れなかったのですね、リラックスして眠れる薬湯を処方するので一日ゆっくり休養するようにと言い渡されて。遠慮なくリシェリのベッドの上で、私はぐしゅぐしゅ泣いている。

今日このまま、ジュリアンやアビーちゃん、ジノンの前に出て、にこにこと笑っていられる気も全然しなかったし。

温かい湯気の立ち上る、オレンジの果皮？　が入ったうっすら喉に絡みつくようなほんのり甘い薬湯を、ふうふうしながら飲んでいる。

異世界で目が覚めてからしばらくは、色々と物珍しくて、この不思議な魔法の世界に浮かれていたけれど、昨日のピアノを引き金にハタと現実的な視野が戻ってきた。そしたら、あれよあれよという間にもう完全にホームシック。

つぅっと頬を自然に涙がつたう。それを隣に入ってきたウサちゃんが、ぺろっと舐《な》めてくれる。

本当のことを打ち明けられる人は、いない。ウサちゃんくらい。

「なんでリシェリに転生しちゃったの？　リシェリの代わりに婚約破棄されて、修道院に行くため？」

「ぴ？　……ぴ」

「ビッチな悪役令嬢になんて、なれるわけない。私、恋愛経験ないし」

「ぴぃ……ぴよ」

思いきって胸の丈《たけ》を曝《さら》け出すと、ぽろぽろと涙が次から次へと零れ落ちてきた。

「本当に、ここでこれから、一生を過ごさなきゃいけないの？」

ふわふわのピンクの毛並みを撫でると、ウサちゃんのペロンと大きな耳がふぅわりと羽ばたくように動く。

「こころもユキネも悠くんも、パパもママもいない世界で？　そんなの寂しすぎる……元の世界に戻りたい……う、う……凛に戻りたい」

サイドテーブルにコトンと茶碗を置く。薬湯はいつの間にか飲み終わって空《から》になっていた。眠気と一緒に身体がポカポカして、感情が次々と緩んで溢れ出てくる。まるでこれまで塞《せ》き止められていた川の水が、一気に解放されて流れ出したかのようだ。

私はウサちゃんの可愛らしい、ピンクの瞳を覗き込む。

「もう明後日だわ。また雲の上で、リシェリと神様と会うの。リシェリはもう元に戻すことはできないって言ってたけど、本当にそうなの？」

「ぴよ……」

「私、頼んでみるわ。どうにか元の凛に戻してもらえないか……」

「ぴゆぴゆ」

だんだん瞼が重くなってきた。私はふかふかの枕に、うとうとと沈み込む。

十八歳になったら、『マジックアイズ』のヒロインが現れる。

あの可愛らしいヒロインは、誰を選ぶのかな？　もしジノンだったら、そのヒロインが王妃になるのか。

ジノンの透き通るような綺麗なブルーアイズが、瞼の裏に現れる。

その真っ青な瞳が、恋する人を映して。あの少し掠れた低い声が、愛を囁《ささや》いて。あのしなやかな身体の中に、誰かを引き入れるのか。

胸がチクッと痛む。どうして？　その答えを考える前に、私はそのまま深い眠りに沈み込んだ。


「おねえさん、見て見て。今日は私が、お母様に教わってゼリーを作ったの」

庭園にセッティングされたテーブルの上に、アビゲイルが作ったというぷるぷるのゼリーを入れたお皿を、ミラが人数分並べてくれる。ピンクのゼリーには私の好きな苺が、うす緑色のゼリーにはマスカットが入っていて、それまで食欲のあまり出なかった私の喉を、ひんやりと気持ち良く滑っていく。

「上手ね、アビーちゃん。すごく美味しいわ」

ゼリーを美味しそうにぱくぱくと口に運ぶ私を見上げて、アビーはとても嬉しそうに満面の笑みを浮かべた。

「へえー。兄上が毎日のようにリシェリのところに通ってると思ったら、こんな楽しそうなお茶会をしてたんだ」

憮然とした表情で紅茶を啜っているジノンの隣で興味津々といったふうにシルバーの瞳を輝かせ、ジノンの弟だというアクセル王子が頬杖を突き、私達をじろじろと眺めていた。

「リシェリ、大丈夫？　ちょっと顔色が青いようだけど」

「ありがとう。大丈夫よ」

当然リシェリとアクセルはよく知る仲同士なのだろうと微笑む私を、アクセル王子は目を見張って覗き込んだ。あ、私が笑ったのが珍しいんだ、この王子にとっても。この驚いたような反応、なんだかジノンの最初の頃の反応と被るなぁ。

「リシェリ、ちょっと顔つきが柔らかくなった？　なんだか前よりもすごく可愛く見えるんだけど、気のせいかな？」

そう言いながらアクセルは、私の方へと手を伸ばした。アクセルの指先が私の髪に触れそうになった時。

パシッ
それまで黙ったまま紅茶を啜っていたジノンの手の甲が、アクセルの指先を払い除《の》けた。

しん、となる空気。

何だろう、この変な感じは。なんだか、俺の女に触れるな、みたいじゃない？

「もしかして、今のって、……」

ジュリアンが、こそこそとアビゲイルの耳元で何事か囁いたかと思えば。

アビゲイルも、ジュリアンの耳元でごにょごにょと囁き返している。

「そうに決まってるじゃない。だって殿下は……」

もしかして……ジノンはリシェリのこと、本当は好きだったとか？　リシェリの日記には、そんなこと一言も書いてなかったけど、……もしかしてリシェリ自身も、ジノンの気持ちに気づいていなかったとか？

「ありえるかもしれない。当人同士は気づいてないっていう、よくあるあれね。きっとあれなのよ、本当は子どもの頃からずっとリシェリが好きだったけど、いざ本人を目の前にすると素直になれなくて意地を張っちゃって、これまでずっとすれ違っちゃってたってやつ……」

「はぁ～～!?」

頓狂《とんきょう》な声にハっと我に返ると、真っ青な瞳を見開いて私を凝視するジノンと目が合った。その握り込んだ拳は、ぷるぷると怒りに震えている。

「姉さま、全部、声に出てたよ?」

苦笑いするジュリアンの言葉で、いつの間にか私の物思いが声になって漏れ出ていたことに気づく。

「殿下、子どもの頃から、ずっとおねえさんのこと好きだったの?」

アビゲイルが、無邪気にジノンに問い掛ける。

「それはない! 一体どうやったら、そんな発想に行き着くんだ……このボケ!」

「いたっ」

ぷんぷんしているジノンに、私は額を指で弾き飛ばされて後ろによたつく。いわゆる、デコピンをされた。

「ああ、ああ、兄上。暴力はダメだよ? 未来の妻に」

ならないけどね。私は内心ひとりごちた。

それよりも、このアクセル王子。確か『マジックアイズ』の攻略対象の一人だ。私の記憶が正しければ。

シルバーブロンドの髪と瞳。精霊のような儚げで繊細な容姿に悪戯っ子のような瞳で、ヒロインを甘く翻弄《ほんろう》する弟萌《も》えキャラ。

アクセル王子ルートに入ると、アクセルはジノンとは恋敵《こいがたき》同士になって熱烈にヒロインを取り合うスチルが人気らしく、ゲットしたと興奮したこころが見せてきたことがあった。アクセル王子の腕の中にいるヒロインの手首を、ジノンがブルーアイズを情熱的に煌めかせ、こちらに引き寄せようとしているスチル。

私は、ふうと溜め息をつく。ジノンがリシェリのことを好きなんてことあるわけないか、やっぱり。アクセルルートでは、ヒロインを取り合うアクセル王子とジノンに嫉妬して、アクセル王子に媚薬を仕込もうとするリシェリ。もちろん失敗してアクセル王子とヒロインがエロサービスシーンに縺《もつ》れ込む、当て馬役。結果、リシェリは修道院エンド。

乙ゲーの内容を思い出ししょんぼりした私を前に、そわそわとアビゲイルとジュリアンが立ち上がる。

「おねえさん、見て。これから私が面白いものを見せるから」

「え？」

少し離れたところにある大きな植木鉢の脇に立ち、アビゲイルが何やら手を翳《かざ》してぶつぶつと呟いた。すると。

「あっ」

ぴょこん、と土の中から可愛いうす緑色の芽が出てムクムクと芽から茎が伸びていき、あっという間に枝分かれして上へ上へ育っていったかと思ったら、ぽんぽんと次々と大輪のピンクの薔薇が、蕾《つぼみ》から花びらを開かせて咲いていったのだ。とっても綺麗。

「わあ……すごい。今アビーちゃんがこの薔薇を咲かせたの？　魔法で？」

黄桃色の瞳を見開いて瞬《まばた》きする私に、アビーちゃんは満足そうに笑いかける。

「そうなの。少しずつ練習してるの。このお花はおねえさんに。明後日、お誕生日なんでしょう？」

「私にくれるの？　ありがとう、アビーちゃん。とっても綺麗。嬉しい」

「アビーはね、土属性の魔力を活かして将来は宮廷庭師になるのが夢なんだよ、ね？」

ジュリアンの言葉に、アビーはふふふと擽ったそうに笑う。

「そうなの。もし宮廷庭師になれたら、殿下とおねえさんの宮殿を、毎日素敵なお花でいっぱいにしてあげられるでしょう？」

照れくさそうに夢を語っているアビーに、私は上手に笑うことができているか、内心ヒヤっとしてしまう。

アビーちゃんが宮廷庭師になった時、ジノンの隣にいるのはきっと私ではないから。

でも。きっと最近の元気のない私の様子を心配して、アビーとジュリアンはお花を用意してくれたんだとわかった。

昨日の朝に薬湯を飲み、泥のように昼間中眠った後。その夜はやっぱり結局、一晩中眠れずに朝を迎えてしまって、体調が元に戻らないままだったから。

それでも明日はとうとう、約束の一週間後だ。リシェリと神様に、もう一度会う。私は凛に戻してもらえないか、もう一度元の世界に戻れないか頼んでみるつもりだ。

明後日は、リシェリの誕生日。

誕生日には、本当のリシェリがここにいるのか、それとも。

ぼんやりする私を。

ジノンがじっと見つめていることに、私は気づかなかった。

夜、やっぱり眠れなくて、私は何度めかの寝返りを打つ。

薬湯を朝飲むのではなくて、夜、寝る前に飲んだらいいのではないか？　そこまで考えて、ふとリシェリは今の私のように、ホームシックになったりしないのかな？　と思う。

ひょっとしたら、今頃やっぱり元に戻りたいと思っているのでは？　私と同じように。

雲の上では、凛としての新しい人生を前にノリノリだったリシェリ。環境も何もかも、すべてがガラッと変わったのは私だけではなく、リシェリだって同じはずだ。どうかそうあって欲しい。二人して神様に頼んだら、何とかなるんじゃないかな？

ふと微かな光が差し込み、風で翻ったカーテンの隙間から、仄青《ほのあお》い月明かりに照らされた人影が現れた。はっとして私はベッドから起き上がる。

いつの間にかジノンがいて、窓辺に寄りかかってこちらを見ていた。

「ジ……ジノン？　何で……」

ゆらっと窓枠から身体を起こして、ジノンはベッドの上で驚き瞠目している私の方へとゆっくり近づいてくる。

近くに来ると、仄かな青い月明かりの中でもジノンの顔は見てとれた。何だか少し、思い詰めたような表情に見えるのは気のせい？

真っ青な瞳は薄闇に陰を落として、私の胸の鼓動をどくどくと速めさせる。

「眠れないんだろ？」

掠れた低い声が落ちてきて。ブルーアイズが煌めいた。

「外に出よう。気分転換させてやる」

「ひゃあああっ」

外で散歩とか、そういうのかと思っていたら、全然違った。

リシェリの部屋の窓の外に、大きな白いドラゴンが浮いて待っていて。私はその広い大きな白い背に乗り、ドラゴンに振り落とされないようにジノンに掴まりながら、エルランドの夜空を飛び回っている。もう、アニメとかファンタジーのＣＧとかの世界。

それよりも現実はもっともっと生々しくて、リアルで、空を飛ぶ感覚はあんな夢のような優雅ではなく、普通にジェットコースター。上空から下を見下ろすと怖すぎる。

「落ちない。心配するな」

私が高いのも速いのも怖いのだと察したのだろうジノンは、ドラゴンに何事か呟くと、ゆっくり飛んでくれた。

できるんじゃない。できるんなら、最初から、ゆっくり飛んで。

やっと落ち着いた夜間飛行になったと思ったら、ロマンチックな夜空に今度は眩暈《めまい》がしそうだった。

月が近くて、煌々《こうこう》とした光は、ドラゴンやジノンを神秘的に照らす。

ジノンにしがみついていた身体をゆっくりと立て直すと、ジノンの真っ青な瞳に見つめられ、私は身動き取れなくなってしまう。

(こんなスチル、あったっけ?)

思い出せない。最高に素敵なシーンだと思うんだけど。

胸がキュンとなるくらい。

ジノンから目を逸らせなくてそのまま見つめていると、ジノンは何か言おうとして、それでも口をつぐんだような気がした。

（？）


そうしているうちに、するすると私達を乗せたドラゴンが地上に降りていき、小さな森の中、湖の畔《ほとり》にふわりと着地する。

月の光が遠ざかった薄闇の中、ドラゴンの背に座ったままの私とジノン。

ジノンは、指先をパチンと打ち鳴らす。すると、森の木々が一斉に虹色に光り輝いて、幻想的な光の粒が緩やかに動いて辺りを舞い始めた。

「うわぁ……綺麗」

妖精や蝶々《ちょうちょう》が同じように煌めいて、フワフワと金粉を撒き散らしながら飛び交っている。サワサワと湖の水面が風に揺れて、ドラゴンから降りて水辺に近づいていくと葉っぱの揺れる隙間から、零れるような鈴の形をした可愛らしい花が連なっている。

「すずらんだわ。こんなところに」

私は懐かしさを感じさせる可憐《かれん》なその花を見つけて、思わず顔を綻ばせる。ジノンが、しゃがみこむ私の背中に、寄り添うように顔を出す。

「ミュゲだ。好きなのか？」

「うん。鈴みたいで可愛くて、大好きなの。なかなか見つけられないんだけど」

「持って帰ろう」

そう言ってジノンはすずらんの花を根っこごと、何本か引き抜いていく。

「ミラに言って、窓辺に植えてもらえばいいだろ」

「そうね」

ジノンも、元気のない私を慰めてくれているのだろうか？　思わず私は笑った。

笑う私の顔を見下ろして、またジノンは何か言おうとして、また口をつぐむ。

「どうしたの？」

ジノンを見上げ、目で問いかける私をジノンはじっと見下ろして、首を横に振った。

すずらんの花を胸に抱え微笑む私に、妖精や蝶々がフワフワと寄ってきて。

虹色に輝く森の中は、映画よりもっと素敵。

ジノンは私の肩を、そっと手のひらで包み込む。

その温かいゴツゴツした男の手のひらの感触に、ドキリとして顔を上げると、もっと心臓に良くないジノンのセクシーな表情があった。

ジノンは私を見つめて、ゆっくりと口を開く。

「男に、……抱き締められたことは？」

（え……？）

「それは、あの……この前の、あの、庭師の甥に……」

「それを数に入れるな、ボケ」

皆まで言わせず私の言葉を遮って、ジノンは憮然とした顔で目を細め、睨んだ。

そのジノンの真っ青な瞳。じっと私を見つめている、その瞳を見て。

私がパパに抱き締められたことも、男に抱き締められた数の内に入らない問いかけなのだと、恋愛偏差値ゼロの私でもわかった。

「……ない」

「俺も、初めて」

そう言いながらジノンは私を、その逞しい胸の中で抱き締めた。すごく温かくて、ぎゅっと重ねて抱き締める両腕の強さにクラクラする。

ジノンが言ってるのは。

俺も女を抱き締めるのは、初めて。

「……っ」

ドキドキと胸がときめいてうるさい。私の顔もきっと真っ赤になっているに違いない。

「……りん」

「！」

心臓が跳ね上がったかと思うくらい、びっくりした私は反射的に顔を上げる。

「ジノン……？　今、何て言ったの……？」

「りん」

ジノンのブルーアイズは、じっと私を見下ろしている。

「な？　なんで……」

狼狽える私に首を傾げて見せ、ジノンは怪訝《けげん》な顔をした。

「覚えてないのか？　二人きりの時は、お前のことそう呼んでるだろ？　子どもの頃、俺が付けた愛称だ」

「っ……そうだっけ？」

思いもよらない昔話に、私は目を白黒してしまう。

びっくりした。凛って私の名前を呼ばれたのかと思った。偶然でも心臓に悪い。

ジノンは、狼狽えて俯《うつむ》いた私をもう一度両腕で引き寄せて抱き締める。

すり、と私の髪にジノンのこめかみが擦り寄せられて、きゅうんとときめいてしまう感覚が止まらない。

「りん……」

力強い腕で、温かい逞しい胸の中にぴったり抱き締められて、どうしても、自分の名前を呼ばれてるみたいで。

おかしくなりそう。

(こんなこと、しちゃダメ……)

ドキドキしすぎて、どうしたらいいかわからない。どうして？　リシェリとはこういうことする関係なの？

(こんなの……好きになっちゃうよ……)


約束の一週間後。

私は夕食が終わってから一人、クッキーを焼いた。もしかしたら明日の朝、目を覚ましたら、私は凜に戻っているかもしれないから。

もしそうなら、リシェリの誕生日の朝、ジノンやジュリアン達と一緒に食べてもらいたくて。これまでのお礼として。

ベッドサイドの明かりを消すと、すっと翻るカーテンの隙間から、鉢植えのすずらんが並んでいるのが見えた。

「ぴゅ」

傍らでぴっとりと私にすり寄ってくるウサちゃんを、私は抱き上げる。

「ウサちゃんの名前、何が良いか迷ってたけど、ミュゲにするね」

「ぴゅ……」

「ミュゲちゃん、もしかしたら今日でお別れなのかも。会えて嬉しかった。これまでありがとう。ジノンや皆に、よろしくね」

私はふかふかの布団に入り、シーツに身体を滑らせて、瞳を閉じた。

これからはすずらんを見る度に、ジノンのことを思い出すだろうな、と思いながら。


リシェリが寝た後。

深夜。

仄青い月明かりに照らされて翻えるカーテンもそのままに、窓辺に寄りかかったジノンがぼんやりと、リシェリの寝所のテーブルの上に置かれたクッキーを見つめている。

すっと身体を起こし、ベッドの中で眠っているリシェリに近づいて。ジノンはじっと見下ろして、眠っているリシェリの寝顔が、どっちなのか見極めようとする。

しばらく寝顔を見つめて。プラチナブロンドの髪を、指先でさらりと梳《と》かすように撫で絡めて。

窓際のバルコニーを、魔法で開け放つ。

呼吸のような規則正しい夜風に吹かれて、微かな虫の音《ね》だけが静かな薄闇に響く。

ジノンの指先から溢れ出した光の粒は、ミュゲの鉢植えに届くとそこから閃光《せんこう》のように青い光が溢れて流れ出す。

バルコニーの花壇いっぱいに、ミュゲの花が次々と零れるように咲いていく。

緑の葉っぱに覆われて隠れるように、雫《しずく》に濡れた小さな鈴のような花。

その可愛らしい白い花を目にして。

ジノンは内側から汲み上げるような苦しさに、胸を掴んだ。

緩やかな光が射し込む視界にうっすら霧がかかった世界が映り込み、気がついたらふわふわした感触がまた、私の背中を浮遊させていた。

雲の上に、またやってきたんだ。

いったん瞼をぎゅっと瞑ってから、ぱっちりと目を見開き身体を起こしたら、目の前にいる私と目が合った。

夏になったら毎年衣替えで出す部屋着、白のキャミソールにグレーのショーパン姿の凛を見て、懐かしさが甦《よみがえ》る。肩までのピンクブラウンの髪、童顔なのにすっぴんで、私は最後くらい綺麗にメイクした自分の顔を見たかったなと思う。

ん？

(最後？)

どうして私は、これが最後だと思ってるの？　と自分の何気なく立ち上がった思考に驚く。

さっき私は、元の凛に戻して欲しいってお願いするつもりで、眠りについたばかりだというのに。

「久しぶりですね、リシェリ。一週間経ちましたが、新しい自分の世界はどうですか？」

天の声に、はっとして私は顔を上げた。

やたらと眩しい一週間ぶりの神様は、いつの間にか私と凛の側《そば》に立っていた。相変わらず光に包まれて、鈴を一斉に鳴らせたような倍音《ばいおん》で淀みなく私に問い掛ける。

「順調そうじゃない、何だか私の時よりも」

ほんの少し面白くなさそうに、私の目の前の凛は唇を尖《とが》らせた。その少し茶色がかった瞳は、まるで私と共犯者であるかのような笑みを、少し含んでもいるみたい。でも、リシェリは順調って言った？

「順調なんかじゃない。私あっちの世界で、ひどいホームシックになって。それでお願いしようと思って、今日のこの時を待ってたの。ねえ神様、私、元の凛に戻って自分の世界に戻してもらえないかな？」

言いながら、私は自分で自分の言っていることに何故だか戸惑っていた。おかしなことに、口をついて出る自分の言葉が少し浮いているように感じるのは何故だろう？

目の前の凛の姿をしたリシェリと神様が、目を見合わせている。そのリシェリの表情はひどく静かで落ち着いていて、私は不安に駆られる。

「ねえリシェリ、あなたは元に戻りたくないの？　ジュリアンやワンダばあやさんや、お父さんとお母さんに、会いたいと思うでしょ？」

私の言葉に、リシェリは凛の茶色の瞳で空を見上げ少し考える素振りを見せてから、私に向き直った。

「会いたくないわけではないけど。私は一度死んで生まれ変わって、だからもう私の中ではリシェリはすでに、前世の自分という感じなの。だから、今は私は凛よ。もちろんまだ少しこの身体は借り物のような気はするし、完全に環境に慣れてはいないけどね」

あまりの冷静沈着なリシェリの様子に、私は自分を置いてきぼりにしたまま、どんどん先に進んでいく世界に怖くなる。

「私……私はそんなふうに思えないの。だって私は、乙女ゲームの世界に生まれ変わってて、……何で私の世界ではゲームの登場人物が存在してるのかわからないけど、リシェリはジノンに婚約破棄されて修道院に行くんでしょ？　ジノンの王妃になって子どもを産むなんて、嘘よ」

そう言う私に、今度はリシェリが目を丸くした。

「ちょっとリシェリ、あなた、もしかして戦わずして負けるつもりなの？　こういう時ラノベでは、乙ゲーの世界に転生したってなったら皆、果敢に回避に挑んでるってのに。別に良いじゃない、そっちの異世界がこっちではゲームになってたって。あらかじめシナリオの種明かししてくれてる辺り、私がこれから生きる新しい凛の人生よりも親切じゃない？　それを利用してやろうって心意気はないの？」

腰に手を当て凛の姿で呆れられると、私は自分が余計に情けなくなってくる。でも。

「それが私なの。私はただ平穏な生活を送って、保育士になりたかっただけなのに」

しょんぼり俯く私を、リシェリは腰に手を当てたまま首を傾げて、溜め息を吐いて見下ろしている。どうして同じ凛の姿なのに、まったく別の人みたいに見えてくるんだろう。私は複雑な気持ちで、泣きそうになった。

「まあまあ。凛は確かに今回の人生は、チャレンジングでしょうね。なにしろ魔法世界に転生したのに、途中転生で中身は凛のままで、当然魔力もない。だから、その代わりと言っては何ですが、凛と乙女ゲームの記憶はあるんです。公爵家の令嬢で王太子の婚約者っていうだけでも、恵まれた転生ですしね」

神様はもしかして、フォローしてるつもりなんだろうか？　でも残念ながら、私には何の効果も感じられなかった。

「元には、戻せないの？」

「元に、戻りたいですか？」

逆に聞かれて、私はまた、何故かぐっと言葉に詰まってしまう。これはなんでなの？　なんなの？　私、さっきから。

「元に戻ったとして、リシェリ、あなた大変よ？」

黙ってやりとりを聞いていたリシェリが、私の瞳を覗き込んできた。

「え？」

「私、予備校に入学したわよ？　次の大学入試までの授業料も先払いしてるし、かなりスパルタな予備校だけど大丈夫？」

「ええ？　児童学部、もしかして退学しちゃったの？」

「それはまだ。あなたの母親が、とりあえず休学して、辞めるなら大学に合格してからにしろって言うから」

ナイス！　ママ！

「よかった……。でも予備校って、費用はパパが出してくれたの？」

ほー、と脱力し、ハタとまた新たな疑問が湧き上がった私に、リシェリはニヤリと笑ってみせた。

「私、あなたの世界で凛になっても、中身は能力も魔力もすべてリシェリそのままなの。だから、錬金術でゴールドを出してキャッシュに替えたのよ。もちろん予備校の費用だけじゃなく、学費は自分で払えるわ。ちょっと貨幣価値がわからなくて沢山出しすぎちゃってね、大金持ちになったの」

「ええ!?」

「私、愛想も何もない性格でしょう？　だから最初、あなたのパパやママ、こころや悠とも、やっぱり微妙な空気感でね、なかなか打ち解けられなかったのよ」

やはりそうなのね、と私は合点《がてん》がいった。何しろあちらの世界で私が笑っただけで、ジュリアンやジノン達にびっくりされたくらいだ。パパやママ達が、急にガラッと変わった凛の異変に驚くのもムリはない。

「だから、この今の私を新しく受け入れてもらうために、とりあえず手っ取り早くお金で解決するしかなかったの」

ん？

「急に大金を目の前にして、皆、素直に浮かれてくれて助かったわ。何でも好きに使っていいってお金を渡したんだけど、あなたのパパとママは、今、新しい土地と家を購入しようと毎日嬉々《きき》として物件を見て回ってるわよ。こころや悠もね、好きなだけネットで買い物して、品物が毎日のように家に届いてるわ」

滔々《とうとう》と話しているリシェリの目の前で、私は驚きのあまり、開いた口が塞がらない。

「お金は人を変えるって本当ね。私が一度心臓が止まって蘇生《そせい》したものだから、凛は人格が変わった代わりにチート能力に目覚めたんだって、今ではなんてラッキーなんだって、こころ達皆浮かれてるわよ？　あなた、元に戻ったらこの先の固定資産税、ちゃんと払える？」

なんてことだ。私の中で、元に戻った私と一緒に、パパやママ、こころや悠くんと抱き合って泣いて喜ぶ予想図がガラガラと崩れ落ちていく。

パパもママも、こころ、悠くんも。なんて現金なの。血肉を分け合ったのに、別人のリシェリにもう適応したというお気楽な性格が憎い。

「予備校もオンラインだから、世界中で受けられるの。だから早速ＳＮＳを開設して、来週から世界旅行に出かけるのよ。楽しみだわ」

「えええ？」

「あとね、彼氏もできたの。予備校に見学に行った時に出会ってね？　あなたには悪いんだけど、もうセックスも済ませちゃったの。凛、あなたも処女だったのね」

「！！！」

私は今日一の衝撃を受けた。

「あ、でもね、安心して？　おかげさまで、それほど痛くはなかったの。きっと、凛が日頃から指を入れて中を解《ほぐ》して拡げてくれていたおかげで……」

「いやあああああ!!」

私の絶叫が、雲の上を突き抜け響き渡る。

リシェリと神様は、あらかじめ予期していたらしく、今度は耳を手のひらで塞いでいた。

「リシェリ、いくら元に戻りたくないからって、言いたいこと言うのは控えて」

やり場のない感情が爆発して、悶《もだ》えている私を気の毒そうに見やりながら、リシェリをそっと窘める神様にリシェリはひゅっと眉を引き上げた。

「嘘は良くないと思って。凛は元に戻りたいって言うんだから、正直に今の状況をあるがまま伝える義務があるでしょ？　それに、もう凛の性癖は、こころとママは知ってるじゃない？」

そう言って、リシェリは無邪気に、手でスマホの指紋認証を解除するような仕草をして見せた。

「凛が、いっぱいお気に入り登録していた動画よ。凛は、絶倫巨根がしつこくあそこに挿入を繰り返すシーンが大好……」

「いやあーやめてぇ！　もういい！　戻らない！　もう絶対に戻れない！　戻りたくない！」

「凛、落ち着いて」

神様が困り顔で落ち着かせようとするけど、私のショックは当然収まるはずがない。

「勝手なことばっかりして、リシェリ、ひどい！　私、元に戻りたかったのに。私達、もう本当に元に戻れないのね？」

「凛、実を言うとね？　今ならまだ、ギリギリ元に戻れますよ」

「え？」

奇跡のような神様の言葉に、目を見開いて顔を上げ涙が引いていく私と、チッと舌打ちするリシェリ。

「そうです。だからこそ、一週間後ここで会いましょうって機会を設けたわけですしね」

神様がふわりと微笑むと、しゅわっと私は霧に包まれ、少し冷たい飛沫《しぶき》を浴びた。

私を包んでいた霧が引いていくと、私の目の前にはリシェリがいた。

黄桃色の透き通った瞳、ぷっくりしたチェリーピンクの唇は少し拗《す》ねたように唇を尖らせて、とても綺麗な女の子は、ピラピラした白のネグリジェの腰に手を当てて。豊かな胸から括れた腰までのラインは、とてもなまめかしい。

私は自分を見下ろした。ピンクブラウンの髪が肩上で揺れている。見慣れた白のキャミソールとショーパン、懐かしい我が家の柔軟剤の匂い。ホッとする安心感。

元に戻れるの？　家に帰れるの？　本当に？

そこまで考えた時。

不思議なことに、私の胸に湧き上がってきたのは、ほっとした安堵でも喜びでもなかった。胸の中で、何かが、青く煌めいた。透き通るような真っ青な、力強い何か。それが胸の奥でぐっと手繰《たぐ》り寄せるように、自分を引き留めてくる。

どうしてか自分の胸の中で勝手に広がっていく、何か。それは、あの一週間しかいなかった魔法世界につながっているのがわかる。

どうして？　顔を上げると、穏やかな表情の神様が私を見ていた。

「ね。不思議でしょう？　あの時、あなたは人生をちゃんと終えて、ちゃんと魂は選択して、今こうなっているんですよ。今の意識上、自分の理解が半信半疑だとしても、あの時すでにリシェリと凛が互いに転生することをね」

神様はそう言うと、私の目の前にはまた、艶然《えんぜん》と微笑む凛がいて。自分を見下ろした私は、またリシェリになっていた。プラチナブロンドのツヤツヤの髪が胸元に流れている。

本当に？　にわかには信じがたい。

本当に私は自分で選んだの？　リシェリに生まれ変わって、ジノンに婚約破棄されて修道院に行くことを？　およそ納得のいくものではなかったけど、ついさっき凛の姿に戻った時に、自分の中で何かが違うと感じたのは、事実だった。そして今、またリシェリの姿になった自分を見て、胸がホッとしていることも。その胸の中にある青い煌めき、それは。

どうして？　不思議だ。自分が願う幸せとはかけ離れていく未来があるとしても、私はこっちを選んだの？

「決まったみたいね？」

目の前の凛は腰に手を当て私を見下ろして、満足そうに息を吐いた。

「さあ、そろそろ時間ですね。リシェリ、凛。もうここで会うのは最後です。次、あなた方にお会いするのは、それぞれ人生を終えて、また雲の上に戻ってきた時ですね。二人とも、お元気で」

「ちょ、ちょっと待って」

私は慌てた。それならそれで、聞きたいことは山ほどある。

「リシェリ、自分が乙ゲーの悪役令嬢って知って、ビッチ行為の末に修道院行きになることがゲームになってるって知って、恥ずかしかったの？」

「それ以外ないでしょ、あんな屈辱はないわ。だから思いきり幸せになって、あんな醜態蹴散らしてやるわ」

「ちなみに、乙ゲーのビッチ行為ってどんなのがあったのかな？　私が思い出せるのって、媚薬と、あとなんか変な印？　を魔法で身体につけるのと……あ、でもでも私は魔法が使えないから、そういうのはできないわね？　大丈夫かな？」

　焦っている私に、リシェリは心底驚いたように目を見開いた。

「凛、もしかして、乙ゲーのビッチ行為を真面目に再現しようっていうんじゃないでしょうね？」

「こうなったら修道院に行くしかないもの。ビッチ行為なんて、私ではムリなことも色々あるとは思うけど、一応聞いておきたくて」

「バカね。もう……ほんと仕様のない人ね」

　リシェリは呆れて溜め息を吐いて、しまいには笑い出した。

「二人とも、もういいですか？」

「わあ、待って！　リシェリ。パパとママ、こころと悠くんとユキネによろしくね。皆を大切に、仲良くしてね」

「よろしくは伝えられるわけないけど、わかったわ。幸い、あなたの家族と友達、嫌いじゃないから」

「よかった。ありがとう、リシェリ。元気でね」

「凛もね。たまに私の日記、見返しなさいよ？　見過ごしている箇所が、あるかもしれないわ」

「うん、わかった」

そこで、言葉が途切れた。私とリシェリは、真正面に向かい合い、その姿が霧に包まれ、だんだんと姿が薄れて、遠く離れていく。

凛の姿を見ることのできる最後なのだと思うと、私は薄れて離れていく凛から目が離せない。

名残惜《なごり》しそうに見つめる私に、リシェリは思い出したように口を開いた。

「そうそう、乙女ゲームね。最近、ジノンルートの攻略が以前より難しくなってるってＳＮＳで話題になってるらしいわ」

「え？」

「こころもユキネも、プレイしながらなんでだろうって不思議がってる。面白いわね」

「ふぅん……？」

元々、『マジックアイズ』をやったことのない私は、へえー？　という他人事《ひとごと》みたいなリアクションにならざるを得ない。

リシェリは、ふっと笑った。

「リシェリ」

「はい？」

「あなたも少しは、がんばんなさいよ？　私は高スペックで強大な魔力持ちのまま、あなたのいた世界でこれからは宝石の中を泳ぐように楽しんでいるわ。安心して」

リシェリは顎を反らし、艶然と笑った。

まるで世界は自分を中心に回っている、とでもいうように。

「じゃあね、リシェリ」

リシェリは、私のことをリシェリと呼んだ。

「誕生日、おめでとう」

そして目の前はまた、霧に覆われた。


目を開くと、まだ薄暗い部屋の中、ふかふかの枕に後頭部を沈み込ませていて。滑らかなシーツの感触とレースの白い掛け布団と、ピンクの壁紙。高い天井から、シャンデリアがぶら下がっていて。そこまで視界に入って、私がああ帰ってきたんだなと思うのと、私のすぐ側でビクッと空気が動く気配がしたのが、同時だった。

「？」

私が眠るベッドの端に腰を下ろしている人影が見えて、それがジノンだと気づいた途端、私の胸がドキッと跳ね上がる。

上体を起こしてまだ目覚めたばかりの目を凝らすと、ジノンは弾かれたようにサッと向こうを向いた。

白い夜着の背中。綺麗な金髪。

どうしてそっぽを向いてしまったのか、わからない。

「ジノン？」

そっと呟いただけなのに、ジノンはまた身体を強張らせて向こうを向いたまま、こちらを振り向かない。

「ジノン？　どうしてここにいるの？　……眠れなかったの？　今、何時？」

「……」

ジノンは息を張り詰めて、どことなく肩の動きも戸惑っているように見える。ジノンが背中を向けている、ずっと向こう側のテーブルが目に入った。

「もしかして……クッキーを食べに来たの？」

その途端、ジノンは勢いよく私を振り返った。

「わっ」

私の両腕を掴んで、ジノンは眉根を寄せたまま私に恐る恐る顔を近づけて、私の顔をどうしてか凝視してくる。

その真っ青な瞳は、真っ直ぐに私の隠し事さえも見過ごさないとでもいうように。

「ジノン？　どうしたの？　何でそんな、じっと見るの？」

穴が空くほど、見られるとはこういうことか。私は訳もわからずジノンに見つめられ続けて、穴が空いてしまいそうだった。

すると緊迫した空気が、しばらくして一気に弛緩《しかん》したようにジノンは脱力し。

今度は急に、ふふ、と笑い出した。

「？」

と思ったら、すぐにまた急に押し黙る。一体どうしてしまったのだろうと、ジノンを見上げていると。

私を見下ろすジノンの真っ青な瞳に、涙が浮かんだ。

「！　……ジ、ジノ……」

目を見開き瞬きして動転する私に腕を伸ばして、ジノンは力いっぱい私を抱き寄せた。

「ジ、ジノン……」

抱き締める力がどんどん強く込められて、ジノンの引き締まった胸に顔を埋めた格好になっている私は、息が苦しくなる。

でも、その強引な抱擁にきゅんとしてしまう。

大きな温かい手のひらが私の後頭部を抱え込んで、私の髪に温かい吐息がかかり、低く掠れた声が耳元で囁いた。

「キスは？」

「え？」

真っ青な瞳が私を捉えて、私は目を見開く。

「キス、したことある？」

「な……っふ……」

答える前に、もう唇を塞がれていた。

青い瞳が至近距離で閉じられて、長い睫毛《まつげ》が目の前で臥《ふ》せられて。

私の唇に、ふっくらしたジノンの唇の弾力のある膨らみが重なって、きゅんと上から何かに差し貫かれるように、胸がときめく。

ジノンの柔らかい唇は角度を変えて、何度も私の唇を食《は》むように口づけ、合間で息継ぎをするかのように甘く吐息が囁く。

「……りん」

「……っ」

何度も何度も、唇の柔らかさが押しつけられるのを唇に感じると、きゅうと胸をひねり続けられているみたいで胸がむず痒《がゆ》くて、苦しい。

「りん」

唇を合わせるだけのキスは、どんどん激しくなって、貪られるように何度も何度も私の唇に吸いつくように繰り返されて。

だんだん震えてくる身体が逃げられないように、後頭部を手のひらで押さえつけられて。

「……んぅ……ふ……」

胸がドクドクと壊れそうになるのに耐えていると、閉じた眦《まなじり》から自然と生理的な涙が溢れ、流れ落ちた。

下唇をつけたまま、ジノンは私を少し休ませようと思ったのか、キスを緩めてくれた。

はぁはぁとドキドキ高鳴っている胸が上下している私を、キスの角度を崩さずに熱っぽく見つめる真っ青な瞳。ドキドキしすぎて、溶けて吸い込まれそう。

「りん……」

「つん……」

そしてすぐにまた、唇を貪られる。

胸を上から何かで貫かれ破壊されるかのような、きゅんと走る快感のような疼《うず》きに全身を襲われているみたい。

身体の力が蕩けるように抜けていき、私はトサリと崩れ落ちて、背中にふかふかの布団の感触を感じた。

倒れ込む私を追いかけるように、ジノンは上から覆い被さるように私を胸に閉じ込めて、熱い唇は私の唇を離さない。

ジノンの身体の重みを胸に感じ、熱を感じ、唇は絡みつくように重なり続けて、手首を強く掴まれ

る。

その時、ごり、とすごく熱くて硬い、大きなものが、私の太腿に当たった。

ずくん！　と私の心臓が跳ね上がる。

こ、これ……。

私の心臓は、そのままどくどくと苦しいくらい、大きく打ち始める。

廻らない頭で、考える。

なんで？

なんで？

だって……勃たないって……。

瞠目している私に、荒い息を繰り返してジノンが顔を上げ、上から私を見下ろした。

「悪い」

その真っ青な瞳は、熱っぽくて、セクシーで、私だけを見つめていて。まるで魔法のように、すべて囚《とら》われてしまいそうで。

少し掠れた低い声が、私に呟く。

「でも……収まらない」

「……っ」

睫毛が臥せられ、また私の唇に甘い口づけが落とされる。

もう。

もうだめだ。私はもう降参してしまうみたいに、瞳を閉じた。

もう、この魔法のような瞳から、逃れられない。

三

二年後の、ドバイの七つ星ホテル、スイートルームはメゾネットになっており、開放的なバルコニーからは碧《あお》い海はもちろん、近代的な都市と遠くには煙る砂漠も見えていた。

朝の空気を感じつつ、デッキソファの向かいに置いたPCから流れる、リモート会議に参加している。

日本は朝十時、こっちは明け方の早朝だ。

頭に布の被り物をしたオリエンタルな服装のアラブ人が部屋に入ってきて、ガラステーブルの上にモーニングティーと赤い蔦《つた》模様が描かれたオリエンタルなガラス瓶が置かれる。

凛《りん》はリモート会議の自分のカメラを、オフにした。そして、そのアラブ人の男性と抱き合いキスをする。

昨夜は、白い一枚布を羽織《はお》っただけの身体《からだ》から、屈強そうな筋肉を感じた凛は欲望を感じるままにベッドを共にした。男性のものは大きかったけれども持久力がなく、一度で終わってしまったことに物足りなさを感じていたが、致し方ない。

会議が終わったらもう一度して、日本に帰ったら思いきり恋人と発散しよう。浮気した自覚のない凛は男性の腕から離れデッキソファに戻り、熱い紅茶を啜《すす》る。薫《かお》り高い、アッサムの香り。

眠気覚ましにルームサービスで水タバコをオーダーし、アラビアンナイトという名称のフルーツフレーバーを一口ブクブクと吸い込み、魂が抜けていくように目の前から煙を吐き出して、少しずつオレンジ色の日が昇っていく爽快で神秘的な景色を眺める。

煙は魔法に似ている。

手のひらや指先からキラキラと光が零《こぼ》れるように溢《あふ》れ流れて、目的に達すると煙のように、フッと消える。

「……明日のドバイのエキスポに、インフルエンサーの白花凛さんも参加してくれ、SNSへの投稿をお願いしています。本日、『マジックアイズ』に新しい追加シナリオがリリースされるタイミングに合わせたもので、今回見込みのダウンロード数は、一年前の白花さんの過去投稿時の『マジックアイズ』増加数の百万ダウンロードを見込んでいます」

自分の名前がスピーカーから流れ、凛は水タバコの煙を手のひらで払い、カメラをオンにする。

「とは言え、白花さんは一年前の当時のフォロワー数百五十万人を超え、もうすぐ三百万人に達しようとしている。うちとしては、海外を飛び回る旅行系インフルエンサーの白花さんに宣伝販促における多大な協力を頂いておりますが、新規顧客の増加と更なるダウンロード数への期待でワクワクドキドキしている、……という状態だねー」

最後、会議の進行役であるデスクのおどけたような明るい語尾に、一斉にいいねや拍手が弾《はじ》けるように液晶画面に流れていく。凛はマイクを、オンにした。

「私もワクワクしています。今回のエキスポ参加の盛り上がり具合と一緒に『マジックアイズ』の新シナリオのプレイ動画を、ドバイの旅と絡めてワクワク感が伝わるようにアップしますね」

「ありがとう、よろしく頼むね。しかし白花さんと懇意になれて、ほんっとうによかったなー」

「そう言って頂けると、やりがいがあります」

「白花さんは、『マジックアイズ』を実際にプレイはしてないって話だったよね？　それなのによく、『マジックアイズ』に興味を持ってくれたよね？」

「妹や友達が、とても好きで。隣で毎日のように実況されていく中で、ある時、急に攻略が難しくなったり、以前とは違う展開になったりと、魔法のように変化していくというのがとても不思議で面白いなと思ったんです。この驚きがネットで都市伝説のように騒がれているのにも、可能性を感じました。もっと沢山《たくさん》の人に、この乙女ゲームの魅力を伝えられるんじゃないかって」

凛の言葉にマイクが次々とオンになり、会議に参加している面々が喋《しゃべ》り出した。

「『マジックアイズ』は、開発したプログラマーがすでに亡くなっていてね。後を引き継いだ残りのチームメンバーで完成させたんだけど、僕達にも未《いま》だによく解っていないことが多いんだ。少し選択肢やプレイ操作が変わると、まったく別の隠しシナリオが出てきたりして、本当に魔法みたいなんだよね」

「そこを、白花さんが自身のＳＮＳと上手《うま》く絡めてくれたおかげで、ユーザーが世界規模に拡がってくれた。乙女ゲームと恋と人生は、世界を旅するのと似てるってね」

「そうそう。最初はプライベートジェットで世界中旅行しながら、暇な移動時間に『マジックアイズ』をプレイしてます、みたいな投稿で、すごいセレブがうちのゲームにハマってくれてると思ってただけだったんだけど。旅の画像や動画が本当に独特だよね。空から街並みをまるで飛んでるみたいなライティング、色や光の編集も秀逸で。あれ、どうやって撮ってるの？」

「実際に、飛んで撮影してるんです」

「またまた～」

スピーカーから、どっと笑い声が飛び交う。

「白花さんは、ゲームを自分がプレイしている体《てい》でＳＮＳにアップしてくれてるけど、実際には、本当にプレイしてないの？」

「そうなんです、すみません」

「新シナリオ、本当に面白いよ？　是非やってみて欲しいなぁ」

「私、まだ大学生なので時間がなくて。それに……」

ちらりと茶色の瞳《ひとみ》を、視線だけ上げ。

目の前をどこまでも拡《ひろ》がっていくような、真っ青な海が遠く光を反射して、煌《きら》めいている様を見つめる。

凛は、ふふふ、と笑った。

「私に代わって、プレイしてくれる人がいますから」

＊＊＊＊＊＊＊＊＊＊＊＊＊＊＊

早朝。大好きなすずらんの白い花でいっぱいのバルコニーをミラが開け放つと、パラパラパラと開いたままのリシェリの日記帳の頁《ページ》が、少し強く吹いた風に擽《くすぐ》られて捲《めく》られていく。

「レディ？　昨夜は、ご自分の日記を読み返していたのですか？」

「そうなの、久しぶりに」

私がそう言うと、ミラはやれやれと少し不思議そうに小首を傾《かし》げて見せた。

「レディ、日記は読み返すのもありだとは思いますが、書くものでもありますよ？　レディが日記をつけている姿を見たことがありませんが、夜中に書いているのですか？」

「そ、そうね。言われてみればそうね？　書いてはいなかったわね」

「もう。これですから、私のレディは。ちょうどいいですわ、今日から魔法学院に入学でしょう？

魔法を学ぶ記録がてら、日記を再開されては？」

「うーん、そうね……」

書くのはいいけど、リシェリの続きの頁に書くのはどうなのかな？　と逡巡《しゅんじゅん》していると。

「レディ、お着替えはすみました？　今日からは、お部屋でそのまま朝食をお召し上がりくださいね？　今日から魔法学院の入学で、旦那様や奥様達とは朝の時間が合わないですから」

言いながらワンダが朝食を運んでくる。その時、窓辺からジノンが入ってきた。王家の紋章の入った黒と濃紺色の着衣、ダークグレーのマントを纏《まと》った姿は目が眩《くら》むほど素敵だ。

「何だ、これから朝食なのか」

怠《だる》そうな朝の表情で首を傾け、私を見下ろす。金髪が朝日に透けるように煌めいて、瞳は透き通るような真っ青な綺麗《きれい》な瞳で、私の起き抜けの胸をきゅんと甘く捻《ひね》り上げるよう。

「一緒に行くの？」

ときめいているのがバレないように、誤魔化すように唇を尖《とが》らせて、ワンダがテーブルにセットしてくれている椅子《いす》に腰掛ける。わあ、今日は苺《いちご》のムースがある。嬉《うれ》しい。

「いただきます」

「どうぞ召し上がれ。今日は学院では、殿下と一緒に行動なさってくださいね。昼食は個室がご用意されてます。まぁ、その……」

「？」

「講義自体は、殿下とは別のクラスにはなるでしょうが……」

ワンダの言葉に私は気分が滅入《めい》ってしまう。魔力にあまりの差があるため同じ講義は受けられない、という意味がその中に含まれているのは、この二年の間で身に染みて感じているのだ。

とうとう。来るべき時が、来てしまった、という感じ。

当然と言えば当然なのだけれども、中身は凛のままである私には、魔力なんてものは欠片《かけら》も持ち合わせてはいない。とはいえ、私は魔法学院に通う。それが運命なのか、どうなのか。

この二年、何度か魔法学院に通わない方向で父親である公爵やジノン、王宮で妃教育《きさき》をつけてくれる講師にそれとなく伝えてみていたものの、私の希望とは本当にまったく関係なく、ゲーム通りにストーリーは進んでいくのだ。

どうやって人生を切り開くの？　私は最後に会ったきりのリシェリとのやりとりを思い出して、心の中で文句を言う。

このままいくと、ジノンは、今日か、明日、そう遠くない未来に乙女ゲーム『マジックアイズ』のヒロインに出逢《であ》う。

運命の出会いなんてスチルの光景を見せつけられて、もし、あの可愛《かわい》いモテモテのヒロインがジノンを攻略対象に選んだらどうしよう？　考えただけで、私の胸はシクシクと痛む。

この先バッドエンドを回避することもできず、シナリオ通りに私は嫉妬して、ヒロインとジノンを邪魔しようとバカなことをしてしまいそうだ。

もちろん修道院に行った方が、私の性格には合っているのだけど。

当然そのつもりで、心の準備と実質的な準備をしてある。

それは、これ以上ジノンを好きになりすぎないように歯止めを必死に掛けるだけでなく、どこの修道院に入れられても良いように、この二年、近くの修道院すべてに小まめに通ってシスター達と顔馴染みにもなっている。こんな狭量な自分が悲しい。

ジノンをちらりと見ると、ミラに私の向かいの椅子を引かれて座り、トポトポと注《つ》がれた温かい紅茶を啜っているところだった。

「何だよ」

ジノンはティーカップから唇を離さず、目線だけで私を見る。その仕草が、私に口づけながら意地悪く囁《ささや》くのと同じで。

（もう、いや）

一人だけドキドキして、おかしいくらい意識してしまう自分が恥ずかしくて堪《たま》らなく嫌だ。

「私、魔力がまったくないのに魔法学院なんて通う意味があるの？　……もしかしてお妃教育の一環なの？」

そう言うとジノンとミラ、ワンダは微妙な顔で目を見合わせた。

「？　どうしたの？」

ミラとワンダはソワソワしだし、ジノンに至っては目の下がうっすらと赤くなっている。うう、色っぽい。

なにやら一様に流れる気まずい空気を一番最初に破ったのは、紺色の瞳を上向けて宙を探るように言葉を探している、ミラだった。

「お妃教育……そ、そうですわね、なんと言うか……いつもレディがなさっている外国語や歴史や政事、マナーやダンスなどとは少し系統は違いますが、……その、……魔力のなくなってしまったレディだからこそ、魔法学院に通う意味はこれからきっと出てくるからと言いますか……」

「？？？　そうなの？」

「まあ、……まあ、すぐに解りますわ。なんならすぐにでも」

呟《つぶや》くミラに、軽く目を細めるようにしてワンダが無言で窘《たしな》める。

よくわからなくて、ゆったりとしたベビーブルーのワンピースに垂れる、緩く片方で編み込んだプラチナブロンドの髪を弄《いじ》り、首を捻る私の目線は、テーブルの上の違和感に気がついた。

焼きたてパンの入ったバスケット、ティーポットとティーカップ、銀のカトラリーに卵料理と生ハム、バターとカボチャのポタージュスープ、温野菜のサラダと苺のムース。

「あ、何か足りないと思った。ワンダ。あのいつも飲んでるグレープジュースがないわね？」

するとワンダとミラが顔を赤くして、飛び上がるようにビクッとなった。

「レ、レディ、殿下、そろそろ私達は失礼いたしますわ。レディのお食事が終わりまして、その、ご準備ができましたらロビーまで降りてきてくださいませ。馬車のご用意をしております」

そう言ってそそくさと、ミラとワンダは下がってしまった。

「何なの……」

二人の背中を見送って苺のムースを口に運んでいた私に、ジノンは溜《た》め息を吐いた。頬杖《ほおづえ》を突いたまま私を見下ろす。

「お前、マジラムを飲んでただろ？」

マジラム↓制淫剤
「！　……っ、かはっ……ケホケホッ」

想定外のワードがジノンの唇から飛び出したことに驚愕《きょうがく》し、瞠目《どうもく》してムースを喉に詰まらせる私に、ジノンは呆《あき》れた眼差《まなざ》しでグラスに入った水を飲ませてくれる。

「はぁ、はぁ、はぁ、……な、なんで、ジノン……」

「知ってるよ、そりゃ。マジラムは誰《だれ》でも、グレープジュースに混ぜて飲むんだ。マジラムの花は色が紫だから」

「そ、そ、そうなのね。……いや、これはあくまで、習慣で。別にその、……私……」

なんて言うの？　言い訳できない。ムラムラするのを抑制するほどの症状は、ないって言うの？

目を白黒させて悶《もだ》える私の椅子を引いて、ジノンは隣の椅子にとすんと座り直して、私の肩を引き寄せ向かい合う格好にして。

「今日からはマジラムは飲まない。お前も、俺も」

「え？　……ええ⁉　ジノンも飲んでたの？　な……」

なんで？　とは聞けない。も、もしかして……

「なんで、勃《た》たないんだろうって、思ってただろ？　お前。この二年、散々キスしといて」

憮然《ぶぜん》とした表情で発するジノンのあられもない言葉に返すこともできず、目を見張る私にジノンは続ける。

「飲まないと、結婚前に子ができるだろ？」

「！」

「俺とお前ももう十八だ。魔法学院に二年も在籍するつもりは最初からない。用が済んだら、すぐに結婚するからな？」

「ええ⁉」

ちょ、ちょっと待って。理解が追いつかない。私は頭を振った、落ち着かないと。

リシェリとして、生きることを決めてから。

毎日のように、ジノンとキスをして。そしたら当然好きになるよね？　そんなこと二年も続けてたら。

でもジノンはキス以外、求めてこなかった。その理由は当然、私では勃たないんだ、やっぱり、と。

いつもそうっと下衣に視線を落とし、シーンとしている下半身を確認しては気を落としていたのだけど、なんですって？

「俺は避妊するつもりはない。今年中には結婚するつもりだし、今、子ができるのはそれはそれで良い」

「な……？」

なんですって？

「さっきワンダ達が言ってたのは、そういう理由だ」

「え？　魔法学院の……？」

「そうだ」

「？」

「俺とヤると、魔力がお前の中に流れて蓄積される。キスくらいなら魔力ゼロのお前でも身体に影響はない。粘膜接触して精子を受けとめるには、魔力に耐性をつけていってコントロールすることが必要だ。だから今日から魔法学院に通うのに合わせて、俺の魔力を少しずつお前に補給していく」

「……え？」

ちょっと待って。今、ね、ねんまくって言った？

つまり？

埴輪《はにわ》になっている私を、ジノンは呆れ顔で、いや少し可笑《おか》しそうに見下ろして。そのシーなブルーアイズは、私を甘くいたぶり挑発するよう。煌めくセク
「俺と、いやらしいことを少しずつするんだよ、レディ？」

一

えーと、コホッ、ゥンッ。改めましての、自己紹介から。

私は公爵令嬢のリシェリ……と身体《からだ》を入れ替わり途中転生した、日本生まれの白花《しらはな》凛《りん》だった記憶を持つ、新生リシェリです。

黄桃色のキラキラの瞳《ひとみ》にプラチナブロンドは艶《つや》やかに背中まで波打ち、抜群のエッチなプロポーション。

これは自己賛美でもなんでもなく、この身体は本来、前リシェリのものであって、私はと言えば日本人のやや色素の抜けた濃い目の茶色の髪と瞳、痩せっぽちで凹凸の乏しい凛の身体をしていたから。

見た目はね、まぁ大した問題じゃない。だから置いといて。問題は中身の方。

この異世界の住人達から聞くところによると、ここエルランドの王族始め、王族の直系の血脈を誇る筆頭公爵家や、我が家公爵家を含む親戚筋は、皆、圧倒的な魔力を受け継いでいると言われているみたいね。

しかし、私の外見は確かにリシェリそのものなのだけれども、リシェリに途中転生した私はどうやら中身はすべてまるっと凛で、魔力はまったくのゼロ。加えて、幼い頃から妃《きさき》教育を施されていた正真正銘のレディだったリシェリとは当然違い、何の教養もなく。苦し紛れに記憶喪失と銘打って、転生した二年前からもう一度やり直し。

ただ、エルランドという国はリシェリの日記に書いてあった通り、本当に真っ当なお国柄だったのが幸いだった。幼い頃からこれまで立派に妃教育を積み重ねていた優秀なリシェリに周りは皆優しく同情し、もう一度手厚く献身的に妃教育のやり直しをしてくれ、王宮の誰《だれ》もが温かい目で見守ってくれる。

なんて恵まれてるの。私が生まれた世界によくある、実際に記録されている歴史の史実や映画のストーリーに登場する王族や貴族達とはまったく違う。

何のメリットもないように感じられるこんな私でも未《いま》だにジノンの婚約者として、周囲から認めてもらえている。そんなふうにされたら、転生した当初からの私の目標、平和な修道院暮らしの構想がブレたわけじゃないけど、自然と皆の優しさと期待に応《こた》えなきゃとついついがんばってしまう。ジノンもアクセル王子も、ダンスや外国語などなんだかんだ協力してくれる。とても有り難い話だ。これが普通の人生ならね。

途中転生というだけでもびっくりな人生なのだけれども、私はリシェリと交代する形で転生した。

そしてその舞台は、なんと私が凜として生きていた人生で人気の乙女ゲームの世界だった。

しかも、私、リシェリはビッチな悪役令嬢のポジションで、この乙女ゲームのヒロインは、別にいる。

ああ——名前が未だに思い出せない。最後に雲の上で会ったあの夜、リシェリに聞いておくんだった。

それもこれも、ヒロインの名前は乙女ゲームでプレイする人達が、自由に好きな名前に変えられるからだ。実際にプレイしていたころやユキネも完全にヒロインになりきって、攻略が進むにつれて萌《も》え展開になったり、刺激的なセクシーシーンに突入した時のスチルを見せてきたりと、恋のお相手とのあれこればかりをクローズアップしてきてたから。

私は、はぁと溜《た》め息を吐いて、緩やかに走る馬車の外の景色を窓から眺める。

綺麗《きれい》な薄紫色の藤の花が、洒脱《しゃだつ》な街の建物のそこかしこに優雅に垂れている。私が将来入れられることになるかもしれない修道院の一つは、この近くにある。

「何だよ」

隣で低く掠《かす》れた声を聞き、私は振り返って透き通るような美しいブルーアイズを見上げた。私は何でもないと呟《つぶや》き、窓の外に視線を戻す。もう一度溜め息が出そう。今から魔法学院に入学するのだ。

さて。今日から本格的にゲームのストーリーが始まるから、サラッと簡単にこの乙女ゲームの説明をしていくわね。実際にプレイしていたのは妹と友達だから、不足も多々あるだろうって、こころとユキネの声が聞こえてきそうだけど。

この私が途中転生した人生は、私の前世で妹や友達がプレイしていた乙女ゲーム、『マジックアイズ～魔法の眼差《まなざ》しに溺《おぼ》れたい～』の世界。R18枠で結構過激なシーンも含まれる。

このゲームの中でヒロインが選ぶ攻略対象者は、全員で五人。

そして攻略対象の一人、何を隠そう一番人気のキャラが、この、今私の隣に座って猫のように気怠《けだる》そうに瞳を細め私を見下ろしている、ジノン王子。

攻略対象その①ジノン↓セクシーなS系イケメン王子。

彼はエルランドの第一王子にして、れっきとした次期国王であるこの国の王太子。

光に透けるようなキラッキラの金髪に、宝石のように煌《きら》めくブルーアイズは、乙女ゲーム『マジックアイズ』を象徴する一番人気の攻略キャラ。その真っ青な瞳はヒロインを強烈に惹《ひ》きつけて離さない。

セクシーな容姿と身体つきに加え、賢明な性質は次期国王としてのスペックを兼ね備え、圧倒的な魔力と幼い頃からの日々の鍛練によって騎士としても優秀。こんなに隙がないとむしろ嫌み。ちょっと意地悪だし。

ジノンルートをヒロインが選択しジノンと上手《うま》く恋に落ちていくと、王太子の癒《いや》しになっていくヒロインだけに見せてくれる甘い眼差しや囁《ささや》き、でもやっぱり少し意地悪（ここポイント、S系王子が売りだからね）にヒロインの恋心を掻《か》き立てる、セクシーなベッドシーンのスチルが人気。

（私がジノンに選ばれて、愛されたかったな）

なんて口が裂けても、言ってはいけない。そんな戯言《ざれごと》や懸想《けそう》が煩悩《ぼんのう》を招き、リシェリである私を破滅エンドに導くのだから。

そう。私は残念ながらヒロインが選んだ攻略対象キャラだけでなく、モテモテのヒロインに嫉妬する悪役令嬢なのだ。

ヒロインが選ばなかった他の攻略対象にもビッチなリシェリは次々とエロを仕掛けるため、恋路の邪魔をし当て馬の役目を担うだけでなく、婚約者への不貞を働いた咎《とが》で修道院行きになる破滅エンドが、どのルートでも最終的に待ち受けている。

中身が平凡な凛の私にとっては、実際修道院行きになっても逆に快適でウェルカムなのは置いといて。この二年の間、今や抑えきれないほどに育ってしまった私のジノンへの恋心が、粉々に粉砕されることは間違いないのだ。

でも。でもでも、悪足掻《わるあが》きをしたくなる気持ちも当然あって、一応私も乙女だから。

だって前リシェリはどうだか知らないけど、私がジノン以外の他の攻略対象にエロを仕掛けるなんてこと、どう考えてもあるわけない。

だから、もしヒロインがジノンを選ばなければ……？　もしかして私がジノンの婚約者のままいられる可能性もあるのかな？　なんて期待してしまう。

それに私の記憶が正しければ、乙女ゲームのリシェリのビッチ性の開花は、あの庭師の甥《おい》レジナルドを誘惑し処女を喪失するところから華々しく始まるのだ。

二年前のあの時点で、スレスレ途中転生してリシェリと交代した私が代わりにレジナルドの手に落ちそうになったところを、ジノンが助けてくれたおかげで奇跡的に回避できている。私は依然として処女のままだ。

それに加えマジラム（制淫剤）を昨日まで飲んでいたおかげで、凛だった時と違って自分の身体に悪戯《いたずら》もしていない。綺麗なもんだ。それってだいぶこの先の展開が違うかもしれないじゃない？　って一縷《いちる》の望みに賭けたくなってしまう。

少なくとも、ジノンは幼い頃から決められている婚約者の私とこのまま政略結婚する気持ちが、今はまだあるようだし。だからどうかこのまま、それこそ今朝ジノンが言ってくれていた、二年待たずに結婚するって言葉が本当になって欲しい。

馬車からの景色が王都の街並みを映し、だんだん魔法学院が近づいてくるにつれて私の心はだんだん曇り空になっていき、まだ何も始まってもいないのに、胸の中がモヤモヤと千切れるような苦しみを感じる。

ぐっ
肩を引かれ驚いて見上げると、私の頬を手で支え目の前で真っ青な瞳が閉じて、温かい唇の感触が私の唇に降ってきた。

「っ……ん……」

胸がきゅうとときめいて、快感で苦しくなる。ジノンが私の身体を抱き締めて、逞《たくま》しい胸の中に閉じ込める。

好き。大好き、ジノン。離さないで。このままずっと一生ジノンのものでいたい。そう願うたび自然と震えてくる手のひらでジノンの胸を微《かす》かに撫《な》でてジノンにしがみつく。

今日、ジノンが恋に落ちたら、どうしよう。

ヒロインも、ジノンに恋をしたら？

ジノンがヒロインを見つけて、ヒロインもジノンを見て、互いの瞳に釘付《くぎづ》けになるスチル、そんなの私は側で見たくなんかないのに。

涙が自然に溢《あふ》れてしまうのを、どうしてもやっぱり止められなかった。

エルランド魔法学院は、大きなお城のような白亜の建物を魔法植物と言われる不思議な植物でいっぱいの庭園に囲まれ、講堂まで続く道の中央には、神秘的に湧き上がる虹色の泉が設置されている。

今日は新入生の初の登院日というだけあって、外の庭園や泉の側《そば》にはいくつもの豪華な馬車が止まり、沢山《たくさん》の貴族の子息や令嬢の初々《ういうい》しい表情が綻んでいた。

ジノンが姿を現すと、王太子の登場に一気に騒然となり空気がほどよく引き締まり、大きく中央を開け、端に移動した皆が一斉に紳士と淑女の礼をとっていく。こんな時だ。ジノンと自分の境界線をハッキリと感じてしまうのは。

私もジノンの一歩後ろに下がり、ジノンの婚約者らしく淑女として礼節を保ちつつ歩を進めないといけない。妃教育で習った姿勢を取りつつ、二人きり以外の時は、ジノンを殿下と呼べばいいのよね？　万が一でも、うっかり素を出さないようにしなきゃと思いながら。

すると私達に気づいて、ヘーゼル色の聡明《そうめい》な瞳に琥珀《こはく》色の肩上までの長めの髪を靡《なび》かせている、理知的な印象の綺麗な男性が近づいてきた。

「よぉ、パトリック」

「殿下、ご無沙汰《ぶさた》しております」

「嘘《うそ》つくなよ、昨日会ったばかりだろ」

ジノンとパトリックは軽口を叩《たた》き合いながら、気さくに挨拶《あいさつ》を交わす。

「ふふ、そうでしたね。お久しぶりは、リシェリ様でしたね？」

「お久しぶりです、パトリック様」

にっこりと微笑《ほほえ》み合う、私とパトリックも顔見知りだ。

「去年のニューイヤーパーティーでお会いしたきりでしたから、今年は初めてですね」

私は頷《うなず》きもう一度微笑む。少し顔がひきつってはいないかしら？　と内心不安になりながら。

最初に会った時は仰天した。パトリックは『マジックアイズ』の攻略対象の一人だ。

ジノンが攻略対象候補①とすると、ジノンの実の弟のアクセル王子が攻略対象候補②、そしてこのパトリックは攻略対象候補③といったところ。

攻略対象その③パトリック↓エロスな素顔を秘めたインテリ伯爵。

パトリックはこの国エルランドの宰相の息子で、リシェリの公爵家とは遠い親戚筋に当たる伯爵家の嫡男だ。ジノンとは旧知の仲。

穏やかで優しく理知的な宰相の息子のパトリックルートに入ると、ヒロインは、インテリで誠実な顔を崩さず理性で感情を抑えているパトリックに惹かれていくが、これまたリシェリのビッチな邪魔が当て馬のように良い働きをして、パトリックは禁欲的な鎧《よろい》を脱ぎ捨てほにゃららな刺激的な展開に突入する。その自制心が崩れる瞬間が堪《たま》らないとファンの間で人気。

だからこんなふうに近くで、清潔感のある白地に金の縁取りのある着衣に身を包んだ少し細身で上品な雰囲気を纏《まと》う身体と涼しい表情のパトリックを見ていると、興奮したこころが見せつけてきたはだけた胸元と下衣、理性が弾《はじ》け飛び熱に浮かされたようにヘーゼル色の瞳を潤ませヒロインに覆い被《かぶ》さるサービスシーンの光景を思い出して、どうしても顔が緩んでしまう。

ちなみに私やジノンより一つ年下のアクセル王子は、この学院の生徒ではなく、ジノンへの冷やかし半分で魔法師の研究室に足を運んでいる時にヒロインに出会うんだけど。初日はまだ学院に顔を出してないのか。

そうそう。あと二人、攻略対象者がいるはずなんだけど、今は見回す限り見当たらない。物思いに耽《ふけ》りながらジノンの側を離れ、珍しい植物を眺め庭園の方をぶらりと歩いていた、その時だった。

ヒヒーンとけたたましい馬の嘶《いなな》き声で、我に返る。

「きゃあああああ！」

「危ない!!　避《よ》けて!!」

大きな悲鳴が聞こえた方を振り返ると、泉を突っ切るようにして猛烈な勢いで、暴走する馬がこちらに向かって走ってきていた。

（！）

その暴れ馬の上に乗り、顔面蒼白《そうはく》で縋《すが》りつくようにして手綱《たづな》にしがみついている女の子がサッと見えた。と思った矢先にあろうことか馬は進行方向を曲げ、私の方へありえない猛スピードで突進してくる。

「！」

私は恐怖で足がすくんでしまって、動けない。その瞬間ジノンが立ちすくむ私を抱き締めるようにして守りながら、すんでのところで暴れ馬から身を避けた。

ヒヒーンと嘶きながら馬が倒れ落馬しそうになった女の子を、ジノンが魔法で地面から浮かせそのまま着地させる。

ジノンの膝《ひざ》の上に尻もちをつき震えてジノンにしがみついている私を、安心させるように抱き締めているジノン。

騒然とする空気の中、か細い声が震えながら聞こえてきた。少し鼻にかかった、女性の甘い声。

「あの……助けてくださって、ありがとうございます、本当に申し訳ありません。私の馬が急に暴れ出して、危ない目に遭わせてしまい……お怪我《けが》はありませんか？」

私はその女性に背を向けていて、大丈夫と返事をしなきゃと、今しがたの恐さでまだ震える身体を押さえながら声の方を振り返る。とても可愛《かわい》い女性の姿が、目に飛び込んできた。

絹糸のような柔らかそうな亜麻色の髪、肩下でクルリと巻き毛が乱れている。そしてその亜麻色の髪が一房、乱れて顔にかかっていて、その髪の隙間から爽やかなミントグリーンの可愛らしい大きな瞳が心配気に揺れて、私と目が合うとその女性はより一層、泣きそうな表情に歪《ゆが》む。

「あの……大丈夫です、私は。ジノンが守ってくれましたから。それよりあなたこそ、大丈夫……」

私に皆まで言わせず、私の顔や身体のどこにも怪我がないか隈無《くまな》く視線を走らせて、ジノンがゾッとするほど静かな低い声音で私の言葉を遮った。

「お前……何者だ？　こういうことが起きないように、登院は馬車が規則のはずだが？」

「……っ」

「お前は私の妃を、殺す気か？」

「‼ す、すみません！　本当に申し訳ありません！」

「殿下……ご無事ですか？」

見ると、ジノンと私、その女性との間に走る緊張感に周囲も凍りついている。

ジノンの静かな怒りの剣幕に気づき、歩み寄ったパトリックが間に入ってきてくれたけど、ジノンは私がこれまで見たこともないような地を這《は》うような恐ろしい表情をしていて、その真っ青な瞳はまるでガスバーナーで静かに炙《あぶ》るような冷酷さで目の前で震え上がっている女性を見据え、冷たい声で続ける。

「お前……どこの家の者だ？　名前は？」

「は……はい……私は……バークレー男爵家の娘……、ルーナマリアと申します」

その途端、私は驚愕《きょうがく》し、目を見開いた。

思い出した。ヒロインの名前。

ルーナマリア！

「リシェリ？」

ジノンの怒りを隠さない姿を目の当《ま》たりにして、恐怖で震え声が出せないでいるルーナマリア。彼女を凝視したまま目が離せないジノンの胸の中にいる私を、ジノンは訝《いぶか》しんで覗《のぞ》き込んでくる。

その私を守って大切に包み込むように抱き締めるジノンの腕や手のひらは、とても温かくて優しい。

私は首を微かに横に振り、自分の不安を払い除《の》けようとする。

これ、どうなるの？

出会いの場面は、どれとも違う。

暴走した馬に乗って登場したヒロイン。シナリオ通りであればリシェリは自身の魔力で暴れ馬を避けていて、そのまま暴走する馬を止め、ヒロインを助け出すジノン。それがジノンルートを選んで始まるストーリー。

もっと甘くヒロインを抱き上げ見つめ合ったまま、互いの瞳に引き寄せられるように、吸い込まれる瞬間。それが二人の忘れられない出会いになるはずだった。

それがどうだろう。

冷たい声に、真っ青な瞳は怒りに満ちて。私を害そうとする者は根こそぎその冷たい眼差しで火炙りにかけようとでもするかのように睨《にら》むジノンに、顔面蒼白で震え上がっているヒロイン、ルーナマリア。

二人の出会い。

いったいこれから、どうなるの？


「この度は誠に申し訳ありません。殿下、リシェリ公爵令嬢。どのような処分でも受けさせて頂きます」

あれからすぐ、無言で怒りが収まらないままのジノンの元へ、エルランド魔法学院、院長と幹部達が飛んできた。

ジノンは私達付きの従者に王宮魔法師を即刻呼ぶように命じ、光の速さで王宮魔法師様も転移魔法で学院に駆けつけた。他にも何か不審点がないか、隈無く院内を調べ上げているところらしい。

それにしても。高級そうなロイヤルブルーのベルベット生地が張られたソファ、ジノンの隣に腰掛けている私はそわそわしてしまう。

同じロイヤルブルーの絨毯《じゅうたん》やカーテン、黒檀《こくたん》色の調度品で設《しつら》えられている、私からしたら敷居が高そうで萎縮してしまうような重厚な雰囲気が漂う来賓室で、先程から床に顔を擦りつけんばかりにして平謝りしている、私達よりもずっとずっと大人の院長さんや幹部達、成人の十八歳を迎えたばかりであろうルーナマリアを見ていると、不憫《ふびん》で仕方なくなってくる。

彼らと、憮然《ぶぜん》としたままのジノンをチラチラと交互に見て、オロオロしてしまう私を見かねたパトリックに促され外に出た。

「大丈夫。多分あの調子だと、午後から学院も通常運行できると思うよ？　新入生の彼らにしても今日は第一日目だからね。ほら、午前中ののんびり顔合わせして親交を深めながら過ごせて良い面もあるだろうし」

そう言って窓ガラスをコツンとノックするパトリックの視線の先を見ると、階下の中庭でティーテーブルや敷物を敷いた上に軽食を広げ、楽しそうに談笑しつつ一斉に早めの昼食をとっている、初々しい新入生らしき姿が溢れていた。朝方の、あのピリピリと張り詰めた空気が雲散しているようでホッとする。

「あそこまで事態を大きくする必要、あったのかしら……」

結局、事の顛末《てんまつ》は。ルーナマリアの生家バークレー男爵家は、実は二年程前から一家の資金源であった運輸業が破綻してしまい、管理していた領地も手放さずを得なくなり、没落寸前であること。しかし一人娘のルーナマリアには予定通り魔法学院に進学させてあげたいという男爵の意向をこの学院の院長も汲《く》み、学院寮を破格の金額で借りられることになり無事入学する算段になった。

ただバークレー男爵家には、ルーナマリアのために二年間の馬車を用意する資金がなく、ルーナマリアの昔からの愛馬を使うことを特例で認められたということだったらしい。

普段大人しい性質の馬があのように興奮した原因は、先日の大雨で建て付けが悪くなったのか、あの朝急に馬舎の戸板が運悪く落ち、拾い切れていなかった釘を愛馬がどうやら踏んづけてしまい痛みで暴走したのだろう、ということだった。

「ただの事故だったんだし……王宮魔法師を呼んだりして」

私の言葉に、ヘーゼル色の瞳を細めてパトリックはふふふと笑った。

「もう少しで死ぬかもしれないところだったんだよ？　あんなに震えて怖かったでしょ？　ジノンが怒って当然だ。リシェリはただの娘じゃなくて、ジノンの将来の妃、ひいてはエルランドの国母になる女性なんだからさ。あれぐらいしとかないと」

「う～ん」

「リシェリだけじゃなくこの学院に通う貴族の子息や令嬢達にとっても、良いことだよ。他にも何か不備がないか、これ以上危険なことが起こる可能性はないか、魔法師に調べさせてるんだ。皆にとって安心でしょ？」

「……そっか」

「ジノンは感情で動く人間じゃないからね。あんな怒ってても、頭の中では何もかも計算してる。ほんと嫌みなくらい、賢いんだ」

パトリックの言葉に、思わず笑ってしまう。

「パトリックも思ってるのね。ジノンのこと、嫌みなくらいって」

「付き合い長いからね。子どもの頃は色々失敗もしてた記憶もあるけど、今はもう俺は全面的に信頼してるよ、あいつのこと」

「そう。次期宰相のパトリックが言うんだから、そうなのね」

「ジノンとはもう、色々公務を一緒にこなしてるからね。方々にジノンの優秀さは伝わってるよ。だからこそここの院長達幹部もあそこまで平謝りしてるし、ジノンの命令だから王宮魔法師も納得して動くんだ」

「すごく褒めるわね？　パトリック」

「まあね。あいつのすごいところいっぱい見てるからね。……リシエリもジノンとは似た者同士だと思ってたんだけど、何か、変わったよね？　何年か前に、頭打ってからかな？」

どういう意味よ、と私は失礼なパトリックに唇を尖《とが》らせて睨む。

「だから、頭打ってないってば。心臓が止まって、記憶と魔力がなくなったの」

「そうだったね。でも、それくらいからかな？　ジノンがリシエリをやたらと構い始めて、恋が芽生えちゃってさ」

「面白がらないで、そんなんじゃないから」

パトリックの何気ないからかいに胸の痛みを感じたけど、ちょうど二人きりだし、ウズウズ聞きたかったことを聞けそうなタイミングだ。私はぐっと息を呑《の》み込みパトリックの顔色を窺《うかが》う。

「ね、パトリック。あの、ルーナマリアっていう女の子、どう思う？」

「どうって？」

「何で、逆に聞くの」

「んー？　まぁ、苦労してるんだなって感じかな？　普通なら貴族の令嬢は馬車で登院するところを、何時間も掛けて男爵領から王都まで一人で来て。これから二年、寮生活だからね」

「うん、あとは？」

「？　んー、まぁそれくらい必死なんだろうけどね。見たところ魔力も少なそうだし、それでも魔法学院に来るってことは、魔力や魔法で何かしら身につけて男爵家を継ぐつもりなんじゃない？　一人娘みたいだし、婿を取る資金もきっとなかったのかもね。今は良い縁談もこなかったんだろう」

聞いててなんだか可哀想になってきた。それなのに初日からあんなことになって、ルーナマリアはなんてバッドラックなんだと思ったことだろう。

「あとは？」

「あと？　まだ？　もうないよ。リシェリ、何を聞きたいの？」

パトリックは琥珀色の髪を掻き上げて、胡散臭《うさんくさ》げに私を見下ろした。

「……あの、ルーナマリアって女の子、可愛いなって思わない？」

恥ずかしくてモゴモゴと呟《つぶや》くと、パトリックは可笑《おか》しそうに笑い出した。

「何言ってんの、リシェリ。妬《や》いてるの？　もしかして今、あの娘がジノンと同じ部屋にいるから？」

私は瞼《まぶた》をぎゅっと瞑《つぶ》り、もどかしくて首を横に振る。違う。違わないけど、違うの。ジノンがルーナマリアをどう思うかはそりゃすごく気になるけど、パトリックにとってルーナマリアがどう映っているかもすごく気になる。だってパトリックは、もしかしたらヒロインのルーナマリアが選ぶかもしれない、攻略対象の一人だから。

「パトリックがどう思うか、知りたいのに……」

「……可愛いか可愛くないかって言われたら、可愛いかもね」

「ほんと？」

途端に、パアッと笑顔になってしまう。

「どのくらい？　うんと可愛い？」

「うーん、普通に可愛い」

「お嫁さんになってもいいくらい？」

「俺は婚約者がいるよ、リシェリ」

「そうだったわね……」

ここまでか。私は内心溜め息を吐いた。そう、パトリックには婚約者がいる。ただ、それが……。

「エロイーズが、婚約者なんだものね」

「親同士が決めた婚約だよ。俺はエリーを愛してはいないし、エリーも相変わらずジノンが好きだね」

「エロイーズと結婚で、いいの？」

「俺の方が身分は下だ。俺からは婚約を白紙に戻すことはできないよ。かといってエリーがジノンと結ばれることはないだろうから、このままいくと、俺が塩を舐《な》める結果になるだろうね」

おどけるパトリックをチラっと見上げる。そうなのだけれども、もしルーナマリアがパトリックを攻略対象に選べば、展開は変わってくる。

本当は、エロイーズとの婚約に負担を感じていたパトリック。でも、次期宰相の嫡男であるパトリックは、筆頭公爵家であるエロイーズとの結婚を、良縁だと信じて疑わない宰相である父親に従うことを選択している。

ヒロインがパトリックルートに入ると、だんだんルーナマリアへの恋心が理性で制御できなくなって、ある日リシェリの当て馬行為によって、パトリックは爆発するのだ。ほにゃららのやつね。

あんなエロイーズみたいなハッキリ言って性悪女なんて、パトリックには合わないしそりゃ負担だろう。ルーナマリアの方が何倍も良く見える。可愛いし、可愛いし、可愛いし。性格も確か良かったはず。なんて言ったって、乙女ゲームのヒロインだもの。

リシェリが当て馬役になって二人はくっつくのよね。ジノンと仲良しのパトリックが幸せになるのであれば、私が一肌脱いでビッチ行為だって起こして、パトリックとルーナマリアの仲を取り持ちたい。もちろんルーナマリアがパトリックを攻略対象に選べば、だけど……。

そこまで考えて、私はサッと青ざめた。

何考えてんの！

ビッチ行為で仲を取り持ったら、私がジノンに不貞を働いた罪で、婚約破棄だ！

「何、やってんだ？」

もう話が済んだのか、ガチャ、と開いた扉から出てきたジノンが訝しそうにブルーアイズを細めて、青くなったり赤くなったりして悶《もだ》えている私と困惑しているパトリックを一瞥《いちべつ》した。

ザワザワ

魔法学院の院長達もろとも、ジノンや私に謝罪するという苦役をようやく終えた、ルーナマリア。ミントグリーンの爽やかな瞳を曇らせ、あからさまなくらい気落ちしているのがわかって、さっきから私も気持ちが落ち着かない。せっかく入学初日だというのに気の毒で。

魔法学院の講義は、魔力量によってクラスが分けられている。上から、Sクラス、その下がA、B、C、C´。お気づきの通り私はC´、魔力ゼロだから。

でも驚いたことに、ルーナマリアも私と同じクラスだった。『マジックアイズ』のヒロインだけど、魔力量が低い設定だったのね。

当然というか何というか、ジノンとパトリックはSクラス。彼らが一体どんなことをするのか、見当もつかない。だってもう森をイリュージョンにして仮想空間を創り出すことも破壊することも、できるでしょ？　転移魔法もドラゴンや聖獣を操って空を飛ぶことも、精霊を召喚することもできる。することと、なくない？

Ｃ´クラスは私とルーナマリアの他に、全員で八人だった。少ない人数のせいかやたらとだだっ広く感じる講義室で、ポツンと等間隔に並べられた机にそれぞれ座っている。全員、女性だ。

チャイムの音と共に、女性の教授が入ってきた。私達は立ち上がり、教授と向かい合って互いに礼を取る。艶然《えんぜん》と微笑みを浮かべた教授に促され私達が再び椅子《いす》に掛けると、紫紺色の癖のある髪をシニヨンに纏《まと》め、同じ色の長い睫毛《まつげ》と赤紫色の瞳が色っぽいその教授は、ぽってりとした赤い唇を開いた。

「皆さん、こんにちは。エルランド魔法学院へようこそ。教授のセビーニです」

深みのあるその声音《こわね》はなんだか女優のようで、セックスシンボルとでも表現できる色気満載の教授。ひょっとして色気って、魔力量と関係するの？

「このＣ´クラスだけダッシュが付いているのだけど、このクラスの特徴とこれから学んでいく内容について説明していくわね」

掻《か》い摘《つ》まんで説明してくれた内容は、以下の通り。

◎まずこのエルランドの総人口を、この学院のように魔力量の多い保有者順に並べると、Ｓクラスが全体の10％、Ａクラスが20％、Ｂクラスが50％、Ｃクラスが15％、Ｃ´が５％程度の割合。この学院でも、各クラスの人数の割合は同じ。つまり、魔力量のごく少ない者は、この国でもごく稀《まれ》であるということ。

◎魔力量のごく少ない者の保有する魔力量は、Ｓクラスの魔力量を１００とすると、Ｃ´の魔力量は10％以下。具体的に言うと、生活魔法を役立てることも大変なレベル。例えば、乳幼児の濡《ぬ》れた髪を乾かすことはできるが、ショートより長い髪を乾かすと、その日使う魔力量はすべて使い切ってしまうくらいの量。炎を出して、手紙を燃やしたりパイプ煙草に火をつけることはできるけど、料理や暖炉の火を起こすことはできない。私からしたら、それでもすごいけど。

◎魔力量が少ないからと言って、このエルランドで住みにくいということはまったくない。豊かで平和な国であり、困ることはない。肩身の狭い思いをすることもない。

◎では、何故《なぜ》、魔力量の少ない者のためのクラスが、このエルランドにあるのか。理由は簡単で、魔力は受け渡しが可能だということ。魔力が少ない者は、言うなれば空《から》のグラスを一つ持っているのと同じ。少ないからこそ、他の魔力を容易に受け入れることができる。反対に、魔力量の多い者や一定量保有する者は、元々の強い魔力と混ざるため、魔力の相性が合わないと反発し補給する事が難しい場合が多い。

◎補足として、人為的な魔力補給以外にも、魔法石や魔法薬など、あらかじめ魔力が込められたツールを使い、一時的に魔力を体内に取り込むことは可能ではあるが、あくまでも効果効能を受けるだけで、ツールの魔力をコントロールしたり活用することはできない。

◎魔力の受け渡しによって魔法を身につけようとする人は、はっきり言って少ない。男性は、一部の性的嗜好を持つ人以外は、ほぼ皆無。

ん？

「つまりね。もう知ってる人が殆《ほとん》どだと思うけど、パートナーの精液を体内に入れる女性は、自動的に男性の魔力を受け入れることになる。空っぽに近い身体に大量の魔力を受け入れ一定量を超えれば、一時的に魔法を使うことも可能になるわ。でも、だからといってそれを利用して何か魔法を身につけて生業《なりわい》にする人は多分いないんじゃないかしら。毎日セックスし続けるのと同じだもの……あら、失礼」

これだ、これなんだ、やっぱり。私の脳裏にジノンの言葉が甦《よみがえ》ってくる。

「だからこのC′クラスに通う皆さんにとっては、なんと言うか、花嫁修業の一環にもなるかしら。もちろん他のクラスと同じように、生活魔法やツールを使った魔術、魔法薬の調合の実習もあるけれど。でも、最終的には、自分よりも魔力量の多い男性をパートナーにすることが殆どだと思うから、体調に影響のないように、受け取った魔力をコントロールする技術の修得は必ず必要になるわ。ここまでで、意見や質問がある人は、挙手して」

セビーニの言葉に、チラと周りの様子を窺うと、皆、私と同じように顔を赤らめたり居心地悪そうにしたりしている。ルーナマリアも。

「なさそうね。じゃあ、教科書を開いて。より詳しく今日は概要の説明からね。明日以降、徐々に実習をしていきましょう。婚約者がすでにいる方は明日の授業のために、お相手に魔力を無理のない範囲で補給してもらっておくといいわ。では今から、負担のない魔力補給の方法を順番に、それに合わせたコントロールの仕方を説明していきます」

「あ、あの」

ルーナマリアが慌てて手を挙げる。肩を竦《すく》め恥ずかしそうに。

「どうしたの？　ルーナマリア？」

「あの……パートナーがまだいない場合は、どうしたらいいでしょうか……」

言いにくそうなルーナマリアの質問に、私の隣に座っているイエローゴールドのサラサラの髪の女性が、ホッとしたような表情で手を挙げた。

「あの、私もまだ婚約者がいないんです。私も聞きたいわ」

「ミランダね。そうね、言葉足らずでごめんなさい。実際に魔力補給されてなくても、実習でコントロール法を練習しておくのはすごく有益なことだから、安心して。魔力補給されている仲間のコントロールをしているところを間近で見て学ぶこともできるしね。皆で協力し合って、楽しいクラスにしていけばいいわ」

良い人だ。セビーニの言葉に、表情が綻びふんわりとした柔らかな空気が、室内に満ちていく。

しかしその後の講義は、赤面ものだった。

魔力補給の、弱い順に。

◎魔法石↓魔力補給というよりは、魔法石の力を一時的に使用する程度。

◎手を繋《つな》ぐ、抱き締める、額同士をくっつける↓ただ相手との魔力を合わせて調整していくくらいの効果。

◎キス↓魔力調整と、主に魔力量の強い者から弱い者への保護、シールド効果がある。外敵から身を守る。フレンチキス、唇から口内など、粘膜へのキスに従って効果が上がっていく。

◎男性から女性の粘膜への口淫↓生活魔法全般が問題なくできる程度の魔力量が補給される。

◎魔法薬・魔法紋↓魔法の効力によるが、経口摂取したり皮膚に直接埋め込むことによって、有効時間が切れるまで用途に使用することが可能。人為的な魔力と違い、コントロールが利かないため注意が必要。

◎性器同士の粘膜の接触↓瞬間的な魔法であれば、例えば転移魔法なども可能。

◎膣内《ちつない》射精または精液を飲む↓相手の魔力量によるが、自分の中に魔力を60％程度取り込める。続けることで相手との間に魔力による親和性が生じる。具体的には、遠隔で相手の心身を守ったり操ったりすることも可能。

（な……なんて、エッチな講義なの……）

サラサラと淀《よど》みなく、大学で教授が乳幼児の生育について説明するように、セビーニは涼しい表情でえちえちな言葉を発していく。

「次に、魔力が貴女《あなた》達の体内にどのくらい補給されているのか、確認する方法を教えるわね。次のページ開いて。ルーナマリア、読んで」

「は、はい。……相手の魔力の性質や属性、魔力の相性によって、魔力補給されていくと、魔力を受けられた側には瞳に変化が起きます。性的な営みで魔力が補給された場合、より情緒的な受け渡しによって魔力補給されると、色味に特徴的な変化が起こる。最も美しい魔力の補給が行われれば、瞳をピンク色に変化させる。その次は、青、緑の順。補給される魔力量が多くなるに従って、より色彩も鮮明になり、顕著に現れる」

「はい、いいわ。皆、ここまで理解できた？　これって例えば、恋人や夫婦間の愛情のバロメーターにもなるから怖いわよね。それに浮気なんかすると、相手に一発でバレてしまうわ。エルランドは貞淑を良しとする国でもあるから皆、気をつけてね」

「やぁだ……」

セビーニの軽口に、可憐《かれん》な女生徒達はくすくすと笑う。

「じゃあ、次からをカリーナ、読んで」

「はい、……えーと、次に、魔力の属性によって、色味が変化します。代表的な例では、火属性は赤、土属性はブラウン、風と雷、氷属性はシルバー、水属性はアクアブルー。注意すべき点は、白や黒を帯びた色味や、火花が散るような斑点が現れた場合、魔力の相性が悪く体調に支障を来《きた》しているか、魔力の過剰補給による魔力酔いの他に、心身を操られている可能性があるため、治癒師を訪ねることを強く勧める」

　ザワザワとなる室内。

「結婚前や婚約者がいる人だけでなく、パートナーが決まってないルーナマリアやミランダにとっても、ここは最重要事項ね。相手がいるなら、早めに確かめないと」

　だから、私があんなにお父様やジノン、妃教育の講師達に魔法学院の入学を反古《ほご》にしてもらおうとしても、通らなかったのかな？

　もしかしてジノンも、そのために？　もし私が、ジノンの魔力と相性が悪かったら？

「まぁ、貴女達はそもそも魔力がとても少ないから、よっぽどのことがない限り、どんな魔力でも受け入れられるとは思うけどね」

　その、よっぽどかも、しれないじゃない？


　今日の講義がすべて終わり、従者と共に馬車まで歩いていくと、私を待っていたジノンはこちらを振り向いて、はあ？　という露骨に驚いた顔をした。その隣にはパトリックもいて、こちらも目を見開いて、歩いてくる私を見ている。いや、正確には、私と一緒に並んで歩いてくる決まりの悪そうな申し訳なさそうな、遠慮がちにはにかんだルーナマリアを見て衝撃を受けている。

「お前……何考えてんだ？」

　眉根に皺《しわ》を寄せ信じられないと言うように私を見下ろし不躾《ぶしつけ》なことを言うジノンに、私は眉を下げ肩を竦める。私も、こんなつもりじゃなかった。泣きそう。

「一緒のクラスで……、仲直りというか、仕切り直しをしようってお茶に誘ったの」

　私の言葉に、ジノンはまた私を小突きそうな形相《ぎょうそう》になり、真っ青な瞳で睨んだ。

鬼の形相《ぎょうそう》になっているに違いないムカムカしている俺の顔を尻目に、しょんぼりしているリシェリ。

モルガン公爵邸のリシェリの庭のテーブルでは今、本当に訳のわからない面子《メンツ》が並んでいる。

ワンダとミラはリシェリが初めて女性の友人を連れてきたと、いつも以上に張り切って準備していて、それも余計に俺の溜《た》め息を誘う。溜め息の数は数え切れない。

いつものようにジュリアンとアビーも一緒に、今ではすっかり決まっているテーブルの定位置に座り。何故《なぜ》かアクセルも魔法学院の初日の様子を執事にでも聞きつけたのだろうか、俺達の帰りの時間に合わせたのか、もう先にいてジュリアン達と談笑していた。後は今日の珍客に見かねて一緒に来た、パトリック。

なるべく視線を合わさないようにしているが、俺の向かいのリシェリの隣には。

遠慮がちにミントグリーンの瞳を臥《ふ》せ、なみなみと紅茶が注《つ》がれていくカップを見つめているバークレー男爵令嬢。

どう考えても、俺はリシェリを睨《にら》まずにいられない。

(もう……ジノン……顔が怖い。もう少し穏やかな顔できないの?)

俺の不機嫌な様子が堪《たま》らなくなったのか、こそっと小さな声でリシェリは俺に耳打ちする。俺は視線でリシェリを払い除《の》けた。できるか、ばか。俺のこの血の滲《にじ》むような二年間の我慢の元凶を、わざわざ目の前に連れてきたというのに。

「おねえさんがお友達を連れてくるなんて、初めてね? ね? ジュリアン」

「ほんとそう。姉さま、やっぱり魔法学院に行ってよかったじゃないか」

にこにこ笑顔でリシェリの帰りを待っていたジュリアンとアビーは、また楽しくなりそうだねと呑《のん》気《き》に顔を見合わせている。

十二歳になった二人は今だに仲良く大抵一緒に過ごしている。というか何の障害もない二人はリシェリの言葉を借りればラブラブだ。アビーは平民だが宮廷庭師になればそれなりの地位が付き、ジュリアンと婚姻も結びやすくなるだろうし。

「へえ、バークレー男爵家か……領地は王都からは大分離れてるよね。でもそうか、こんな可愛《かわい》らしい令嬢がいたんだね」

「そんな。恐れ入ります……ありがとうございます」

早速、好奇心旺盛なアクセルが愛想良くバークレー男爵令嬢にあれこれと話し掛け、令嬢は頬《ほお》を染めていて。リシェリはそれを食い入るように観察していて、溜め息が止まらない俺とパトリックは無言で顔を見合わせた。まぁ、だいたい何でこうなったのかは読めるけどね、とそのヘーゼルの瞳は物語っていて、俺とパトリックの脳内でモヤモヤと予想映像が浮かび上がる。

魔力が弱い者同士バークレー男爵令嬢と同じクラスになったリシェリはすべての講義が終わった後、帰り際にバークレー男爵令嬢に改めて今日の謝罪をされたのだろう。

当然許して逆に労《ねぎら》いの言葉でも掛けたに違いない。気まずい空気に耐えられなくなったリシェリは、これから一人で宿舎に帰る令嬢に同情して思わずお茶に誘ったとか、そんなところか。

ほんとに、こいつは。敵に塩送って、どうすんだ。

バークレー男爵令嬢を最初に見た時のリシェリの尋常ではない動揺した様子でわかった、ああ、こいつがそうなのかと。

俺がリシェリに二年も毎日のように会おうとして、毎日のようにキスしている理由は、ただ単に婚約者だからだと毎夜、リシェリが自分自身に言い聞かせ続ける原因。

この世界が、あらかじめ決まったストーリーで成り立っているとリシェリは確信している。

俺も嫌でも、わかってくる。

リシェリ曰《いわ》く、リシェリとりんが入れ替わり生まれ変わってからこの二年。毎夜少しずつミュゲに向かって喋《しゃべ》り続けるリシェリの独り言は、俺にすべてを把握させるのに充分すぎるほどの時間だった。

はぁ、と俺は溜め息を吐く。何度、口を挟みかけてやめたか、知れない。

でも、きっと俺が何を言ったとしても、多分駄目だということはわかっていた。

実際に魔法学院に入学しリシェリの言う乙女ゲームだかヒロインとやらを蹴散らして、目の前ですべて覆《くつがえ》して解決しなければ、きっとリシェリの不安は払拭《ふっしょく》できないだろう。原因を根本から根絶させるのを待っていた。

ただ、二年は長かった。はぁ、と俺はまた溜め息を吐く。

俺がこいつを我を忘れてヤらないように、マジラムを飲むことにしたのも、同じ理由。

抱いて不安にさせるくらいなら、抱かない方がいい。

「ね……殿下」

小さなアビゲイルの囁《ささや》きに俺は顔を上げた。無言のままその若草色の瞳は、俺に何かを察して欲しそうにじっと見つめている。

俺はさり気なく席を立ち、アビゲイルは俺の歩く後ろをついてくる。

「どうした？　アビー」

ティーテーブルから離れた薔薇《ばら》園まで来ると、アビゲイルが俺の前に回り込んで、囁いた。

「殿下、あの。ほんの少しなんだけど、久しぶりにあの匂いがするみたい」

俺はハッとして目を見開き、思わずアビゲイルの目線まで腰を落とす。

「本当か？　アビー」

「……すごく微《かす》かで自信はないんだけど。でも、以前殿下から、また同じ匂いがした時は必ず教えるようにって、言われていたので……」

「そうだったな、……ありがとう、アビー」

アビーは土属性の魔力を持ち、主に植物を魔法で生育するが妖精との相性も良く、何よりも花の微かな匂いの変化を感じとるという稀有《けう》な才能があった。偶然、何気なく口にしたアビーの言葉で、俺の頭の中にあった点と点が繋《つな》がったのが一年前。

その片方の点に繋がるもう一方の点が、リシェリの日記だった。

二年前、りんがこの世界にとどまるのだろうと安堵《あんど》した、少し後。

リシェリの途切れることのない悩みはすべて、りんとリシェリを繋ぐような、乙女ゲームとやらに起因していて。

ただ今より更に半信半疑だった俺はふと、以前から気になっていた、りんが度々拡《ひろ》げて読んでいるリシェリの日記を思い出した。

ある夜、リシェリの寝息が聞こえると同時に、魔法で目の前に呼び出した。

俺の幼い頃からの幼馴染みのリシェリにはもう会えることはないのだと思うと、悪友というか、似た者同士というか、まるで双子の片割れの永遠の不在を感じつつ。

リシェリの日記に書かれた文字は、金色の光になって、次々と文章が俺の部屋の空間に浮かび上がって流れていく。

おい、このやろ、と突っ込みどころ満載の箇所だらけなのは置いといて。

俺が知るべき、何か手掛かりはないか？

ぼんやりと、金色の文字が流れる空間を指で辿《たど》るように見つめていて。俺はハッと息を呑み、手のひらで制した。

身体《からだ》の動きもすべて、ピタリと止まる。俺の目線はある一点を食い入るように見つめ、動けなかった。

しばらくそのままで微動だにできなかった身体の、肩が動く。

「ふーん、……なるほどね……」

俺は目を細め。

寝室の窓を開け視線を上げると、夜空に浮かぶ、黄桃色の月が見えた。

ふっと笑いが込み上げる。ほんとに、あいつは……、執念深いやつだな。


散々良い時間までバークレー男爵令嬢はモルガン邸にいて。帰りは馬車でという話だったらしいが、ちょうどパトリックが帰宅するついでに自分が転移魔法で寮まで送ると言い出した。

「いえそんな、とんでもないです。馬車で送って頂くだけでも申し訳ないお申し出ですのに」

「別にいいよ俺は。今朝王都に来たばかりなんでしょ？　疲れているだろうから早く帰って休めばいいよ」

恐縮しまくっているバークレー男爵令嬢の腰に腕を回し、しっかり掴《つか》まっててね、とあっという間に消えていった。

後に残されしんとなる空気を、アクセルが面白そうに笑いながら破る。

「へー珍しいよね、パトリックがあんな感じなのって。もしかしたらあの二人くっつくんじゃない？」

「そう？？　そう思う？」

言質《げんち》を取り、食いつくリシェリ。

「なんだかんだあの娘、パトリックに抱きかかえられてポーっとなってたもん。あいつもエリーがいるのに罪な男だよ」

「もし恋が芽生えたら、婚約解消したりして」

ジュリアンの言葉に、リシェリも瞳をキラキラさせて頷《うなず》いている。

「え～？　やめてよ、もし婚約解消してエリーが俺に回ってきたらイヤだもん。それなら俺、邪魔しちゃおっかなぁ」

「ひえ～、それで、モテモテのトライアングルに？？」

頬を押さえ訳のわからない叫びを上げるリシェリの腕を、もう沢山《たくさん》だと俺は掴んで引き上げた。

フッとリシェリの部屋に転移魔法で移動して、すぐに俺はベッドにリシェリを押し倒す。

「！　ちょ……ジ、ジノンっ」

黄桃色の瞳を見開いて俺を見上げるリシェリの身体は柔らかく、ふわっといつも花のような匂いがする。

「何？　今朝も予告しといたし、今日、講義で習っただろ？」

「な、な、何するの？？」

上から見下ろされ真っ赤になって狼狽《うろた》えるリシェリは、本当に往生際が悪い。

「心配しなくても、急に入れたりしない。魔力補給の、軽いものから順に言ってみろ」

「え、え、え、と。手を繫ぐ？」

「次は？」

「抱き締める……」

「次」

「ひ、額をつける」

「その次は」

「き、き、きす……」

俺はリシェリを抱き寄せて、両手の指に指を滑らせて絡ませ、額同士をくっつけた。

「その次だ、舌を出せ」

「！　ええっ？」

泣きそうな声を出すリシェリに、俺は尚《なお》も繰り返す。

「舌を出せ、ほら」

舌先でちょんちょんとリシェリのぷるんとした唇をつつくと、ピクンとリシェリの頬が震えた。自然と桃色の唇が開いて、その隙間に舌を入れて舐《な》める。

「ふ、ぁっん……」

ひくひくと震えるリシェリに身体を押しつけ、脚の間に片脚を割り入れて抵抗できないように覆い被《かぶ》さる。

ベビーブルーのドレスの前を押し上げている双方の膨らみが俺の胸にその柔らかさを伝えてきて、俺の体温が上がり脚の間も熱く湿ってくる。

ちゅぷちゅぷとリシェリの上唇の丸みを舐め、下唇を舐め押し拡げて、その先の濡《ぬ》れた小さな舌を舐める。それだけで、すごく気持ちいい。

「ん……ぁ……ジノン……」

リシェリの黄桃色の瞳が、潤んで俺を見つめる。

「ほら、もっと」

ふるふると肩を震わせながら、リシェリは恐る恐る、舌先を桃色の唇から覗《のぞ》かせる。俺は待ちきれず自分の舌でリシェリの舌をぺろりと舐め上げた。

「っん……」

ぷちゅ……ちゅぷ……ぴちゅ……

リシェリの柔らかな舌を、角度を変えながらぬるりと何度も舐め上げる。もう一度。もう一度。もっと。

ぬるぬると舌を舐め合わせながら、俺の魔力が流れてリシェリの気分が悪くなっていないか、リシェリの瞳を注意深く観察する。

絡ませ合う指先に力を込めると、リシェリの瞳から自然とすーっと涙が流れて頬をつたう。

今のところ、大丈夫そうだ。そう思った途端、もうリシェリの口内に舌を入れて、激しく貪っていた。

くちゅ……ちゅく……ちゅぷ、ちゅく……

「ふっ、んんっ！　……あ……ぁぅん……」

「はぁ……は……リシェリ……っ……」

リシェリの舌は柔らかくて気持ちいい。濡れた舌を絡めて、吸いついて、これまで抑えていた分、思いきり深いキスを味わう。

入れてなくても身体が熱くなって興奮して、胸がドキドキうるさくなる。どっちの鼓動かわからないほど。

ずくずくと下半身に熱が溜まっていって、リシェリの脚の間に思いきり擦りつけてしまうのをやめられない。涙が溢《あふ》れるリシェリの身体がビクッと強く跳ねて、それすらも俺を気持ちよくさせる。

好きだよ。抱きたい。

今すぐ、入れたい。我慢できない。

ギチギチに昂《たかぶ》って硬くなっているこれを、リシェリは怖がっていないだろうか。ハッと一瞬我に返った俺は、顔を上げてリシェリを見下ろし、目を見張った。

「！」

「……ぁ……ジノン……」

トロリと蕩《とろ》けたようなリシェリの表情。その黄桃色の瞳が、うっすらとピンク色のベールがかかったように色づいている。今にも零《こぼ》れそうな涙もうっすらとピンク色で、思わず舌で掬《すく》い取って舐めると、媚薬《びやく》のように更に熱が亀頭に集中する。

「……りん……欲しい……」

リシェリの太腿《ふともも》に割って入っていた片方の膝《ひざ》で、スカートごと内腿を開いて押さえつけ、俺は我を忘れて痛いくらい屹立《きつりつ》したものをリシェリのショーツ越しに上下にしごき上げる。亀頭がリシェリのショーツの膨らみに擦れて気持ちよくて堪らない。

「あ、あっ！　……っ……ゃあ……だめ……ジノン……」

動くのをやめられないまま何度も擦り上げていくうちに、だんだんリシェリのショーツの内側で、じゅくり、と濡れて滑る感触が熱く陰茎全体に伝わってきた。

ずくん、とリシェリにぴったり密着させている俺のものも呼応するように脈打ち、下衣を更に硬く突き上げて張り詰める。

だめだ。入れたい。入れたらだめだ。それにこのままイくまで続けたら、薄い小さな布が捲《めく》れて布越しでも中に滲《し》み出てしまう。

俺は身体を思いきりずらして思い止まり、リシェリの唇を塞いだ。そのまま、ドキドキ大きく鼓動が打ち続ける胸同士を合わせて、荒い息遣いを宥《なだ》める。

目を瞑《つぶ》り唇を噛《か》み締めてリシェリから離れ、顔を背け。転移魔法で俺はリシェリを残し、王宮の自室まで移動した。

ドサッとベッドに仰向《あおむ》けに倒れ、激しい鼓動で上下する胸を感じながら、天井を見上げる。

俺の魔力に慣らせるつもりが、自分が抗《あらが》えず夢中になってしまった。

「はぁ……はぁ……」

全然収まらなくて、欲しくて堪らなくて、俺は下衣の前を寛《くつろ》げた。

そうしながらもリシェリが気分が悪くなっていないか気になって、サイドテーブルの青い魔法石に魔力を込める。

天を突き破れるくらいガチガチになったものを引き摺《ず》り出して、待ちきれずすぐに指先で亀頭の括《くび》れをしごく。

「はぁ、はあ……あ……」

なんであいつは、ドキドキしたりときめいたりしてるのは、自分だけだと思ってるんだろう？

どうして、なんでわかんないの？　一年も毎日会おうとして、毎日キスしてるのは、婚約者だから？　お前を思ってこんなことしてるのは、ただ性欲があって精子を出したいから？

なあ？

『私はジノンのことなんて好きじゃない。好きになっちゃ、ダメ』だって？

嘘《うそ》つくなよ。

ぷるんとした桃色の唇にキスするたびにとろんと蕩けた瞳をして、肌までうっすら桃色にして、誘うようなもっとして欲しそうな表情をして。

俺に触れられるたび、そんな幸せそうな顔をして、やめられなくするのはお前の方なのに。

蕩けた表情で涙を浮かべて、この世界にまるで俺しかいないみたいに、そんなふうにじっと見つめられたら、俺だって……。

その時だった。

ぴちゅ……ちゅぷ……ちゅく
自分のものではない水音と甘い喘《あえ》ぎ声が俺の部屋まで響いてきて、思わず息を呑んだ。俺は瞠目《どうもく》し、サッとサイドテーブルの青い魔法石を振り返る。

『ん……はぁ……ぁ……あっ……』

どくん！　と、心臓が止まるかと思った。

リシェリの声。

な、……こ、これ、もしかして……。

自分で……？

ちゅぷちゅぷ、……ぴちゅ……ぴちゅ
『あん……だめぇ……ぁん……ジノン……』

あ。ダメだ、抜ける。

リシェリの俺の名前を呼ぶ喘ぎ声に欲情し、リシェリの音に想像を掻《か》き立てられて興奮して、堪らず俺は疼《うず》く亀頭を繰り返し上下に律動させる。腰も勝手に動いてしまう。脳内で完全に俺はリシェリの中を想像し突き上げて、犯していた。

ダラダラ垂れ流れる先走りの滑る音と、リシェリの指があそこを弄《いじ》る音が交ざると、本当に二人で一緒にセックスしてるような気になってくる。

「気持ちいい……もっと欲しい……あっ……りん……りん……」

ぐちゅぐちゅぐちゅ……ぐちゅぐちゅ
『ぁっ……ぁあ……ジノン……ん……ん……』

堪らない。可愛い、甘い声が腰に響く。

「イく？　……待って……俺も、一緒にイきたい」

完全に変態だ。でも、止められない。さっきのリシェリのピンク色がかった瞳が思い浮かび、俺の背中から悦《よろこ》びが迫《せ》り上がってくる。

じゅぷじゅぷ……じゅぷじゅぷじゅぷ
腰が止まらない。指先の扱《しご》きが、どんどん激しく速くなっていく。

気持ちいい。

好きだよ。りん。

大好きだ。

お前は、世界一、可愛い。

「っあ……あ、……あー、……！」

一際高い声で喘いだリシェリの声で、俺は吐精した。リシェリの中に思いきり一滴も残さず、出すところを想像して。

三

どうしよう。ドキドキが止まらない。

ジノンの形の良い唇から突き出された、弾力のある熱い舌が、ぬるぬると私の唇や舌に濡《ぬ》れて絡みつく。とても、いやらしく。

貪るように吸いつかれて、交ざり合う唾液を飲み込む喉が、あんな色っぽく上下して。

気怠《けだる》そうに緩めた着衣からは、私の心臓に悪い、セクシーな首筋、骨張った鎖骨や肩のラインが覗《のぞ》いて、しなやかな身体《からだ》は迷いなく私に覆い被《かぶ》さる。その熱っぽい表情と真っ青な強い瞳《ひとみ》が、私の瞳をじっくり見下ろして。

以前よりも、ずっとずっと大人《おとな》になってる男の身体と仕草で、私を……あんな、あんな……キラキラの金髪を揺らして、エッチな腰の動きで……いやぁ。

「……大丈夫ですか？　レディ？　新しい紅茶、お淹《い》れしますね」

「あ、ありがとう、ミラ」

いけない。また思い出してしまった。

ミラとワンダに朝食を用意してもらっている間も、チラチラと私を盗み見る二人の視線を感じて、気まずいというのに。

朝一番、寝室の窓を開けに来てくれた二人は私を見て、正確には私の瞳の色を見てほんのり頬《ほお》を赤らめ、良かったですわね、とだけ言ったきり今も時折ニヤニヤしながら給仕を続けている。それ以上何を言われるわけでもなく、かえって余計に拷問《ごうもん》だ。

私も朝、顔を洗う時に鏡を見て、驚いた。

(ひ、ひ、瞳が、うっすらピンクがかってる……！)

まるで、黄桃色の瞳の上に薄い透明ピンクのコンタクトを被せたみたいに。

(これって、ジノンの魔力が補給されてるってこと……なのよね?)

ジノンのキスは、とても気持ちよかった。いえ、いつも気持ちいいのだけど、なんか昨日はもっと、心臓とか全身がゾクゾク痺《しび》れて浮いてしまうような深いキスで。脚の間がムズムズして、熱くて。

それに……、ジノンの、……私以上に、灼《や》けるみたいにすごく熱くて、すごく……硬くてビクビクしてて……それに、……あれはちょっと、いくらなんでもその、……かなり、……。

「大きすぎました? レディ?」

「ええ⁉」

驚愕《きょうがく》に目を見開く私を前に、ミラが紺色の瞳をパチパチさせる。

「いえ、少しベーコンを大きく切り分けすぎたのかしらと思いまして……今朝はあまり食欲が湧きませんか? レディ?」

そう言われて手元を見ると、ポーチドエッグとベーコンが切り分けられたまま手つかずの状態で、私は慌ててナイフとフォークを持ち直す。

「あ、違うの。ちょっと朝だからかぼーっとしちゃって……今から食べるわね」

「どうぞ、召し上がれ。あ、殿下。おはようございます。こちらへどうぞ。すぐに紅茶をお淹れいたします」

どくん!

ワンダの声でビクッと私のラベンダー色のワンピースの肩が震え、挙動がおかしくなりそうなところをぐっと堪《こら》える。

「おはよう、ジノン」

てしまう。

ジノンの顔が、まともに見られない。声が震えて、ナイフとフォークを持つ手もカタカタ震えてき

「おはよ」

とすん、と真向かいではなく斜め横の椅子《いす》に座るジノンに、なんだかホッとする。これだとジノンの顔を直視しなくて済むし、ジノンにも真っ直ぐ顔を見られなくても済むから。

「体調、悪くないか？」

その言葉にミラとワンダの動きがピクッと反応したような気がして、恥ずかしくなる。

「大丈夫……」

そう言ってチラとジノンの顔を窺《うかが》うと、一瞬、キラキラの金髪の隙間から覗いたブルーアイズは何《な》故《ぜ》かパッと逸《そ》らされてしまった。

今日も、煌《きら》めくようなジノンの横顔。一瞬目が合ったジノンの表情は、すごく格好良くて。

別に昨夜身体を繋《つな》げたわけでもないのに、今まで以上にジノンがずっとずっと私にとって男に見えて、一段と格好良く見えて、すごく恥ずかしくてムズ痒《がゆ》くてドキドキしてしまう。

あんなこと、してしまったからだわ。この世界に来てからは一度もしてなかったのに、とうとう昨夜、リシエリの身体を汚してしまった。しかもジノンに沢山《たくさん》触られているところを想像しながら、してしまった。ミュゲちゃんはぐっすり眠ってはいたけれど。私ってなんていやらしい女なの。

それにしても、マジラムをやめた身体の反動がすごい。どうにかしてまた、マジラムを飲むのを再開できないかな？　もうあれなしで、夜を乗り越えられる自信がない。

ふと視線を感じるとジノンと目が合う。透き通るような綺麗《きれい》なブルーアイズは私を見下ろして、少し熱っぽい瞳と表情は、まるでまだ昨日の余韻を残しているようで私をどきりとさせる。ジノンも目

の下が赤くなって、もしかして照れてるのかな？　あんなふうに強引に、エッチなことをしておいて……。

「さて、それでは私達はこれで。時間になったら馬車をご用意しておりますから降りてきてください」

そそくさとミラとワンダが部屋を出ていってしまう。わーん、今日は二人きりにしないで欲しい。恥ずかしい。パタンと閉じられた扉の音で、すぐにジノンの両手のひらが私の頬を包み込み、真っ青な瞳が閉じて、私の唇に胸をきゅんとさせる熱い唇が落ちてくる。

「ん……ふっ……」

「……瞳の色が、変わってるな」

下唇をつけたままジノンは私の瞳を見つめ、低く掠《かす》れた声で囁《ささや》く。

「ピンクになってる」

上目遣いで微《かす》かに微笑《ほほえ》んだその表情が、少し嬉《うれ》しそうに見えるのは私の願望なの？

私の頬を撫《な》でる温かい両手のひらは、そのまま後頭部の私の髪の隙間を滑らせるようにして支え、ジノンの方へ、ぐっと引き寄せられる。

「っ……ぅんう……」

ぴちゅ……ちゅく、ちゅく……

私の唇の隙間をジノンの濡れた舌が割って入って、私の舌を捕まえる。唇ごと舌をぬるぬると絡みつくように舐《な》められて、吸いつかれて。きゅんと胸が引き絞られるみたいにムズムズとときめいて、でも逃げられないように両手でがっちりと後頭部を押さえつけられて。

きゅうん

この少し強引なところもすごく、好きだなんて。

強引なされ方に必死で耐えていると、自然とまた生理的な涙が溢《あふ》れて流れ落ちる。

ジノンに強引にされるのが好きだなんて、私ってドMなの？　そんなこと誰にも知られたくない。

だってジノンに求められてるみたいで。それに私に触れる手は、とても温かくて優しい。

ジノンは深いキスに耐えて震えている私を見て、合わせた唇を弄《もてあそ》ぶようにして、ふっと笑った。

好き。

そう思う度、こんなこと感じたくないのに、ときめく胸の奥がズキッと同時に痛んで苦しくなってくる。

ねえ？

ヒロインのことも、そんなふうに、見つめてしまうの？

まるで、自分のものだとでも言うように？

私、いつまでジノンと、こうしていられるんだろう？


エルランド魔法学院。私が教室内に入ると、昨日の机と座席の少し離れたところにふかふかの絨毯《じゅうたん》が敷き詰められた広いスペースがあって、皆でそこに円になって座って待っているようにとあらかじめ指示されていた。銀色のバレエシューズを脱ぐとすぐ、ルーナマリアと目が合った。

「おはようございます、ルーナマリア。昨日は無事、帰れた？」

「リシェリ様、おはようございます。はい、パトリック様が送り届けてくれました」

顔を上げてにこりと花が咲くように笑いかけてくれるルーナマリアは、親しみやすくてとても可愛らしい。もし彼女がヒロインじゃなかったら友達になりたいくらい。

ベルの音と共に昨日の色っぽい教授セビーニが姿を現し、開いたままの扉から続けて室内に入ってきた二人を見た途端、皆のどよめきとは別に、私はまたまた衝撃を受けて目を見開いた。

出たわ！　残りの攻略対象が。

「皆さん、おはよう。今日から実習を始めます。実技を一緒にみてくれる特別講師のクリストファー・ロイド枢機卿。それと今日のヒーラー役、Ｃクラスからルチアーノに来てもらったわ。よろしくね」

美形な二人の男性の登場で、一様にＣクラスの女生徒達が華やいでいるのがわかる。でもとにかく私が気になって仕方ないのは、ルーナマリアが攻略対象二人を前にして、どう感じているか。

魔法学院入学二日目にして、これでもう攻略対象、全員にルーナマリアは出会ったことになる。チラリとルーナマリアを覗き見ると、ほんのりと頬を桜色に染めていた。

ジノンとアクセル王子、そしてパトリック、この三人は『マジックアイズ』では正統派ヒーローだけど、この二人は見た目はもちろんイケメンなんだけど、少し癖のあるヒーローだ。

攻略対象その④クリストファー→ミステリアスな年上枢機卿。

クリストファーはロイド伯爵家の嫡男、かつ教皇の甥《おい》。次期教皇候補の一人とも噂《うわさ》されているだけあって、すでに枢機卿の地位に就いている。魔力操作に長《た》けているためエルランド魔法学院の特別認定講師を任されている。紫紺色の髪と同じ色の切れ長の瞳、すらりとした長身に聖職者のローブを纏《まと》い、そのアメジストのような瞳はミステリアスで。

私の記憶が正しければ、確か『マジックアイズ』の攻略対象の中で、攻略難易度は一番高いと言われていたと思う。ルーナマリアがクリストファーを攻略対象に選ぶと、とにかくガードが固いクリスの懐に入るべく、教会や聖堂の厳《おごそ》かな世界に入っていって、自分から上手に攻めていかなきゃいけない。その加減が難しいってこころやユキネが散々ぼやいていた。

攻略してしまえば、年上のミステリアスな色気全開のサービスシーンにもつれ込む。禁欲的な聖堂であられもない姿で調教される眼福のスチルはレアものと噂だ。

そして。

攻略対象その⑤ルチアーノ↓幼馴染みのヤンデレ近衛騎士。

ワインレッドの髪と鳶《とび》色の瞳、近衛《このえ》騎士で子爵家の子息。

このルチアーノだけは、最初からルーナマリアのことが好き。ルーナマリアとは幼馴染みの関係で、ルーナマリアはルチアーノの初恋の人で今も片思い。ていうか愛が重すぎて拗《こじ》らせ系のヤンデレポジション。魔法学院も、本当はルーナマリアに変な虫がつかないよう監視するために入学したというストーカー気質。

ルーナマリアがルチアーノルートに入ると、ルチアーノはルーナマリアが自分に好意を持っていると信じられなくて急に素直じゃなくなってしまい、好き避《よ》けする。反応はすごくわかりにくいがそれでもめげずにアプローチを続けていくと、ある日限界に達したルチアーノの方から、ヤンデレて愛の応酬サービスシーンがやってくる。過激な監禁セックスで、一番マニア受けする攻略対象はこのルチアーノらしい。

「よろしく」

にこやかに微笑む愛想の良いクリストファーとルチアーノに、C′クラスの女生徒やルーナマリアも花のような笑顔を返していて。

恋愛偏差値ゼロの私は、ヒロインであるルーナマリアの前途を想像して赤くなったり青くなったりしていた。

「ピンクに変化するのは、魔力補給が互いの愛情の受け渡しだったり、どちらかが相手に恋情を抱いてたりする場合によく出るんだよ。結婚したばかりのハネムーン期とかにもね」

クリストファーが私の瞳を覗き込んで、一緒に観察している皆にも説明する。

「きゃあーリシェリ様のお相手は、もちろん殿下ですわよね。互いの恋愛感情が瞳に表れるなんて、なんてロマンチックなんでしょう」

恥ずかしい。私の顔きっと真っ赤だと思う。どちらか一方の恋情でもピンクになるって言った？ それだと私だってジノンにバレバレだったらどうしよう。

「はい、楽にしていいよ。ありがとう。じゃあ次は、カリーナ。貴女《あなた》の瞳は、マゼンタ色なんだよね。今は少し、ブルーがかってる。皆、見てわかるかな？」

栗色のふわふわの髪にマゼンタ色の瞳、少し頬にソバカスのある、海外のデザイナーみたいな独特のお洒落《しゃれ》な雰囲気のあるカリーナ。確かに瞳に少しブルーっぽいベールがかかっているみたい。

「青は相互理解、つまり信頼関係が構築されてる場合に、よく出る色だね。どちらかが相手を尊敬してたりしても、青く変化するよ」

クリストファーがそう言うと、カリーナの頬が緩んでほんのり赤くなった。カリーナはかなり年上の婚約者がいるって話だけど、図星だったのかな？ 信頼で結ばれている関係ってすごく素敵、羨《うらや》ましいな。

「次は、ソニアだね。琥珀《こはく》色の瞳に、緑が差してる。緑は調和の色でね、心の結びつきが強かったり、安心感で緑に変化する。気が許せる相手や、心を開ける相手だったりね」

「どれも素敵ね」

「いいなぁ、私もそういう人に出会いたいわ」

口々にうっとりとした言葉が漏れ出ていく。本当に素敵。魔力補給する方法はともかく。

さっきからルチアーノは奥に控えて、私達の様子を静かに見守っている。ヒーラー役というのは、魔力補給で魔力酔いなど起こしている場合、治癒してくれる。魔力補給の量が多くなるにつれ、ＢクラスやＡクラスのヒーラー役が来ることになっているらしい。

「はい、じゃあ一通り観察はしたね？　ロマンチックな気分になっているところ申し訳ないけど、早速実習を進めさせてもらうよ。コントロール法を教えるから今から皆やってみよう」

「はぁい」

「リシェリ、カリーナ、ソニア。魔力補給されて今は気分は悪くない？」

「あ、はい」

私達は互いの顔を見合わせつつ、返事をする。

「浮遊感は？」

「あ、少しふわふわした感覚はあるかも」

ソニアの言葉に、私ももしかしたらふわふわ感はあるかもと思う。

ふと視線を感じて、顔を上げるとルーナマリアと目が合った。

（……え……？）

私を見て、ミントグリーンの瞳をふわっと細めて微笑むルーナマリア。

（あれ……？　気のせい？）

ほんの一瞬だけ、なんだか瞳が険しかったような……？

午前中の実習が終わり、昼食をとろうと用意されているジノンと一緒の個室に一人向かっていると。広い鍛練場の前を通りかかった時、大きな歓声にびっくりして振り返る。

鍛練場脇で大勢見守る中央で、巨大な魔獣が二体唸《うな》り声を上げていて、ジノンとパトリックがそれぞれ大きな剣を持ち二人で何か言い合っている。

(あ……ジノンだわ)

ジノンが持っている剣に、青い光が炎みたいにぶわーっと立ち上って。パトリックも銀色の光を剣に迸《ほとばし》らせ、魔獣の後方へ素早く回り込んでいく。パァンと花火が上がるような音がしたかと思うと、ジノンの剣先から大きな青い光の玉が怒号のような音を立てて迸り、魔獣にヒットした。

魔獣がぐらっと倒れた隙に、パトリックが後ろから大きく剣を振り下ろすと銀色の閃光《せんこう》が魔獣の巨体を包み込んで、爆発した。眩《まぶ》しいフラッシュの後に、確かにさっきまで二体いた魔獣が一体消えている。

その途端、わあーと大きな歓声がまた上がった。

「……やっつけたの？」

「そうですね。格好いいな、あの二人」

私の独り言に返事が返ってきて、驚いて見上げると、私のすぐ隣でルチアーノが眩しそうに目を細めて鍛練場を眺めていた。その隣にはルーナマリアもいて。

(……っ)

ルーナマリアは切なそうな表情で、じっと鍛練場を見つめている。

(ジノンを……見ているの？　それともパトリック？)

ルーナマリアのその表情で、なんだかまた私の胸がザワザワし始める。悪い予感が胸の奥で燻《くすぶ》って、苦しくなる。

その時だった。

何故か足元が、ふわふわして。

気のせいかなと思う側《そば》から、足がグラグラして。

「？」

「え？」

眉を顰《ひそ》めた次の瞬間には、私の身体が何かに引っ張り上げられるように持ち上がって実際にもう次の瞬間には、宙を飛んでいた。

「きゃあああああ！！！」

絶叫する私の耳元で、『あ、やば』というジノンの声が聞こえた。

（え？　え？）

空に放り投げられたように、私は宙を舞い。ラベンダー色のワンピースのスカートが翻《ひるがえ》り、慌てて両手で押さえつけていると、今度は続けてまっ逆さまに落ちる。

意識の片隅で、私は鍛練場の真上にいて、ジノンが私を下から見上げているのがわかって、私はパニックになっていた。

ふわっと目の前にシャボン玉みたいな虹色の壁が現れて、見渡すと本当に大きなシャボン玉が、私の身体を包み込むようにしてふわりと宙に浮かんでいた。

地上から私を見上げている、ジノンと目が合う。ジノンは手のひらを上に向け、私を制している。

魔法？　パトリックは剣を鞘《さや》に戻している。いつの間にか、もう一体残っていたはずの魔獣は消えていた。

パチン、と私を取り囲んでいたシャボン玉みたいな膜が消える。

「え？　え？」

風船みたいにふわふわ宙に浮かんでいたのに、急に重力に負けたみたいにそのまま私の身体はまっ逆さまに下に落ちた。

「！」

でもなんだかふんわりゆっくり落ちて、すとん、とジノンが私をキャッチする。ジノンの腕にお姫様抱っこされた格好の私をジノンは見下ろした。

「悪い」

「え？」

「お前が見えて。俺が引っ張ったんだ、思わず」

「ええ？」

「今、お前は俺の魔力で繋がってるから」

ばつの悪そうな表情で、ジノンが呟《つぶや》く。

「引っ張ったって……離れてるのに、そんなことができるの？」

ジノンは私を抱っこしたまま、私の顔を覗き込む。もう降ろしてくれてもいいんだけど。

「知らない男の側にいたから」

「知らない男って……」

もしかしてルチアーノのこと？　私は、さっき自分がいた方向に顔を向ける。

すると周りの喧騒《けんそう》の向こうで、遠くからこちらを見ているルチアーノとルーナマリアが見えた。

（……あ……）

なんだかやっぱり、いやな予感がしてしまう。ルーナマリアは私とジノンを見ている気がして、その表情は、やっぱり少し切なく曇って見える。

「お前、俺を迎えに来てたのか？」

ジノンの言葉に、ハッと我に返る。

「うん。そしたらすごい魔獣と闘ってるのが見えて……びっくりした」

「あれは幻惑で創り上げられた、ただの幻だ」

「でも、格好良かった」

ぽつりと言うとジノンは私を見下ろして首を捻《ひね》り、唇の端だけ上げて笑う。

「今、気づいた？」

私だけじゃなくて。もしかしたら、ルーナマリアもそう思ったのかも。ルーナマリアの攻略対象がジノンだったら、どうしよう。


「まぁ～、とってもいいお天気で、ほんとに気持ち良いですわね。さあさあ、皆様。沢山ご用意しておりますから、たんとお召し上がりくださいい」

どうして、こうなったんだろう。

オレンジ色の瞳を人懐こい子リスのように細めて、お日様に照らされた大輪の向日葵《ひまわり》のような、にこにこ笑顔。同じクラスのミランダが、サラサラのイエローゴールドの髪を揺らして傍《かたわ》らにいる執事を促すと、壮年の朗らかな男性執事は、目の前に続々と美味《おい》しそうなサンドイッチやらフルーツやらを嬉々《きき》として広げていく。

「私、早く皆様と仲良くなりたかったんですの。特に同じCクラスのリシェリ様達とね。あら、いけない。殿下は珈琲《コーヒー》の方がよろしかったかしら？」

私の隣で腰を下ろし、黙り込んだまま微妙な表情だったジノンがティーカップを持ったまま口に運んでいないことに気づいて、ミランダが慌てて話し掛ける。ジノンは躊躇《ためら》いながらも、大丈夫と言いながら紅茶に口をつけた。

私は少し可笑《おか》しくて、笑ってしまう。ぐいぐいくる無邪気なミランダに、ジノンが気圧《けお》されているのが新鮮で。パトリックも同じことを思ったのだろう、ヘーゼルの瞳と目が合うと、面白くて堪《たま》らないというふうに私に笑って見せた。

エルランド魔法学院の、ランチタイム。

先ほど鍛練場で魔獣と対峙《たいじ》していたジノンとパトリックを、ミランダもお昼を持った執事と見物していたらしく、ジノンにお姫様抱っこされていた私とジノンは、まああステキ！　と大声で嘆息の声を上げたミランダに、ぐいぐい気圧されるままに昼食に誘われ。こうして一緒に中庭に出て、芝生の上に広げられた大きな敷布の上で豪華な昼食を囲んでいる。輪になって。

そこには何故か。ニコニコ笑顔のミランダの他に、私とジノンとパトリック。そしてちょうど鍛練場脇で同じように佇《たたず》んでいた、ルーナマリアとルチアーノ。同じく側にいたらしい、カリーナとソニア。

加えて私とジノンの昼食を用意していた個室に、これまた遊びに来ていたアクセル王子。

「お前、やることないのか？」

横目で窘《たしな》めるジノンに、アクセル王子は爽やかな笑顔で顎を上げた。

「あいにくここの研究室に用があってね。レントに頼まれて、魔法薬をいくつか作って持ってこいと。だからしばらく俺もここに通うからね」

レントとは、初日にジノンが呼び寄せていた王宮魔法師の名前だ。白いローブ姿に細身の長身、玉虫色に変化する不思議な髪色は腰まで長く後ろで一つに結んでいて、同じ色の瞳が神秘的な魔法師。なんでこのイケメンが攻略対象じゃないの、といつだかこころが騒いでいた、『マジックアイズ』でも割と人気の脇キャラである。

「魔法薬を、作られるのですか？」

アクセルの言葉に反応したのは、濃紺色のストンとしたドレスを纏った栗色のふわふわ髪のカリーナ。大人っぽい雰囲気の表情とマゼンタ色の瞳が今の話は聞き逃せないというように見開かれている。

「そうだよ。この中庭の向こうに、魔法植物ばかりが生育している園があるだろう？　ここならすぐに採取して最短で魔法薬が作れるからね。ほんとに人遣い荒いんだから、レントは。あ、ところでセビーニって教授、知ってる？」

「うちのC´クラスの教授よ。彼女がどうかしたの？」

私の言葉に、アクセルは得たりというようにニヤッと笑顔になった。

「うん、えらく優秀らしいね？　その教授が受け持っている研究室に行けって言われてるんだ」

「へえ～。すごく美人な教授よ。アクセル、教授で遊ばないようにね？」

好奇心旺盛で悪戯《いたずら》好きのアクセルに、あらかじめ釘《くぎ》を刺しておく。

「セビーニ教授は、今日来ていたクリストファー枢機卿とイトコ関係らしいな」

そう言ったのはソニア。ソニアの白金の艶《つや》めく髪は顎ラインでサクリと切り揃えられ、琥珀色の瞳は少し無機質というか、クールで凛《りん》としている。侯爵家の令嬢のソニアは代々武官の家柄らしく、童女のようなスレンダーな身体ではあるがなかなかの武器の遣い手だと、ルチアーノが教えてくれた。

ソニアはさっぱりとした白いワンピースを着ているが言葉遣いも男性的で、いわゆるボクッコだ。

なんとなく系統は違うのだけど、この飄々《ひょうひょう》とした感じがどことなく私の妹のこころに似てる。

「そう言われてみれば、セビーニ教授とクリス卿は確かに同じ髪色をしているわね」

ルーナマリアの言葉に、隣に腰を下ろしているルチアーノがピクリと反応する。

なんとなくルチアーノの心の声が私の中で聞こえてくるようだった。『俺以外の男のこと、思い浮かべないで。俺だけ見て俺のことだけ考えて』なんて。

ルーナマリアはルチアーノの視線を感じたのか、二つの視線は一瞬絡み合った。ルチアーノの熱い気持ちに気づいていない、きょとんと小首を傾《かし》げる可愛らしい仕草のルーナマリアと、きっと内心身悶えしているであろう恋情に身を焦がすルチアーノ。あ、いけない。顔がにやけてきちゃう。

「あのセビーニ教授と、クリス卿だけど……」

カリーナが少し首を捻り、遠い記憶を思い起すように目を瞑《つぶ》った。

「どうしたの？　カリーナ？」

ルーナマリアの問いかけにも耳を貸さず、しばらく記憶の淵《ふち》を辿《たど》るようにしていたカリーナは、ややあってマゼンタ色の瞳を開いた。

「いえ、……、なんでもないわ。ところで午後はまた今日の復習をするって言っていたかしら？」

「そうですわ。楽しかったですわね、午前の実習」

ミランダが身振り手振りで、ジノンやアクセル、パトリックの前で午前中に教えてもらった魔力コントロールのやり方を実演してみせた。白地にオレンジ色のリボンのついたワンピースドレスを翻しながら。

「こうやって……詠唱して、透明のシールドで身体を取り囲んで足裏に集めるイメージを視覚化させると……ほら、ユラユラ揺蕩《たゆた》う海が鎮まるように、補給された魔力が足元に鎮静されていくの」

「ん～？　何も見えないよ？　ミランダ？」

アクセル王子がじっと目を凝らして顔を顰《しか》め、首を捻る。すると、傍で控えていたミランダの執事は苦笑した。

「お嬢様、アクセル殿下が困惑なさっております。殿下、何も見えなくて当然です。うちのお嬢様は魔力補給されておりませんので。ミランダ様？　まずは旦那様が日頃山のようにお持ちになる縁談状から手をつけていくべきですな」

執事の忠言に、余計なことを！　と、ぷんと唇を尖《とが》らせて睨《にら》むミランダとのやりとりを聞き、アクセルやパトリックは可笑しそうに吹き出した。すると、ミランダは今度は二人の方に向き直る。

「あら？　今、殿方がレディを笑いまして？」

「いやいや、こんな可愛いレディを笑うわけないよ？　なあ？　アクセル？」

「ああ、もちろん。ねえミランダ？　まだ婚約者がいないんなら夜会に出席しなよ。今度王宮でやるんだ。いい相手が見つかるかもよ？」

「ええ？　ほんとですの？　ぜひ行きたいですわ」

「王宮で主催される夜会に招かれるなんて。お嬢様、魔法学院にいらしてよかったですねぇ」

しみじみと執事も頷いている。

「アクセル殿下、私だけではなくてルーナマリアも参加してもよろしくて？」

「ええ？　私？？」

ミランダの思いつきに、ルーナマリアは自分に矛先が向くとは思っていなかったのか、ミントグリーンの瞳を見開き動転している。

「いいよ。ルーナマリア、君も夜会に一緒に来る？」

アクセルは愛想良く、ルーナマリアに尋ねた。

あ。ひょっとして、これ。選択肢を選ぶやつなのかも。どのフレーズを選ぶかによってその後のシナリオが変わるっていう、あれ。

てことは、ルーナマリアはアクセルルート？　ごくっと固唾《かたず》を呑《の》んで、私はルーナマリアを見守る。

選択肢その①↓「私も、行っていいの？」

選択肢その②↓「嬉《うれ》しい、ぜひ行きたいわ」

選択肢その③↓「楽しそう！　行ってみたい！」

「う、うん……どうしようかしら。ちょっと、考えてみるわね」

どれでもなかった。曖昧《あいまい》に濁すってことは、アクセルルートではないのか？

ミントグリーンの瞳は少し曇ったように俯《うつむ》いて、臥《ふ》せられた睫毛《まつげ》は戸惑いつつ揺れて、ふとさり気なくその視線はジノンのいる方へ彷徨《さまよ》ったように、私には見えてしまう。わーん、落ち着かないよ。

緩やかな陽射《ひざ》しにジノンの金髪がキラキラ煌めいて、その透き通るような真っ青な瞳は物憂げに臥せられた長い睫毛で色っぽく陰ができていて。さっきから所在無さそうに無造作に撫で下ろしている首筋は、ドキリとするくらいセクシー。

なんだかやっぱり、ルーナマリアはジノンを気にしているような気がして仕方がない。

じわじわと胸の奥から、嫉妬心が迫《せ》り上がってくるみたい。なんだかもう今すぐジノンの手を引いて、早く二人きりになりたくなってしまう。私って、こんなに独占欲が強いの？

「ねえ、殿下。さっき言ってた研究所での魔法薬作りって、私でも参加できるのかしら？」

アクセル王子にお伺いを立てるカリーナのマゼンタ色の瞳はひどく熱心で、半信半疑なアクセル王子はパトリックの方に向き直る。

「えーそれはどうだろう？　パトリック、知ってる？」

「んー、多分大丈夫じゃない？　後で副院長に聞いてあげようか？　確か彼が学院の采配をしているらしいから。カリーナだっけ、君は魔法薬に興味あるの？」

パトリックの言葉に、何故かカリーナは頬を赤らめる。

「ええ……以前から作りたい魔法薬があって……実習でも作れると思うのだけど、研究室なら自分の好きな魔法薬を作れるかしらと思って」

「ふうん……いいんじゃない。後で魔法薬大事典見てみる？　大抵、ここの魔法植物園に材料は揃《そろ》ってるはずだよ？」

その言葉に、今度は私が反応した。

「私も行きたい！　魔法薬大事典見て、魔法植物園に行って、研究所で私も魔法薬を作りたいわ！」

私の剣幕に、アクセルやパトリックだけでなく、ジノンもカリーナもびっくりしている。

「いいよ、別に。他に行きたい人いる？」

クルリと皆を見渡すパトリックに、ジノンが気怠そうに顎を上げた。

「俺も行く」

そう言って、ジノンは横目で私を睨む。

「あの」

ルーナマリアが、パトリックに向けおずおずと手を挙げた。ん？　こ、これは。

選択肢その①↓「私も、一緒に行ってもいい？」

選択肢その②↓「私も、魔法薬を作ってみたい」

選択肢その③↓「私でも、魔法薬を作れるかな？」

「私でも、魔法薬を作れるかな？」

遠慮がちにそっと尋ねるルーナマリアに、パトリックは微笑んだ。

「大丈夫だよ、俺が一緒に手伝ってあげる」

くっと眉根を寄せ、苦しそうな表情を一瞬浮かべるルチアーノ。ルーナマリア、ジノンルートなの？　それともパトリックルートなの？？

四

エルランド魔法学院の敷地内にある、煉瓦《れんが》造りの閑静な魔法図書館。

パラパラパラ……

広々として空を思わせる高い天井はガラス窓になっていてキラキラと陽射《ひざ》しが入り込み、ズラリと並んだ書物が歴史の息吹を感じさせる、密《ひそ》やかな雰囲気の中。

古い重厚な書物が梯子《はしご》で探せるよう、此処彼処《ここかしこ》に犇《ひし》めくように納まった書棚の片隅で、頁《ページ》を繰る音とところこそと行き交う男女の囁《ささや》き声が響く。

「惚《ほ》れ薬～？　ミランダ、誰《だれ》か射止めたい人でもいるの？」

「今はいませんけど。アクセル様が、夜会で素敵な男性に出会えるかもしれないって仰《おっしゃ》ったではないですか？」

パラパラパラ……

「ええ？　じゃあ、出会う前からもう用意しとくってこと？　もう少し、こう、自力でどうかしようっていう気持ちはないの？」

ない。

「そうですわ。殿下は甘いですわよ。私のような平凡な一伯爵の娘を、出会った殿方が必ず選んでくれる保証はどこにもありませんの。ましてや、周りには魅力的なご令嬢がウジャウジャいますのよ？男女の戦場で、そんな生ぬるいことは一ミリも言っていられませんわ」

「はあ……」

パラパラパラ……

「カリーナ、媚薬《びやく》を作りたいならそんな薬草のページばかり見ても意味がない。パチュラムより効果が強いものはないぞ？」

「しっ！　……ソニア、な、何で……」

ない。

「バレバレだ、カリーナ。さっきから催淫作用のあるページしか見てないじゃないか」

「きゃ、ソ、ソニア……あ、あら、そうだった……？」

「まあ。カリーナ。魔力補給されていましたからもうすっかり、婚約者様とそういうことをなさっているのかと思ってましたわ」

パラパラパラ……

「……婚約しているからって必ずしも手を出されるわけじゃないわ、ミランダ」

「へぇ～俺だったら、こんな魅力的な婚約者なら朝まで離さないだろうけどね」

「アクセル殿下、今のはセクハラ発言です」

「ああ、そう？　ごめんごめん」

ない。

「私の婚約者は私よりも七つも年上で、うんと大人《おとな》なの。まだ子どもだと思われているのか、彼は私の専属執事だった人で……。小さい頃からずっと好きで諦められなくて、私が無理を言って強引に婚約してもらったの」

「まああ、なんて素敵なんですの！」

パラパラパラ……

「でも婚約してからも彼は何もしてこなくて……今回だって、学院での実習で魔力補給しておく必要があるからって言って、ようやく初めてキスをしてもらったの」

「へえ～どっかと逆だね……いてっ……ジノン、遠隔で攻撃すんの、やめて」

ない、どこにもない。

「おい。お前さっきから何、探してるんだ？」

「きゃあ！」

すっと人影が視界に入って、びっくりした私は即座に後ろに下がり魔法薬大事典を胸元で隠す。

ジノンはキラキラの金色の前髪を揺らし怪訝《けげん》そうに壁に手を突いて、真っ青な瞳《ひとみ》は私が胸元に押しつけて隠そうとしている魔法薬大事典を覗《のぞ》き込んでくる。

「あ、見ないで。何でもないから、ジノン、あっち行ってて」

身体《からだ》を捻《ひね》って本棚の隅を陣取って、私はジノンを追い払う。訝《いぶか》しそうに眉根を寄せて、ジノンは不機嫌そうに去っていく。

ふう。

どう見ても、ない。どこを探しても、ない。もしかして、ないの？　あれしか。魔法薬大事典を、ペラペラと捲《めく》る。見間違いだと思って、もう一度見て。見過ごしてるのだと思って、もう一回見て。何度も何度もページを繰って探したけれど、一つもなかった。嘘《うそ》でしょ？　こんなに、事典の中にも魔法植物園にだって、あんなに沢山《たくさん》の植物が溢《あふ》れるくらいあるっていうのに。

マジラムの代わりになるような制淫剤。それが何かないか探して、魔法薬にしてしれっとマジラムの代わりに飲もうと私は企《たくら》んだのだったけど、魔法図書館にやってきて魔法薬大事典をわくわくと手に取り色んな効能がある中で、制淫剤というページにマジラムという文字しか記載がないのを見て、私は衝撃を受けた。媚薬や催淫剤や惚れ薬やらの材料はもう、これでもか！　と溢れるほどあるのに。

（どうしよ……）

「どうしました？　リシエリ様」

項垂《うなだ》れた私に気づいたのか、心配そうにすり寄って私の顔を覗き込むルーナマリア。

「なんでもないの……ルーナマリアは何の植物にするのか、もう決めた？　作りたい魔法薬があるの？」

尋ねると、ルーナマリアは微妙に瞳を曇らせて曖昧《あいまい》に微笑《ほほえ》む。

「そうですね……安眠作用のある植物は何かないかなと思いまして……。少し、……枕が変わったので、朝までぐっすり眠れるように」

「あ、そうなのね？　どんな植物が良いかもう見つかった？」

「ええ、パトリック様とルチアーノが一緒に見てアドバイスしてくれて。これですわ、ラバンティア。他にも鎮静作用のあるこれと、魔法植物など何種類か合わせて」

そう言ってルーナマリアは開いた魔法薬の絵入りのページを見せてくれる。指差した箇所には、薄青色の粒々の付いた魔法植物。

「俺もこれ飲んだことあるけど、少し苦い魔法薬なんだよね」

パトリックの言葉にルチアーノも頷《うなず》きながら、赤色のカバーの書物をパラリと開いて見せてくれる。

「あったよレシピ。ラバンティアで作った魔法薬を、温めたミルクに蜂蜜《はちみつ》と一緒に垂らすと美味《おい》しく飲めるってやつ」

「ありがとう、ルチアーノ。魔法薬が完成したらそうやって飲んでみるわね」

嬉《うれ》しそうに微笑むルーナマリアに、ルチアーノも満足そうに目を細めている。いい雰囲気。

「リシエリは見つかった？　あんな意気込んで何を探してたの？」

首を傾《かし》げるパトリックの目線が、私が胸元で隠している魔法薬大事典の上でピタッと止まる。

「えっと、えっと……私、最近すごく疲れやすくて。そう、……回復剤になるようなポーションを作ってみたくて」

しどろもどろになりながら、今、初めて頭の中で思いついた嘘を並べる。

「ふーん。いいね、それならおすすめの魔法薬はね……」

パトリックは私の抱えた魔法大薬事典を取り上げて、ペラペラと頁を捲っていった。

エルランド魔法学院の敷地内に併設された、広大な植物園の少し奥には野生の魔法植物の園がある。湖の側《そば》に自生している植物や温室で繊細に保護されているものなど、色とりどりの植物が植わっている。

普通の植物と何が違うのかというと、花の色が呼吸をするようにジンワリと変化したり、ほんのりと光を放ったり。他にも詠唱したり話しかけると花が開いたり、そよそよと葉っぱを揺らしたり。魔法粉と呼ばれるキラキラした鱗粉《りんぷん》が舞っているものなど、魔法植物とは個々の個性によって、それぞれ不思議な佇《たたず》まいをしている。

うちの公爵邸の庭園にも魔法植物が植えられているけれど、当然ここはうちの比じゃない。さすが魔法学院。研究所もあるんだものね。

えーと、ポーションには、これがいいのよね？　私はさっき魔法薬大事典を見てパトリックがおすすめしてくれた魔法植物のメモと照らし合わせて、合致したものを探す。

ご自由にお摘みください、と札に書かれてある魔法植物の中から見つけた植物を少しずつ拝借して、籠《かご》に入れていく。

「あ、リシェリ様。それなら、こっちにありますわ。あとこれも。これがそうですわ」

チラチラと私のメモを覗きながら、ルーナマリアが親切に摘み取って私の籠に入れてくれる。手際良く自分の分も摘み取りながら、ついでに私の分も一緒に探して手伝ってくれる。

「ありがとう」

「いいえ。こんなに素敵な魔法植物が沢山あって、楽しいですわね」

ルーナマリアは庭園に緩やかに香る花の香りに目を細め、風に吹かれる柔らかそうな亜麻色の髪を揺らして、気持ち良さそうに微笑んだ。

ルーナマリアは、とっても親切で優しい。それなのに私はジノンのことで嫉妬してしまって、ほんと恥ずかしい。ごめんね。

ルーナマリアは、さすが乙女ゲームのヒロイン。すっかり自然体で皆から受け入れられて、ルチアーノだけじゃなくパトリックもルーナマリアに惹《ひ》かれているようにも見える。

お家が没落寸前って言ってたけど、きっと大変で不安が絶えないんじゃないかな？　もしかして、一人で寮生活で環境が変わって、不安で眠れないのかな？

そこまで考えて、私はハッとした。アクセルの夜会の誘いを濁していた場面を思い出して。ひょっとして夜会に出るためのドレスや靴が、ないのかも？

ふと顔を上げると、籠の中身を確認しているルーナマリアの瞳が、ぼうっと虚《うつ》ろになっているのに気がついた。

「ルーナマリア……？」

少し、顔が赤いみたい。あ。もしかして。

違和感を覚えて私はルーナマリアに近づき、そっと細い手の甲を上から触ってみた。

「リシェリ様？」

ルーナマリアは私を見て驚き、目を丸くする。そのミントグリーンの瞳は少し曇ったように潤んでいて、ぼうっとしている。手が熱い。

「ルーナマリア、熱があるんじゃない？　もしかして体調が良くないの？」

私の質問に、ルーナマリアは困ったように眉を下げた。

「はい、ルーナマリア。口を開けて」

「い、いえ。自分で食べられます」

「いいから、はい、あーん」

「……あーん……？」

戸惑いながら、あーんをするルーナマリアの口の中に、一匙掬《さじすく》ったポリッジを流し込む。

エルランド魔法学院の学生寮。ルーナマリアの個室はなんだか少し薄暗くて、使用人の仮住まいの部屋のような簡素な作りで、少し狭いし、いくらなんでも質素すぎる。他の部屋も、こんななの？　ベッドも少し作りが古いようで、ルーナマリアが身動きする度に少し軋《きし》む音がする。お布団は清潔でフカフカだけれども。

「甘くて、とても美味しいです」

ルーナマリアは私を見て、にこりと笑う。

「体調が良くない時は、私もこれをよく食べるの。消化もいいし、すぐ良くなるわ」

「はい。お医者様にも診《み》て頂けてお薬まで頂いて、本当に申し訳ありません。ありがとうございます」

「いいの。それより、熱があるのにどうして黙っていたの？」

「ごめんなさい。皆さんと楽しくお話できて、仲良くなれて嬉《うれ》しくて……心配をおかけしたくなくて。それに、魔法薬を作れると聞いて、それを飲めばきっと良くなると思ったんです」

「ルーナマリア……」

健気《けなげ》な子なんだなぁ。私は改めて、目の前のルーナマリアをまじまじと見てしまう。

今は没落していようとも、貴族のお嬢様なのよね。本当なら、体調が悪ければすぐに駆けつけて世話を焼いてくれる侍女がいるはずなのに。

今日、急に笑顔が消えたりして様子がおかしい気がしたけど、体調が悪かったからなのかも。しんどくても、一人で頑張ってたのかな。

今は目の前で、ようやくホッとしたのかルーナマリアの表情は、ふわんとほころんでいる。可愛い。やっぱり可愛いな。私だって好きになっちゃうわ、こんな健気で可愛らしい女の子。確かに、守ってあげたいって思っちゃうよね、攻略対象者達は。きっと。

「食欲ある？　これも飲んでね。林檎《りんご》を搯《す》りおろして絞ったの」

もう一匙、ルーナマリアの口元にポリッジを持っていくと、今度は素直に、ルーナマリアはぱくぱくと食べてくれた。搯りおろし林檎ジュースも、こくっと飲んでくれる。

「もしかして、リシェリ様がこのポリッジを作ってくださったのですか？　この林檎ジュースも？　とっても美味しいです」

「料理ってほどでもないけど、炊事場が今、誰も手が空いてなかったから」

「そうなのですね。私は料理をしたことがなくて……二年前、生家が没落寸前になったんですが、私の侍女や使用人達にすべて暇を出してからは、母が家事をするようになって……私も手伝っていたんです。幸い思ったより家事は楽しいって思ったんですけど、どうやら一番料理が苦手のようです、失敗ばかりで」

ルーナマリアは、ふふふと悪戯《いたずら》っぽく微笑んだ。

「ご実家が大変なのね。気がかりでしょう？」

食べ終わってベッドに横たわるルーナマリアの胸元に布団を掛け直しながら尋ねると、ルーナマリアは微かに頷いた。

「父も母も私のために、この魔法学院に通わせてくれるように取り計らってくれました。そんな素振りは見せませんがきっと無理をしていたのだと思うと、申し訳なくて」

言いながらルーナマリアはぐっと喉を詰まらせると、ぽろりと堪《たま》り兼ねたかのようにミントグリーンの瞳から涙が零《こぼ》れた。その涙を私は指の背でスッと拭った。氷水を張った桶《おけ》に浸したタオルを絞り、ルーナマリアの額に当てる。

「冷たくて、とても気持ち良いです。ありがとうございます、こんなことまでリシェリ様にして頂いて」

「リシェリって呼んで」

「リシェリ……では私のことは、ルーナと」

コンコンというノックの後に扉が開いた。無表情のジノンが、私を真っ直ぐに見る。

「ジノン」

「治癒師を呼んだ。帰るぞ」

「あ、ジノン殿下！」

ルーナマリアは額からずり落ちるタオルも構わず、ベッドから上半身を起き上がらせ、小さく叫ぶ。

「あの、あの……すみませんでした。入学初日からずっとご迷惑をお掛けして……こんなに良くして頂いて、本当にありがとうございます」

高い熱があるのに赤い顔でそれだけ振り絞るルーナマリアをチラッと見て、すぐに目を逸《そ》らし。しばらくじっと黙っていたジノンは、私の腕を掴《つか》んで立ち上がらせる。

「ジノン……」

私はジノンに目配せする。なんとか言ったらどうなの。謝って、感謝もしてくれてるのに。

ジノンは薄く溜《た》め息を吐いて、口を開いた。

「後で、別の部屋に移すように言ってある。ここの学生用の部屋が一室、ちょうど空きが出たそうだ」

私とルーナマリアは、ジノンを見て目を丸くした。

帰るぞ、ともう一度促され、私はルーナマリアの部屋を後にした。戸惑って、でも熱のある頬を上気させて花のように表情を柔らげて、ジノンを見つめるルーナマリアを残して。

帰りの馬車の中で、街灯で照らされた王都の街並みを窓の外に見つめながら、ルーナマリアがさっきまでいた部屋を思い出す。

もしかしてお金のことで、他の人達とは違う個室を宛《あて》がわれていたのかな？　他にも肩身の狭い思いを、してないかな……。

ジノン、相変わらず素っ気ないけど、ルーナマリアの待遇に気づいてすぐに対処してくれたんだわ。

ルーナマリア、嬉しそうだったな。初日にあんなことがあったからジノンに嫌われてるんじゃないかって、きっと心配だったんだよね。これを機に、少しずつ二人の仲も氷解して、近づいていくのかもしれない。

攻略対象者の誰かとルーナマリアが結ばれれば、あんな可憐《かれん》な女の子が、男爵家を立て直そうと不安な中、頑張らなくてもよくなる。もしルーナマリアが、ジノンを選んだら……？

ふわっ
隣にいたジノンが、後ろから私を温かい身体で抱き締める。私の顎を引き寄せて、熱い唇を押し当ててくるジノンを、私は見上げる。

「ねえ？」

「ん……？」

キスの合間に、金髪の前髪の隙間から、透き通るようなブルーアイズが私を見下ろす。

「ね、好きな人ができたら、すぐ言ってね」

「……え……？」

「まだ私が婚約者のうちは、他の人に、こんなことしないでね。……ジノンに好きな人ができたら、すぐ教えてね」

「……はあ？」

ぷちゅ……ちゅく……くちゅん
「……ん……っぁ……はぁ……」

公爵邸に馬車が到着して、あれよあれよという間にジノンに手を引かれて、私の部屋に引っ張っていかれて。ジノンがドカッと腰かけたソファにそのまま私も引き寄せられジノンの膝《ひざ》の上に向かい合わせるようにして乗せられ、ジノンを見下ろすように後頭部を支えられて、私の唇の中をこじ開けるようにして、ぬるりとジノンの熱い舌が私の口内に入ってくる。

「っ……ふぁ……んぁんっ……」

上顎を舌先でつーっと撫《な》でられると、擽《くすぐ》ったくてドキドキして変な声が出てしまう。

「擽ったい？」

「んっ……」

髪の間にスラリと指先を滑らせられ、ぐっと身体をジノンの胸へ押し当てられると、私の胸の膨らみがジノンの身体に当たってふるんと跳ねる。恥ずかしくて身《み》動《じろ》ぎする私を見つめるジノンの真っ青な瞳は熱を帯びていて、すごく雄っぽくて。跨《また》がった私の脚の間に熱く反り返るように張り出した硬いものが、ぐっと布越しに突き上げられて私の心臓がドクンと打つ。

ユルユルとキスの振動で密着して触れ合っている部分が擦れる。ジノンのものが当たって、そこが私のに触れて擦れていることに耐えられなくて、もうあそこが焼けるように熱く疼《うず》いてくる。

私のプラチナブロンドの髪を弄《もてあそ》ぶように梳《と》かしていたジノンの指先が、つつ、と下に降りて私の首筋をすうっと撫でた。

「っひゃあん……！」

触れられたところからピクピク気持ちいい痺《しび》れが走って、堪らず身を捩《よじ》る。変な声が出てしまう。

それなのに追い打ちをかけるように、ジノンの柔らかな唇の感触が、ちゅ、ちゅっと私の首筋に場所を変え角度を変えて、次々と押し当てられる。その度にドキドキして、びくびくとした強い快感が駆け巡って蜜口にまで熱く響いて、喉が仰《の》け反《ぞ》ってしまう。

「やん……！　だめぇ……！」

「だめ？　気持ちよさそうだけど？」

「だめ、そんなことしちゃ……」

「そんなこと？　そんなことって……？」

っ、とジノンは吐息を交ぜ込みながら、尚《なお》も私の首筋を唇で上下に弄ぶのをやめない。サラサラした金髪も肌の表面を擽って、ジノンの性本能みたいなものが私を追い詰める。

背中から脚の間に向けてゾクゾクとした疼きが走るのを必死に耐えて隠しながら、私は息も絶え絶えに訴える。だめって伝えなきゃ。やめてって言わなきゃ、身体がどんどん熱くなってしまう。

「そん……なっ……エッチなこと、……だめぇ」

するとジノンは、くすっと蠱惑《こわく》的に笑った。

「エッチな？　エッチなことって……こういうの？」

言いながら、つつ、と濡《ぬ》れた舌で鎖骨を舐め上げられ、脚の間の熱くて硬いものの全長を感じさせるように、腰をスライドされる。大きくて太くて長いものの存在が嫌でも知らしめられて、頬がカッと熱くなるような恥ずかしさに身体が震える。

「ひぁっ……！　……ぁんっ……！」

気持ちよくて胸の奥まで響いて、私の身体がきゅんと浮く。

「感じるんだ……？」

これまで聞いたこともないくらい、私の耳元で甘い低い声が吐息交じりに囁く。

「あっ……！」

だめ。だめ、気持ちよくて変になってしまう。

ぷちゅ……ちゅ……ちゅ
ジノンは唇で私の胸元や首筋や耳に、柔らかな口づけを繰り返す。その度に、びくびくと私の身体は痺れるような気持ちよさをいっぱい感じてしまう。

「気持ちいい……？」

「ん……」

私はもう耐えられなくて、こくこくと頷く。

「俺も気持ちいいよ。お前とこうしてるだけで、すごく気持ちいい」

甘く囁かれる度にきゅんきゅんして、あそこが切なくなってくる。熱く疼いて、とろりと温かい蜜が膣《ちつ》の中から溢れてくるのがわかる。

「やだ……おかしくなっちゃう」

「いいよ、それで。気持ちよくて、俺もおかしくなる」

私は呼吸を乱しながらもジノンに首を振り、視線を合わせて抗議する。

「ジノン、これ、魔力補給でしょ……？　それなのに、こんな、エッチなこと……」

「なんで？　俺は、したい。もっといっぱい、お前とエッチなことしたい」

ドキドキするようなことを何度も肌の上で吐息交じりに囁かれて、唇を這《は》わせられ舌でぬるぬる舐められて。初めてのことばかりされて、心臓がおかしくなる。

ちゅ……ちゅ……くちゅ

耳の側面を、中を、くちゅくちゅ水音を立てて舐めしゃぶられて、びくびくと脚の間が擦られて熱くて、疼いてどうしようもない。

熱く濡れた舌で唇ごと下へ下へと舐め下ろされていき、今度は私の胸の谷間に、ちゅ、ちゅ、と押し当てられていく。そうしながらジノンは私の胸のリボンを解《ほど》き、両手で撫でるようにして肩を剥《む》き出《だ》しにさせ、唇と舌で肩先を舐めるように口づけを繰り返しながら、両手は私の二つの胸を下から掬い上げるように、ふにふにと揉《も》みしだき始めた。

「っ……や……だめぇ……だめ……あっ……」

そしてジノンの唇は、私のはだけた胸の上部の膨らみに、くちゅりと落とされる。

「ひゃあん……あっ……！」

「……柔らか……」

言いながらジノンの吐息は私の胸に熱く届いて、ジノンの両手の指先は、布越しに私の両方の乳首をくにゅくにゅと回すように擦り上げる。

「あ！　ぁあん……だめ！　だめぇ……ん、んん……！」

その途端、乳首の快感がきゅうんと膣の奥に響いて、気持ちよくて堪らなくなってしまう。

「ジノン……だめ……恥ずかしい……もうやめて」

「なんで？　恥ずかしいところ、もっと見たい。見せて」

私の潤んで霞《かす》んでいる瞳を、真っ青な瞳で射抜くように見つめられ凄絶な色気を放つ雄の表情をしたジノンが、私の肌の上で何度も唇を重ねながら甘く低く囁く。気持ちよくて堪らない拷問《ごうもん》を受けてるみたい。きゅんきゅんする快感を与えられて、熱く疼いて仕方ない奥が、もう耐えられないくらいムズムズ切なくて堪らない。

「お前……」

ジノンのブルーアイズが、上目遣いで凄《すご》む。

「そんな顔、してんじゃねえよ」

「……え……？」

「抱いて欲しいって、お前の顔に書いてある」

「っ……！」

「抱くぞ、もう」

そう言うと、ジノンは起き上がって、私のドレスのスカートから両手を差し込んだ。

「！」

そして私の両方の内腿《うちもも》をジノンの熱い両手のひらが、ぐっと開かせるように押さえつける。蛙《かえる》がひっくり返るような体勢になって、私は狼狽《うろた》えて首を横に振る。

「つきゃあ！　……や、やめて、ジノン。こんな格好……いや……！」

「俺も、もう耐えられない」

ジノンが私のショーツの紐《ひも》をしゅるりと引っ張ると、小さなその布はスラリと私の腰を滑り落ちていく。ジノンは、つ、と視線を私の脚の間に落とした。艶《なまめ》かしくジノンのブルーアイズは揺らめいて。真っ赤になって抵抗している私の胸元の釦《ボタン》を上からすべて外される。ふるりと乳房が露《あらわ》になって、リシェリのエッチな桃色の乳首はジノンを誘うように上を向く。

る。

「ほんとだ……綺麗《きれい》な身体だな」

掠《かす》れた声を出すジノンの顔は欲情を隠さず、私の身体を上から下まで、じっと舐めるように見つめ
「熱っ……」

ジノンは自分の着衣も、上も下も乱暴に脱ぎ捨てた。セクシーすぎる、顎から首筋の輪郭や鎖骨から肩の骨張った身体のライン、逞《たくま》しい筋肉の乗った胸板や腕、知らなかったその先の、下の方が初めて私の視界に入ってきて、その色気の吹き出すような身体に私の胸がどくんと高鳴る。ずり落ちた下衣から、ぶるん、と天を突き破りそうに立ち上がる、ジノンのずっしりとした大きなものを見て私はひゅっと息を呑《の》んだ。

海外ものやCGくらいでしかこんな大きなもの、見たことない。こんな時なのに変なことを思い出してしまう。

赤黒い巨根がビクビクと血管がヒクつくように硬く脈打って、大きく張り出したカリの先端から透明な液が涎《よだれ》のように筋張った陰茎に垂れ、ギラギラと私を狙《ねら》っているかのように光って見えた。

ジノンは私の内腿をもう一度、両手のひらで押さえつけるようにして、開かせる。

「……やめて、……ジノン、怖い」

「やめない」

「こんなの……いつものジノンじゃない、怖いよ……」

ジノンはキラキラの金髪の隙間から、真っ青な瞳を覗かせて怯《おび》える私の顔を見下ろす。

「怖い？　俺はずっとこうだよ。二年前から、ずっとずっと、こうだ」

ジノンは息を吐き、容赦のない表情はゆらりと私を見つめ、尚も続ける。

「お前をずっとこうしたくて、気が狂うくらい我慢してた。もう、ヤるからな」

そう言うとジノンの硬い逞しい身体が、私に覆い被《かぶ》さる。

「お前の中を散々突きまくって、中に出さなきゃ、収まらない」

凄絶な色気を溢れさせて、ジノンの唇は私の乳首をくちゅりと含み、ぬるりと回し舐める。

「っひ……！　っふ……あ！　ぁあああっ……！」

その熱い濡れた舌の感触の衝撃が、私の膣奥まで届いて、全身がビリビリと快感で貫かれ、私の身体は、ぐっと仰け反る。ジノンが私の乳首をれろれろと舐め回しながら、きゅっと甘噛《あまが》みするように優しく吸いつく。もう片方の乳首もくにくにと回すように指先で捏《こ》ねられて。

「あ！　ぁあん！　ジノン……だめぇ……」

「だめじゃない……こんな濡らして……」

とろとろに蕩《とろ》けた蜜口をすでに見ていたのだろう、乳首への愛撫《あいぶ》を続けながら熱くて堪らないジノンの大きな硬い陰茎が、じゅくりと私の蜜口を擦り上げる。

その時だった。

「ぴゆう……ぴゆ、ぴゆ」

「！」

パタパタ、パタパタ
「ミュ……ミュゲ……ちゃん」

「ぴゆ、ぴゆ、ぴゆ」

私とジノンの重なる脇で、ピンクのふわふわの大きな垂れ耳を羽ばたかせ、キョトキョトとピュアなピンクの瞳を瞬《またた》かせているミュゲちゃん。

何をしてるの？　私も交ぜて～とでも言うようにふわふわ宙に浮いているミュゲちゃんを見て、私とジノンは瞠目《どうもく》して。

脱力するジノン。

私の胸に顔を埋《うず》め、ぐたりと私の身体に乗ったジノンの身体の重みで、私はジノンの性衝動が萎えたのがわかった。

（よ、……よかった……助かった……ありがとう、ミュゲちゃん……）

「姉さま？　夕食だよ、ジノンも食べていったらってー、母様がー」

扉の向こうで、ジュリアンの無邪気な声もして。

ジノンは真っ青な瞳を潤ませて、更に低く呻《うめ》いた。

私はホッとしたのと、少し可笑《おか》しくて笑ってしまったのだった。

五

あれから一週間。ジノンは私に指一本、触れようとしない。

一緒に魔法学院に行って、ランチも必ず一緒に食べるし一緒に帰ってくる。その繰り返し。

ジノンはどちらかと言えば、普段も素っ気ない方だし、婚約者だからってベタベタしなきゃいけないこともないし、普通に喋《しゃべ》ったりもしているのだけれども。

（振り幅が大きすぎや、しませんか……）

これまではずっと二年間、毎日のようにキスしたり抱き締めてきてたのに。

『この二年、ずっと我慢してたんだ』

真っ青な瞳《ひとみ》が私を貫くように見下ろすジノンの強い表情が浮かんできて、どくんと私の胸を打ちつける。もしかして、急に私に襲いかかるようにしたことを反省してるのかな？

トントン、と目の前の机を叩《たた》く音がして。

はっと顔を上げると、アクセルが首を傾《かし》げて呆《あき》れたように、私を見下ろしていた。

「何、ぼうっとしてるの？　リシェリ」

「ああ、ごめん、アクセル。あ、ポーションもうできた？　待ってたらつい眠くなっちゃったの」

魔法薬を最後の仕上げに火に掛けていたことを思い出して、私は慌てて立ち上がる。釜茹《かまゆ》でみたいに蒸気を上げている、蒸留器の様子を見にいく。

魔法学院の研究所、少し豪華な理科室って感じの一室には、午後の講義も終わり外も薄暗くなっているからか、もう私とアクセル以外、誰《だれ》もいなくなっていた。

「もう皆、帰ったよ。今日は俺が送るんだからあまり遅くならないようにしなきゃ、ジノンがうるさい」

「ごめん、ごめん」

今日はジノンは国王との公務で、朝から学院を欠席していた。その代わりなのかなんなのか、私の送り迎えは研究所に用があったアクセルが同行してくれていた。

「あ、見て見て、アクセル。これで成功じゃない？」

ちょうど銀色の蒸留器から、キラキラと玉虫色に光る液体がスーっとグラスに流れてくるところで、レシピ通りの規定量までちゃんと入ってくれた。紫味の濃いピンク色に光るってレシピには書いてあったけど、ちょっと違うような……？

でも、ちゃんとレシピ通りに植物の重さを量ったし……魔法植物もルーナマリアが一緒に採取してくれたから、間違ってないはずだし。

「うーん？」

玉虫色に光るグラスを持ち上げて角度を変えて見てみると、見る角度によって濃いピンク色に見える……まあ、こんなものなのかな？

「ほら、リシェリ。出来上がった魔法薬はこの瓶に詰めて、持って帰りな」

「ありがとう」

アクセルが持ってきてくれた、煮沸消毒済みの黒い小瓶にビーカーを添えて、トクトクと注ぎ込む。

「リシェリ、これにポーションを垂らして。効果がちゃんとあるか試してみよう」

小さな試飲用のお猪口《ちょこ》みたいなグラスを二つ、アクセルが机に並べる。

「そうね、効果があれば、お父様やお母様にも飲ませてあげるわ。ワンダやミラにも」

「俺、今週はけっこう疲れたから、これで効いてくれたら成功だね。そしたらまた作ってよ」

カチンと小さなグラスを合わせて乾杯し、私とアクセルは、ぐっと一息でポーションを飲み干した。

「わあ、甘くて美味《おい》しい」

私が微笑《ほほえ》むと、アクセルは目を瞑《つぶ》って首を捻《ひね》る。

「んー？　何が入ってんの、これ？　やけに甘いね……ポーションて大体、柑橘《かんきつ》系の酸味のある味なんだけど」

「そうなの？　でも少しは酸っぱさもあると思うけど」

「んー、まあ、いいか。後片付けしたらもう帰るよ、リシェリ」

「はーい」

蒸留器の器具を外してビーカーや混ぜ棒、二つのお猪口も一緒にじゃぶじゃぶと流しで洗っていると、なんだか急に汗が吹き出してきた。なんだか、急に蒸し暑い。

「アクセル？　なんか暑くない？　窓を閉めたの？　……おーい、……どうしたの？」

返事がなくて振り向くと、アクセルが背中を向けて膝《ひざ》に手を突いて肩で息をしていて、私はびっくりして駆け寄った。

「さ、触らないで」

アクセルらしくもない弱々しくて消え入りそうな声に私は更にびっくりして、私も腰を屈《かが》めてアクセルの目線の位置まで下がって、俯《うつむ》いている顔を覗《のぞ》き込む。

「アクセル……どうしたの？　顔が真っ赤よ……？　気分が悪いの？」

「リシェリ……」

そう言って私を見るアクセルはシルバーの瞳をとろんと潤ませて、苦しそうに眉根を寄せた。

「リシェリ……ポーションて一体、何を入れて作ったの？」

「え？」

私はサッと青ざめて、机に広げたままのレシピを持ってきてアクセルに見せる。

「これ、これだけど」

アクセルは、チラと私の手元のレシピに目を走らせると、蒸留器の方に目をやった。

「ポーションに使った薬草や魔法植物、残ってないの？」

「全部、使っちゃったの」

そう言うとアクセルの身体《からだ》がふらついて、私は慌てて倒れないように、両腕でアクセルの胸を押さえるようにして支える。

「つんあ……っ……！」

アクセルの身体が、ぶるっと震えて。熱く汗で湿っていく逞《たくま》しい胸板と急に漏れ出す色っぽい声に、私は仰天して目を見張った。

「ア、アクセル？　ど、どうしたの……？」

「ポーションじゃない……リシェリ、これ……」

「え？」

「多分、媚薬《びやく》だ、これ……」

「えええ？？？」

アクセルの言葉に、私の頭は大パニックになる。

び、媚薬？　媚薬ですって？　これが？　え？　だって、だってレシピ通りに作ったし、絵入りの植物と照らし合わせて、ちゃんと採取もしたし……私の脳内で疑問符が次々と飛んでいく。

しかし。震えて膝に手を突いてしゃがみこんでいるアクセルの身体がよろけて、慌てて支えた私の肩に置かれたアクセルの手の感触で、急に身体の芯にビクビクとした快感が走って私は驚愕《きょうがく》した。

「！」

熱い。何これ。身体が熱い。さっきまで、部屋の中が急に蒸し暑くなったと思っていたけれど、違う。身体が、身体の奥が、熱いんだわ。そう自覚してしまうと、より一層ずくずくと私の脚の間がカーッと熱く疼《うず》いて、触ってもないのにとろとろと蜜口《みつくち》が溢《あふ》れ、ビクビクと快感が溜《た》まっていく。

「ア、アクセル……ど、どうしよう」

声が震える。自分の身体なのに自分の身体じゃないみたいに、勝手に身体が快感を拾っていく。

アクセルは唇を噛《か》み締めて、私を潤んだ瞳で見つめる。つ、と視線を下ろすとアクセルの下衣の前が、大きく張り詰めるように膨らんでいるのが視界に飛び込んできた。

「!!」

「リシエリ……落ち着いて……」

そう言うアクセルも、はぁはぁと呼吸が荒く乱れ、膝がガクガクと震えている。

「とにかく、お互い、触っている手を、離そう。ゆっくり……」

「わ、わかった……あ……」

「……う……」

震える指先から互いに触れた箇所を引き離そうとすると、それが他の触れている部分への振動になって強い快感が性感帯を教えるように響いて、互いに喘《あえ》ぎ声が出てしまう。

「あ……ん……はぁ……ぁあ……」

「ぅう……ん……ふっ……」

アクセルと二人、息も絶え絶えに少しずつ指先から一本一本引き離していき、その度に喘いで、を繰り返していると。

ガタン、と扉が開く音がした。

「!」

「っ！　ちょ……きゃあ！　……ご、ごめんなさい！」

知らない女の子達が数人部屋に入ってきて、私とアクセルに気づくと小さく叫んで、慌ててドン、と扉を閉めた。パタパタパタパタと廊下を走り去りながら、きゃあきゃあと騒ぐ声が、だんだん遠退《とおの》いていく。

「非常に……まずいね」

「ごめん……アクセル」

私とアクセルは、目を見合わせる。

見られた。多分、私とアクセルは傍目《はため》から見ると、互いの身体を触れ合って喘いでいるように見えたに違いない。いや、そうなのだけれども。でも違うのだ。

そうこうしているうちに、どんどん膣《ちつ》にずくずくする快感が湧き上がって、へなへなと腰が砕けて床にしゃがみこむ。脚の間が床に触れ、それさえ気持ちがよくて、私は快感の呻《うめ》き声を上げる。

アクセルは椅子《いす》に凭《もた》れかかって、私に背を向け悶《もだ》えている。

「リシェリ……ジノンを呼んで」

「……え……？」

ジノンを呼ぶ？　どうやって？

「リシェリ。ジノンて、呼ぶだけでいいんだ、早く……」

ええ？　ジノンを呼ぶ？　呼ぶだけって？

「ジノン……助けて」

よくわからないままに、ジノンの名前を半信半疑ながらでも呼ぶと、自然に助けを求めていて。

ジノンの名前を呼んで、それが自分の耳に聞こえるだけで、どこかホッとする。

その安心感からか、だんだん意識が遠くなっていく。視界が白く霞《かす》んでいく中、ジノンがふっと現れ、真っ青な瞳が私を映して見開かれる。

もう身体が震えて、座っていられない。私を背中から、しっかりと抱き留めてくれる。

「ジノン……」

温かい胸、一週間ぶりの力強い筋肉の感触に、安心感で胸の奥がふわりと温かい気持ちになって。

私は、スッと意識を手放した。

「ん……」

すべすべのシーツの感触が、身動《みじろ》ぎした私の背や内腿《うちもも》の肌を滑らかに撫《な》でるその心地良さに、思わず吐息を漏らした。瞳を開けると、大きな天蓋の天井とそこから薄絹のドレープが下がっていて、仄《ほの》かな灯《あか》りが煌々《こうこう》と揺らめいていて。

ベッドの上で目を覚ました私の傍《かたわ》らで腰掛けている、ジノンの煌《きら》めくような真っ青な瞳が私を見下ろしていた。

なんだか懐かしいようなシチュエーション。確か雲の上から戻ってきた時も、ジノンがこんなふうに側《そば》にいたっけ。

灯りに照らされたジノンの金髪はキラキラと輝き、端整な横顔はあの時よりもずっと大人《おとな》になっていて、今もとっても綺麗《きれい》。

「ジノン……ここは？」

「俺の寝室だ。今夜はここで休ませるって公爵にも伝えてある」

え、じゃあここジノンのベッドなの？　ここ王宮？　ジノンの個人的な部屋に入ったのは初めてで私は途端に照れてしまう。起き上がろうとして、やけに身体が軽いと感じ、そこで私はハタと気づいた。

「あっ、ジノン、……あの、……私……アクセルと……その、……」

媚薬を……と言いかけて、いや待てよ？　と天を見上げ、疑問符が飛び首を傾げる。ん？　あれ？

そんな私を横目で見て、薄く睨《にら》みながらジノンは息を吐いた。

「さっき解毒剤を飲ませた。媚薬は跡形も残ってないはずだ。治癒師に快癒もさせたから、身体も楽だろ」

……本当だ。私は腕をぶんぶんと振ってみる。なんならいつもよりも元気になったみたい。

「……ジノン、私の声が聞こえたの？」

「ああ。魔力で繋《つな》がってるって言っただろ」

そう言ってジノンは私を見つめながら、私のプラチナブロンドの髪をすらりと撫で梳《と》かす。なんだかそうされるとすごく安心して、私は目を細めた。

「お前には二年前から、俺の魔力を入れてある。誰にも手出しさせない」

ジノンの煌めく金髪の隙間から真っ青な強い眼差《まなざ》しが覗いて、私は、あっと思い出して目を見開く。

「あ、アクセルは？　アクセルも大丈夫だった？」

汗だくでシルバーの瞳を潤ませて、震えていたアクセル。身を乗り出して尋ねると、ジノンは唇を噛んでふいっと目を逸《そ》らし、そっぽを向いてしまった。

「どうでもいい、あいつは……好きにやってるだろ」

「え？」

「心配しなくても、あいつもちゃんと王宮に連れて帰ってきた。後は媚薬なんて自分でどうとでも対処してるよ、今頃、楽しく」

「そっか……よかった」

最後の楽しくがよくわかんなかったけど、確かに。王子様だもんね、執事さんや魔法師さんも付いてるしきっと今頃、私みたいに回復してるよね。

「ありがとう、ジノン」

嬉《うれ》しくて、ジノンの着衣の裾をそっと摘まんで笑う。本当に、ジノンがいてくれて私はどんなに安心だろうか。

ジノンはサイドテーブルの上に置いてあった水差しからグラスに注ぎ、私に手渡してくれる。私はグラスに入った水をこくこくと飲み、ふうと息を吐いた。

それを見守っていたジノンは、少し安心したのか布団を捲《めく》って私の隣に入ってきて、逆に私の心臓は跳ね上がった。

今、気づいたけどジノンはもう夜着姿だ、ちらりとはだけた部分から骨張った鎖骨が見えてしなやかな筋肉のついた肩や腕のラインがわかって、セクシーすぎて目のやり場が急になくなる。

ふと自分の胸元を見下ろすと、私もいつの間にかネグリジェを着せられていた。ピラピラした薄桃色の布地は、透けてはいないけど胸の膨らみは一目瞭然で、これを見られていたのかもと思うとすごく恥ずかしい。

「お前の作った魔法薬を調べさせた」

青い繻子《しゅす》のクッションと枕に背中を預け、私の隣に並んで立て膝の上に頬杖《ほおづえ》を突き、ジノンは口を開く。

「そうそれ。それを確かめたかったの。私、何か間違って入れてしまってた？　ポーションを作ったつもりだったのに」

ジノンは頬杖を突いたまま、チラリと私を見る。

「お前、自分で魔法植物を採取したのか？　ちゃんと確認したか？」

そう言ってジノンはサイドテーブルの引き出しから、金色の魔法石を取り出して手のひらで握り込む。フッと私とジノンの並んだベッドの目の前に映像が浮かんだ。白い粒々の実の付いた魔法植物の映像が映し出される。白い粒の先がほんのりと青く発光していて、これ……確かに見覚えあるけど……ちゃんと魔法薬大事典で確認したし。

「これと、間違えてないか？」

白い粒々の魔法植物の隣に、青い粒々の先に白く発光する魔法植物が映し出される。

「えっ……えっ？？」

「よく似てるけど、まったく別の魔法植物だ。こっちが回復効果のあるゼニス。こっちは催淫作用が強いシュプレイム」

ぜんぜん見分けがつかない。けど並べたら、確かに違う。

「これ、お前が採取したのか？」

目の前の映像を見て目を白黒させて動揺している私を、ジノンの有無を言わせない強い瞳が、真っ直ぐに見据えている。

「え、ええと……」

私？　だったと思う、……いや、ルーナだったのかな……？　でも、誰でも見間違えるよね？　私だってわかんないし……ルーナだったとしてもわざとなわけない、ただでさえあんなわかりにくいのに、あの時熱があったんだもんね。間違えてもおかしくない。

ざわざわと、胸が騒ぐ。ジノンに、私かルーナが間違えたのかもって言うの？　いや確信もないのにここでそんなこと言ったりしたら、私のせいでジノンがまたルーナに冷たくなってしまうだろう。

ルーナマリアの悲しそうな表情が私の脳裏に浮かんできて、私は振り払うように首を横に振った。

「うん……、よく考えないで採取しちゃったんだと思う、ちゃんと確認してなかった……ごめんなさい」

項垂《うなだ》れる私をしばらくじっと見下ろしている、ジノンの視線が痛い。どこからともなく溜《た》め息が聞こえてきて。

「もう、いい。寝よう」

ジノンは私の両肩を掴《つか》んで、ベッドに沈み込ませた。そうしながらジノンも横たわり、私の隣で枕に肘《ひじ》を立てて頭を支えて、私の髪を優しく撫でてくれる。お母さんやお父さんが昔、凛《りん》だった私にそうしてくれたみたいに。

「一緒に……寝るの？」

私はジノンのブルーアイズがまともに見られなくて、俯いてしまう。きっと頬が真っ赤だ。

ジノンは私の瞳の下瞼《したまぶた》に、指先の甲をそっと滑らせる。

「もう瞳のピンク色が、薄れてきてるな。魔力補給しとかないと」

ん？　ちょっと待って。今、なんて言った？

ジノンにそのまま私の頬をすっと指先の甲で撫でられて、私の身体がふるっと震えて反応してしまう。え、嘘《うそ》。一緒に寝るだけじゃないの？　いや、一緒に寝るだけでもドキドキもんなのに、え？

嘘、嘘。

「キスだけ」

狼狽《うろた》える私のプラチナブロンドの髪をすっと後ろに流して、ジノンはキラキラの金髪の隙間から私の瞳を見つめ、ふっと笑った。ベッドの中で向き合って扇情的に揺らめくブルーアイズは、私の胸をぐっと掴まえるようにこっちに迫ってくる。

「魔力が薄れてると、保護が弱くなる」

「っ……！　……ぁっ……！」

私を引き寄せて私の唇を塞ぐ、ジノンの唇の弾力に胸がきゅんとなる。熱いジノンの唇は私の唇の膨らみを何度も確かめるように啄《つい ば》み、漏れていく私とジノンの吐息は、自然と開く唇の中で濡れた舌を互いに温め合う。

好き。好き、ジノン。唇が触れると、もう何も考えられなくなる。胸が熱く疼いて、ジノンへの恋心がぎゅうっと溢れ出すみたい。

私の髪の隙間をジノンの指先が滑り込んで、優しく撫でて私を更に引き寄せる。

どうして、こんなにドキドキするの。どうしてこんなに、好きになってしまったの？

素っ気なくて、でも優しくて、一緒にいるとドキドキするのに、誰よりも安心する。

「……ぁっ……はぁ……ぁ……」

ちゅ……ちゅぷ……ちゅ……

ジノンの唇が私の耳を挟むように口づけて、ぬる、と熱い舌が濡らす。耳の側面をなぞり、中にぬるぬると舌を差し入れて弄《もてあそ》ぶように舐《な》めしゃぶられて。

「ん……っ……！」

それがだんだん首筋まで下りてきて、ちゅ、ちゅ、と濡れた唇が吸いついて、時折舌で舐め上げられて、涙が自然と浮いてしまうくらい気持ちよくて、声が漏れてしまうのも止められない。

首筋から鎖骨、胸元へと、どんどん下へ下りていくジノンの唇と舌が、ちゅくんと乳房へ落とされて、以前味わった感覚を身体が思い出すのか私の太腿に自然と力が入る。

ちゅく……ちゅく……ちゅぷ……

「あ、……ぁ……、ぁあ……」

ジノンの大きな両手のひらは私の二つの乳房をやわやわと包み込んで持ち上げ、指先を食い込ませるくらい揉《も》み上げられていて、その膨らみを迎えにいくようにジノンの濡れた唇がちゅぱちゅぱと音を立てて吸いつきながら、口内で舌先がれろれろと舐め回す。

「や、ぁ……だめぇ……そんな、キスだけって……」

あそこが熱く疼いて止まらなくて、太腿が震えてもじもじと擦り合わせてしまう。

「キスだけだ」

荒い吐息を漏らして肌を擽《くすぐ》り、ジノンは乳房を舐めながら低く囁《ささや》くと、胸元のリボンをしゅるりと外した。ふるりと零《こぼ》れる私の剥《む》き出しの乳房をれろ、と舐め上げ先端の乳首にちゅく、と吸いついた。

「つあ！　ぁっ！　……ぁあ、んっ……！」

きゅんと太腿の間に痺れるような衝撃が走る。ジノンの唇が乳首を咥《くわ》え、中で濡れた熱い舌にれろれろと乳首を舐め転がされると、あそこまできゅんきゅん熱く快感が繋がって気持ちよくて耐えられない。

ちゅぷちゅぷ……ちゅく、ちゅくん……

「ん……ぁん……ぁあっ……！」

瞳から涙が零れて見下ろすと、ジノンはよがる私をさっきからじっと見つめていたみたいに、熱っぽい瞳は淫らに感じてしまう私に欲情していて。快感に震える背中や腰が浮いて、足の爪先がシーツを滑って悶える私の身体をぎゅっと抱き締めるジノンの脚の間のものは、やっぱりとても硬くて、熱くて。胸の下にもう一つあるリボンを解《ほど》かれると、ショーツの上までパラリとはだけてしまう。ジノンは私の乳房を揉んで寄せ集めた二つの乳首を舐めしゃぶり続けながら、下からネグリジェの裾をたくしあげるようにして捲り上げ、ショーツの紐《ひも》を引き抜いた。ま、まさか。

「ジノン……だめ……やめて……」

「キスだけ」

ぷるぷると震えて顔を横に振る私をジノンは上目遣いで見上げ、乳首を舐めながら囁く。にやりと微笑みながら。

「っ！」

「魔力補給だ、リシェリ。もっと量を増やさないと、授業が進まないし……お前を守れない」

最後の方が聞き取れなかった、もうそれどころじゃない、ジノンの指先が私の脚の間をつつ、と辿《たど》り蜜口の割れ目を撫でられて、快感の衝撃が走る。

「ひぅっ……あっ、ぁあ……！」

ジノンの指先の感触で、今、自分がどれだけ恥ずかしいくらい濡れてしまっているか突き付けられる。もうとろとろに溢れてジノンの指先が埋まってしまうくらい濡れていて、その指を動かされる度に、くちゅくちゅと水音が聞こえてくるのが恥ずかしくて。

ぬるぬる私の秘裂の襞《ひだ》を上下に優しく擦り上げるように行ったり来たりしているジノンの指の動きが、消えてしまいたいくらい恥ずかしいのに気持ちいい。ジノンの唇が、私の乳首から離れれろれろと舌でお腹《なか》を舐め下ろしながら、つつ、とどんどん下へ下へと下がっていく。私は唇を両手で押さえ、快感に耐え喘ぐ。下腹を舐めながらジノンの両手のひらが私の内腿を両側から開かせて、押さえつけた。

「や、！　……ひっ……！　あっ、あああ！」

ジノンの唇は迷うことなく私の蜜口の蕾《つぼみ》を捉え、きゅうと吸いつきながられろれろと上下に押し潰すように舐めまくる。

ぴちゅぴちゅ……ちゅぷちゅぷ、ぷちゅ……

気持ちいい。気持ちいい。こんなのおかしくなっちゃう。嘘……ジノンが、……私の、を……。

恥ずかしすぎてジノンの顔を見られなくて、次から次へと快感の涙が流れ落ちる。ジノンの舌が絶え間なく、くりくりと私の蕾を剥くように押し転がして、コリコリに硬く膨らんでますます感度が上がっていくみたい。ずっとずっと甘く蕩《とろ》けさせられて、甘イきし続けていて。それを、私の大好きなジノンにされてるなんて。

嬌声《きょうせい》を上げて悶える私の腰から背中が、ぐっと仰《の》け反《ぞ》って、びくびくとどんどん高まっていく快感に打ち震える。

「ああっ……！　あっ……！」

気持ちよすぎて、意識が飛ぶ。これ……、媚薬、消えてるんだよね？　媚薬なくて、こんなに気持ちがいいものなの？　膣奥にもどかしい熱が駆け巡って、喘ぎ声が止まらない。

「りん……イく……？」

「ふぅっ……い、……あん！　あ、ジノン……あ、あ、イ……」

ジノンの低く掠《かす》れた囁きが吐息と一緒に硬くしこった蕾を刺激して、執拗《しつよう》に動かされる舌の動きを止めてくれなくて、とうとうびくびくと私の腰が震えて浮き、灼熱みたいに迫《せ》り上がって引き絞られるような絶頂感が、込《こ》み上がってきて。

私の脚の間にいるジノンを見下ろして余計に感じてしまい、思わず手がシーツを掴まえようとすると、ジノンのブルーアイズと目が合って、ジノンの手が私の手をぎゅっと掴んだ。

「っ……！　……!!」

その瞬間、私はジノンの真っ青な瞳に見つめられながら、絶頂した。

（ジ、ジノンに、……イかされた……）

震えるくらいきゅうんと疼く胸のムズがゆさに、よがりながら。

「う……ん」

朝の眩《まぶ》しい光の中、脚にムズムズする感覚が走り、擽ったさに思わず目を覚ましてハッとする。

長い睫毛《まつげ》が臥《ふ》せられて芸術品みたいに下瞼に美しい影を落としていて、光を受けてキラキラ輝く綺麗な金髪、すっと通った鼻筋と、心地良く寝息を立てている、うっすら開いたセクシーな唇。

(じ、ジノン……)

そうだ、昨日眠っちゃったんだ、結局あのまま……。

はだけた夜着から鎖骨と引き締まった胸元と剥き出しの筋肉質な腕、すやすや眠っているセクシーな寝顔がすぐ目の前にあって、その温かい胸の中で私はしっかりと包まれるように抱き締められている。

(き、昨日、……わ、私……)

ジノンのものすごく熱く攻め立てる舌の感触と、イくところをジノンの真っ青な瞳にじっと見つめられていたのも思い出して、心臓が壊れるかと思うくらいドクンと飛び跳ねる。何考えてんの、私……、朝っぱらから……。

(起きなきゃ……)

「ん……」

「……っわ……」

そうっとジノンの胸から離れようとすると、またぴったりと抱き寄せられる。

「ん～、もう少し……」

後頭部を引き寄せられて、こめかみに頬をすりすりされて、ちゅ、ちゅ、と額や頬に唇を落とされる。擽ったい、足もすりすりしてるし……無意識？

「ジノン……朝よ、起きて……」

「まだ、もうちょっと……」

ちゅっと唇にキスされて、ぎゅうぎゅうに抱き締められて、幸せすぎる朝が眩しすぎて、目が眩《くら》みそう。思わず私もジノンに引っついてしまう。

「……っ」

ジノンのしなやかな筋肉のついた胸に、顔を埋《うず》める。いい匂い。温かくて、力強くてこの世で一番、幸せな場所。

「……？　……きゃっ」

ぐりぐり、と引き寄せられた太腿に硬くなったものを擦りつけられて。

ちょっと。

「もう！　起きてるんじゃないの？　ジノン」

「おはよ、りん」

瞼を押し上げる宝石みたいな真っ青な瞳が、本当に綺麗。朝の光を浴びて、起きたばかりでまだ寝《ね》惚《ぼ》けてるあどけない表情は、なんだか可愛《かわい》くて。惚れた弱みなのかなんなのか、二割増しにときめいてしまう。こんな顔、私だけに見せてくれてる、なんて思ってしまって。

あーん、勘違いしちゃダメなのに。

(私のこと、本当は、好きなの……？　なんて……あー、聞きたい、でも)

別に？　俺の婚約者だとしか、思ってないけど？　……なんてしれっとした返事が返ってきたら、その場で◯んじゃう。いや、そんなふうに平気で返してきそう。ぶんぶんと首を振る。今の、なしね。

一緒の布団の中で私を抱き締めて、目の前で真っ青な透き通るような綺麗な瞳は私を真っ直ぐに映し出して、赤くなったり青くなったりしている私を面白そうに眺めてジノンは機嫌良さそうに笑っている。

「何、笑ってるの？」

「んー？　別に」

そういう割に、ふはっと笑って、私の頬をむぎゅっとつねってくる。

「かーわいい」

「いひゃいいひゃい、もー、やめてよ、ジノン」

「すごいピンクが濃くなってる、目の色」

「え」

「鏡、見てみろよ」

「……いい、後で」

昨日のあれで、濃くなってるの？　だとしたら、ほんとに恥ずかしい。

ジノンの胸からいい加減逃れようとする私を、ジノンに強引に引き戻されて、ぎゅうぎゅうに羽交《はが》い締《じ》めにされて弄ぶようにユサユサと揺さぶられる。耳元にキスを落とされて甘く囁かれて。

「あー、早く、抱きたい」

「っ……な、に、言って……」

真っ赤になって踠《もが》く私に、尚《なお》も言う。

「……今から、抱いてもいい？」

「～～～ぜったい、ダメ！！」

また昨夜ジノンにイかされた瞬間がフラッシュバックして、顔から火が出そうになった私はジノンの胸をばしばし叩いた。

六

エルランド魔法学院。朝の登院時間に、ヒソヒソ声が、好奇の視線が、なんなら噴水の飛沫《しぶき》越しにでも届いてきていた。

『ええ、なんですって？　リシェリ様が？』

『そうらしいわよ、なんでもわざわざジノン王太子殿下の留守を狙《ねら》って、二人きりの研究所で睦《むつ》み合っていらっしゃったとか』

『まぁ～なんて破廉恥《はれんち》ですの。この国の次期王のご婚約者様だというだけでなく、あれほどお目がピンク色になるほど可愛《かわい》がられていらっしゃるというのに、なんて強欲な方なんでしょう』

『本当に、私ならとてもそんな大それたことできませんわ。事もあろうに王太子と王子を天秤《てんびん》にかけていらっしゃるとは。お綺麗《きれい》で高貴であんなに恵まれているのに、大した小悪魔ですわね』

どうしよう。えらいことになっている。

視線が、痛い。私達にわざと聞こえるようにしているのかな？　嫌でも、耳と視界に突き刺さってくるんですけど。

訝《いぶか》しげな表情と声に、縮こまってしまう。完全に、私とアクセルの研究所での姿が、要らぬ憶測と波紋を呼んでいる。あの時の、媚薬《びやく》の症状のことを言っているのだ。違うのに。

違うと言いたいのは山々なんだけれども。

結局は私のミスが招いたことで、たとえ媚薬のせいだと説明したとしても、たった今ここまで邪推されてる以上、素直に、はいそうですか、とはならない気がする。

私の心の中を、証明することはできないし。

「放っておけ。自分より下位の者へ、何かを説明する必要も証明する必要もない」

ジノンはそう言いつつも、言葉とは裏腹に、表情は憮然《ぶぜん》としている。

私は、ジノンやアクセルに申し訳ない気持ちとは別に、内心そこはかとない不安感が、ざわざわと押し寄せていた。

どうしよう。なんだか、嫌な予感がする。どうしても、考えたくないことが思い浮かぶ。

（これって、シナリオ通り、なんじゃない？）

自分の意思ではなかったことなのに、思わぬところで結局、自分がビッチ行為をしていることになっている……。なんてことなの。私は、衝撃を感じずにはいられなかった。どうしよう。怖い。これから、どうなるの？

「ぴゆ……ぴゆう」

「……」

「ぴゆぴゆぴゆ……」

「……ていうか、ジノン。どうして今日、ミュゲちゃんがいるの？」

私はさっきからずっと気になっていたことを、ジノンに尋ねる。

「いいだろ、別に。ミュゲが、どうしても魔法学院を見学したいってうるさいから、今日だけ特別に許可したんだ」

「嘘《うそ》ばっかり」

いつ、ミュゲちゃんが喋《しゃべ》ったというのだ。

「ぴゅ……ぴ」

私は、私とジノンの周りをふわりふわりと愛くるしいピンクの垂れ耳をひらつかせ、嬉《うれ》しそうに飛んでついてくるミュゲちゃんを振り返る。

「いいから、今日だけ一緒に連れとけ」

何、考えてんの、ジノン。

「ぴゅう～」

私は条件反射で、ミュゲちゃんをきゅうと抱っこする。ふわふわで、可愛い子。

やっぱり可愛くまとわりついてくる、ふわふわの毛並みとピンクのキラキラのピュアな瞳《ひとみ》は、可愛くて堪《たま》らないのだった。

そう言えば、今、私とミュゲちゃん、お揃《そろ》いじゃない？

ピンクの透き通るような瞳を、見合わせると。ミュゲちゃんのピンクの瞳の中には、同じ色をした私の瞳が見えた。


「んまあ、何ですの？　あんなありもしない噂話《うわさばなし》をでっち上げて、不敬罪で訴えるべきですわ！まったく、この国の王太子殿下と婚約者のリシェリにあんな失礼な態度を取るなんて、誰《だれ》も彼も、恥知らずな。この間まであんなに恭《うやうや》しく道を空けて挨拶《あいさつ》していたのに、ほんとに信じられないわ」

イエローゴールドの髪が逆立ってしまいそうなくらいぷんぷん怒ってくれるミランダに、私はじーんと感動してしまう。なんてステキな子なんだろう、惚《ほ》れてしまいそうだ。

「皆に言いたいことを言わせておくのか？　このままにしておくなんて、殿下は何かお考えなんだろうか……？」

ソニアは琥珀《こはく》色の瞳をひそめて顎に指の甲を当て、何やら思案している。

「そうよね、私がもし婚約者以外と噂を立てられたりしたら、黙ってはいられないわ」

マゼンタ色の瞳をキラリと情熱的に光らせて、カリーナは私をキッと見つめる。

「二人きりで研究所にいたのは本当だから……言い訳できないわ」

「リシェリ……大丈夫？」

ルーナマリアは心配げにミントグリーンの瞳を曇らせて、私のプラチナブロンドの髪を梳《と》かして耳にかける。そういえば私は初日からずっと、ルーナの瞳を曇らせてしまってばかりだ。

それでもルーナマリアやカリーナ、ソニアも、どうやら、ありもしない噂話だと私やアクセルを信じてくれているみたいでホッとする。

その時ベルの音がして、セビーニとクリストファーが講義室に入ってきた。今日のヒーラー役はCクラスを色々一周したらしく、ルチアーノだった。

教卓に教本を置いたセビーニと、パチリと私の目が合う。

「あら、噂のリシェリじゃない、今日は可愛い聖獣ちゃんを連れているのね」

「え、ええ……っ」

セビーニの開口一番に度肝を抜かれて、思わず仰《の》け反《ぞ》りそうになった。セビーニは色っぽい赤紫色の瞳を猫のように細めて、腰に手を当て私を見て艶然《えんぜん》と微笑《ほほえ》んだ。

「ほんと貴族のガキどもなんて、しょうもないんだから、気にすることないわよ。こんなに可愛くピンク色の瞳に染めるくらい愛し合ってるんだから、堂々としていればいいの。それにしてもほんとに、くだらない連中よねぇ。ああは絶対、なりたくないわ」

ゆらゆらと不愉快そうに首を振るセビーニに、隣で苦笑するクリストファー。

「本当だ。リシェリ、瞳のピンク色が前より濃くなっているね？　もしかして噂話が余計に恋のスパイスになってるなんてことはないよね？」

「クリス様、それは少々、趣味の悪い邪推じゃありませんか？」

確かに。ルチアーノはヤンデレ監禁騎士だけどデリカシーはちゃんとあるみたい、庇《かば》ってくれた。

返答しにくい揶揄《やゆ》をしてくるクリストファーをやんわりと窘《たしな》めてくれる、さすが攻略対象だわ。監禁癖さえなければ、いい男だと思うんだけど。

「ぴゆ……ぴゆ……」

「ちょっと、ミュゲちゃん。講義中はなるべくじっとしててね」

そう言っても少しもじっとせず、そわそわと落ち着きなく動き回るミュゲちゃんは、ピンク色の鼻をひくひくさせて、そうかと思えば時折じっと静止している。どうしたのかしら。いつもあちこちフラフラ好きに遊び回っているけれど、ちゃんとお願い事は素直に聞いてくれるいい子なのに。

(もう、ほんとに連れてくるのは今日だけになりそう)

ジノンは私の気持ちが楽になるようにと思って、ミュゲちゃんを連れてきてくれたのかな？

講義が終わって、私やミランダ達と講義内容をノートに纏《まと》めているところに、クリストファーが近づいてきた。ルーナマリアに男が近づくのを心配してか、ルチアーノも後からついてくる。

「リシェリ、セントラル修道院で次の休日にバザーがあるんだ。何か日用品やドレス、装飾品など寄付をお願いできる物はないかな？」

クリストファーのその言葉に、びっくりする。

「ええと、もちろん、あります。そのつもりでした。でもあの、何故《なぜ》私に……」

「貴女《あなた》が各所の修道院を出入りしているのは、もちろん私の耳にも届いているよ？　私はこれでも枢機卿だからね」

「あ……、そうでしたね、失礼しました」

急に修道院て聞いてびっくりした、そうか枢機卿……そうよね。知っていてもおかしくないわよね？

「実はね、貴女のことは何年か前から、あちこちの修道院でよく見かけていたんだ。貴女のような、美しい公爵令嬢が、やけに熱心に修道院で活動しているんだなと思って。もしかして信仰に関心があるの？」

「え、と、そういうわけでもないんですが。母の代わりに、訪問をさせて頂いているだけで……」

「へえ？」

しどろもどろになる私に、大人《おとな》の余裕の笑みを見せ、さらりと紫紺色の髪を靡《なび》かせるクリストファー。さすが攻略対象。完璧なミステリアスな魅力。なんだけど、修道院の話をされるとびびってしまう。

「あの……」

ルーナマリアが躊躇《ためら》いつつも私の顔を覗《のぞ》き込んで、ミントグリーンの可愛い瞳で訴えてきた。

「私も一緒に行ってもいいかしら？　そのバザー」

「あらあら、今日は沢山《たくさん》お友達も呼んできてくれたのね。リシェリ、ありがとう」

王宮から私の住むモルガン公爵邸までの、ちょうど中間地点にあるセントラル修道院は、青いベネチアンガラスのような一面の嵌《は》め込み窓が清々《すがすが》しくて、とても美しい古城のようだ。シスター達も空のようなブルーの修道服に身を包み、穏やかな笑顔でバザーの品物を広げ、街の人達とのお喋りに興じている。私は、馬車で運んできていた自分やジュリアン、家族の衣服や装飾品、小物などを持ち寄った。

「私も持ってきたの。アクセサリーや靴に、お母様とお父様の箪笥《たんす》やランプ。少し古いけど良い品よ」

「どうもありがとう、あなたは……」

「ミランダよ、シスター」

オレンジ色の瞳をニッコリと細めて、がっちりとミランダがシスターと握手をする。

「私も子どもの頃に読んだ絵本や雑貨を、持ってきたの。どうかしら？」

「まあ、とっても素晴らしいわ、ミス……」

「カリーナ」

「ありがとう、カリーナ」

「私は、修道院もバザーも初めてでなんだ。何も持ってきてなくて……何しろ私の家に豊富にあるのは武器くらいだから……」

「まぁ、興味を持って立ち寄ってくれるだけでも大歓迎だわ」

笑うと眦《まなじり》に優しそうな皺《しわ》ができる年齢の気さくなシスター達に、ソニアはポリポリと頬《ほお》を掻《か》いている。照れているのかもしれない。

「実は私もなの……何も持ってきていなくて。今日は、寮生活で使える物を何か買えないかと思って、それで……」

「あら、ご寄付をくださるのね？　気に入った物があったら嬉しいわ」

恥ずかしそうに少しおどおどしているルーナマリアに、シスター達は目を輝かせて喜んでいる。そう、皆とっても明るくて、気さくな人達なのだ。

結局、修道院には来たいと言い出したルーナマリアを筆頭にミランダやカリーナ、ソニアも皆来ることになったのだった。そして……。

「ぴゅうー」

ミュゲちゃんも。

「ミュゲちゃん、どうして、最近、一緒に来たがるの？　今までお出かけすることあんまりなかったのに」

「ぴゅ、ぴゅ……」

ミュゲちゃんが学院についてきたのは、あれ一日きりだったけれども。今日もまた馬車に乗り込む前に、準備万端というふうに、外でふわふわと私が出てくるのを待ち構えていたのだ。

「別にいいけど……どっか、一人で行っちゃわないでね？　いい子でいてね？」

私はヒヤヒヤして、人がいっぱい立ち並ぶバザーのテントを見据えて、懇願するようにミュゲちゃんを見下ろして言い含める。

「ぴゅう」

私は胸に引っついている、ふわふわのピンクの毛並みを撫《な》で下ろして、ピュアなピンクの瞳を覗き込む。弱いんだよなぁ、この愛くるしい眼差《まなざ》しに。すごくすごく可愛いけども。

「そうだ、ミュゲちゃんに何かリボンとか買ってあげようか？　何か手首とかに付けられる可愛いもの、ないかなぁ？」

バザーはとても広くて、ふらふらと皆、思い思いの品物を物色している。貴族だけでなく一般の人達も皆、自宅から寄付できる物を持ち寄ったり、銀食器や宝石など目ぼしい掘り出し物はないか、お宝は何か見つからないか、お買い物がてら寄付に来ている人達で賑《にぎ》わっていた。

いいな、この休日の雰囲気。飲み物や軽食、手作りのお菓子なんかも売っていて、ミュゲちゃんのピンクの鼻がいい匂いにつられて、ひくひくしている。

「すごく楽しいでしょ？　ミュゲちゃん。ジノンも来ればよかったのにねー」

そう。今日は、ジノンやアクセル、パトリックも皆公務で、私達とは別行動なのだ。その代わり私にはいつもよりも人数の多い護衛を付けてくれている。

ジュリアンもお父様やお母様と一緒にかねてから楽しみにしていた、隠し絵の絵画展に行っている。ほんと、不思議で面白い物が大好きなんだから。

「あ、あそこにいるの、クリス卿じゃない？　セビーニ教授もいるわ」

いつの間にかカリーナとソニアが私のすぐ後ろを歩いていて、指差す方角を見てみると。よく似た紫紺色の長い髪を靡かせた、とっても艶《あで》やかな長身の男女が、十字架やロザリオなどのアクセサリーや燭台や魔方陣をテーブルに並べ、物色している人達に何やら説明をしていた。

「本当にパッと目を引く、目立つ美男美女ねぇ」

「……ん……そうね、でも……」

私の言葉にいったん口ごもったカリーナは、ややあってポツリと呟《つぶや》いた。

「私の記憶では……あの二人、とても仲が悪いって聞いていたんだけど……」

「へえ……」

「そうなの？」

意外だという顔をしている私とソニアに、カリーナは複雑そうな表情を向ける。

「私のフィアンセ、……カイザーね。彼とセビーニは同い年で、学園時代の同級生なの。イトコのクリス卿とは、昔から反りが合わないとか、嫌い合ってるって聞いてるわ」

「そうなの？」

「学院に通う前に、セビーニが教授でクリス卿も特別講師だってカイザーが知って、一体どうなることやらって言っていたのよ。でも、決して仲が悪そうにも見えないわよね？」

「ふうん……仲直りしたんじゃないのか」

興味なさそうに手元の物品に目を落とすソニアに、腑《ふ》に落ちない表情のカリーナ。

私は少し離れた所で、沢山のハンガーでぶら下がっているワンピースやドレスを、次々と見ているルーナマリアに気がついた。かなり熱心に見ているみたい。何か探してるのかな？　普段着にしては少し華やかなドレスを、手に取って見ているようだけれども……。

「そういえば、ミランダはどこへ行った？」

ソニアが急に思い出したように、顔を上げてキョロキョロし始める。

「ここよ！」

すぐ後ろを駆けてきていたミランダが、ソニアの背中をあっと驚かせた。

「見て見て、これ！　可愛いでしょう？」

見ると、ミランダはさらりとイエローゴールドの髪を手の甲で持ち上げて見せる。耳朶《みみたぶ》には、大振りの透明度の高い雫《しずく》形の翡翠《ひすい》のイヤリングが、キラリと光っていた。

「んー？　それ、本当に翡翠？　やけに透明感があるけど。ただのガラス玉じゃないの？」

カリーナが訝しげに首を捻《ひね》る。

「いいの、別にガラス玉でも。気に入ったんだから。これをアクセル様が招待してくれた夜会に着けていこうと思って。どう？　ドレスが琥珀色だから、合うと思わなくて？」

それを聞いて、私はあっと声を上げた。

「うわ、びっくりした。どうしたの？　リシェリ」

「ううん」

私は慌てて何でもない、というふうに首を振る。

（ルーナ、やっぱり、夜会に着ていくドレスが、なくて？）

だからあの時、アクセルの誘いを曖昧《あいまい》に濁したの？

「ねえ！」

私が急に大きな声を出したので、皆、目を丸くして私を見た。

「この後、皆、私の家に遊びにこない？」


清潔な白壁に緩やかな陽射《ひざ》しが入ってきて、海の中をゆらゆらと漂っているよう。瞼《まぶた》の裏で万華鏡のような虹色の光が、ふわふわ微睡《まどろ》みの中を浮かんでは消えていく。ちゃぽんという蛇口から垂れる雫の音や、手のひらが擦り合わされ肌を滑る音が微《かす》かに響く、静けさに癒《いや》される。

花や果皮の芳《かぐわ》しい香りがバスルームいっぱいに広がって、自然と呼吸が深くなる。まるで日々の疲れや身体のコリが、解放されて天まで昇っていくようだ。私達はふかふかのタオルを枕とシーツにして、その上でマグロのように、蕩《とろ》けている。

「はぁ～～あ～～、いい気持ち……」

ルーナマリアが、夢うつつに呟く。

「ほんと、……まるで天国にいるみたいだわ～～」

ミランダも呂律《ろれつ》の回らない口調で、同意する。

天国か。近い所までは行ったみたいだけど、と私はありし日の光景を思い出す。雲しかなかったけど、確かにふわふわはしていたわね。

皆の買い物が終わったところで、バザーを切り上げ修道院からモルガン邸まで帰ってきて、さりげなく侍女達に香油でマッサージをしてもらおうと提案すると、皆大喜びだった。

いい匂いがするし、なんといっても髪もお肌も綺麗になれるし気持ちいいし、身体の疲れも取れるしというわけで私はミランダやカリーナ、ソニア、そしてルーナマリアと一緒に邸《やしき》のゲスト用の浴室兼マッサージルームでマッサージ用のベッドに並んで寝そべって、思う存分香油マッサージを受け至福のひとときを堪能していた。

香油の選定はアビーが来てくれて、皆の好みと合う香油を一人一人に選んでくれた。

アビーはまだ十二歳なんだけど、未来の庭師としての才能だけじゃなくて植物全般の知識や魔術の素養があるみたいで、モルガン邸では一年ほど前からアビーには庭だけでなく、邸宅内の花の采配や香油などの選定もしてもらっている。

「ふわあ～このまま、眠っちゃいそう……」

「ダメだ……武官の家の人間が、背中を見せて眠るなど……」

眠りの淵《ふち》に落ちようとしているカリーナに、武人のような言葉で引き止めるソニアが可笑《おか》しくて、思わず笑ってしまった。

「ソニア、いいのよ寝ても」

私も、うとうとと寝ちゃいそう。いや、寝てはいけない。私はちらと顔を上げるとミラの紺色の瞳と目が合って、ミラは私にそっと頷《うなず》いた。

（よし……！）

うまくいったみたい。そう。私が皆を自宅に呼んだのは、マッサージを装ってミラにルーナの身体の採寸をしてもらうため。

結局、バザーではルーナは幾つかの日用品を買っていた。気に入るドレスは見つからなかったみたい。

でも大丈夫。モルガン邸にはゲスト用のドレスルームがあって、滞在中に急な夜会があった時のために、各種サイズのドレスが山のように用意してある。流行遅れにならないよう、シーズン毎《ごと》にお抱え服飾デザイナーが入れ替えにも来てくれている。ルーナの気に入るドレスも、きっと見つかるはずだ。

湯浴みとマッサージの後は、自然な感じでゲストのクローゼットルームに案内して、身支度ついでに髪やお化粧のおしゃれに興じつつ、ドレスの着せ替えごっこを楽しむつもり。それでそのまま気に入ったドレスを、ルーナだけじゃなく皆にあげれば、気を遣わせることなくルーナはドレスや靴、装飾品を手に入れられる。

そしたら、ルーナも夜会に行けるわよね。

本当は、夜会に誘ってくれた男性の誘いにルーナが乗れば、それが一番自然でいいんだけど。

ジノンはダメでしょ、パトリックも、あの高飛車な性悪エロイーズがいるから、ダメだし。

アクセルは、……私と良からぬ噂を立てられて、今、時の人だからダメね。ルーナの評判が落ちちゃう。後は……クリストファー、うーん？　そもそも、ルーナは誰ルートなの？　私は、肝心なことを忘れていたのを思い出す。いけない。こうしては、いられない。

「ん、んうんっ」

変な咳払《せきばら》いをして、すらりとマッサージ台から滑り降りると、私はバスローブを羽織《はお》りちらりとミラを見て外に出た。

「どうしました？　レディ」

ゲスト用の浴室の前の廊下で待っていると、ミラが姿を現した。さすがミラ、私にこの二年付き合ってくれているおかげで、もうすでに私とはあうんの呼吸だ。私は誰もいないにもかかわらず口元を隠し、囁《ささや》き声でこっそり話す。

「うん、あのね。皆に、誰か意中の人がいないかさりげなく聞いていって欲しいの。自然と恋ばなが盛り上がるようにね？」

「コイバナ……ですか？」

「うん、一番聞きたいのは、ルーナマリアに意中の人が今いるのか、いたとしたらそれは誰なのかってことなの」

「ああ……」

わかった、というふうにミラは頷きながら、親指と人差し指でマルを作って見せる。

「お願いね」

私は両手を祈るようにすり合わせて、ミラを見送る。ミラとは少し時間を置いてから、浴室内にある皆のいるマッサージ室に戻ろう。

そういえばミュゲちゃん、どこ行ったのかな？　帰ってから全然見てないけど。ほんと、すり寄ってきたり気ままにどっか行ったり、自由なんだから。

「おねえさん」

てててて、といつの間にかアビーが私の姿を見つけ駆けてきて、ふわりと胸に飛び込んで抱きついてきた。

「アビーちゃん、ちょっと待っててね。まだもう少し、三時になったらいつも通り、皆で一緒にお茶しましょう?」

「うん。おねえさん……大好き……は~、おねえさん、すっごくいい香りがする……」

そう言ってアビーはすりすりと、私の胸元ですーはすーはと匂いをかいでいる。アビーは時々、こんなふうに私にひっついて匂いをかいでくる。

「今、香油でマッサージをしてもらってる途中なの」

「そう、……これは、……ピンクのと赤いダマスクローズとラベンダーと……ベルガモットね……それに殿下の匂い……私、殿下の爽やかな匂いもすごく好きだわ……」

「……ジノンの匂い? 今日はジノンに会ってないけど……香油に同じ香料が入っていたかしら」

くんくん、と私は髪やバスローブの匂いをかいでみる。よくわからない。私の言葉に、アビーはうんと首を横に振った。

「おねえさんの中に、殿下の魔力が入っているから」

「っ……ええ?」

思いもよらない言葉に私は目を見張る。驚いている私を見上げて、アビーはふんわりと花のように笑った。

「おねえさんは前から少し、殿下の香りがしていたけど、今日は特に香りが強くて、ずーっとかいでいたくなる……これって、おねえさんの瞳の色がピンク色になってることと関係があるの?」

「え、えと……どうなのかな? 今度、教授に聞いてみるわね?」

「ううん、いいの。私が人より、香りに敏感なだけだから」

アビーは私の胸元に埋めていた顔を上げて、照れくさそうに肩を竦《すく》めた。

「そうだわ、アビーちゃん、ミュゲちゃんを見なかった？　さっき一緒に帰ってきてから、姿を見てないんだけど」

「薔薇《ばら》園で、ぐっすり眠ってるわ。ミュゲのお気に入りの場所があるの」

「そうなの？　よかった。きっと疲れたのね、バザーで修道院のお庭を飛び回って」

「ほんとだわ。私は、鼻が疲れたし」

「はな？」

「わわ、何でもないの。じゃあね、おねえさん。後でね。お茶菓子を用意してお庭で待ってるから」

急に思いついたように、アビーは慌ててそそくさと駆けていった。ジュリアンが、もうすぐ帰ってくる時間なのかしら。

「あ、いけない。早く戻らないと」

マッサージルームに戻るとさっきの静けさとは打って変わって、楽しそうな話し声が聞こえてきた。

「あらー、それではカリーナ様もソニア様も、大切なご婚約者様がすでにいらっしゃるのですわね？それは素敵ですわー」

「ふふふ」

「ミランダ様とルーナマリア様は、それではこれから、王子様探しをなさるのですね？　お二人ともどのような男性がお好みですか？」

「えー、うふふ、そうねえ……」

「ふふ……」

さすが上手い。上手すぎる、ミラ。私は素知らぬ顔でベッドに戻る。

「私はねえ、……楽しい人がいいわね。無口な人は確かに格好は良いんだけれど、私はお喋りだから、会話が弾む方がいいの。私の執事は、私は少々うるさすぎるから、男性の前ではお静かにって言うのよ、ひどいでしょ」

ミランダの言葉に、皆笑う。

「それなら、同じ趣味の方がいらっしゃればいいかもしれないですわね。男性もご自分のご興味のあることであれば、饒舌《じょうぜつ》になったりしますもの。見た目はどのような方がお好きですか？」

ぐいぐいいくなぁ、ミラ。すごい。

「そうね……それはもちろん、格好良い人が好き。瞳が涼しげで髪もサラサラで……ムキムキじゃない、細身だけどそれなりの筋肉がついていて爽やかな人、どこかにいないかしら？」

「ふふふ、素敵な男性像ですね。次はルーナ様の番ですわね？　ルーナ様の好みの男性はどんなでしょう？」

きた。きたわね。私は目を瞑《つぶ》って耳をそばだてる。

「うーん、そうね……優しい人かしら」

抽象的。よくある答えすぎる。ミラ、もっと踏み込んで。

「例えば、どんな？」

「んー、……例えば、困ってる人に手を差し伸べてくれる……みたいな？」

ルーナは肩を解《ほぐ》されてうっとりと瞼を閉じて微睡んでいる。私は、どきりとした。

ジノンもそういう優しさ、持ってるわよね。ううん、でもパトリックもアクセルも、ルチアーノも皆優しい。クリストファーは、よくわかんないけど。

「素敵ですわね、優しくて、……後は？」

「んー、……凛《りん》としてる人が好きかも、私が少しおどおどしちゃうタイプだから」

「引っ張っていって欲しいの？　ルーナは」

カリーナが口を挟む。いいぞ、ナイス、アシスト！　カリーナ！

「そうかも。頼りになる人が好きなのかな。まだ恋愛には疎《うと》くて、私」

照れくさそうに笑うルーナマリア。

「見た目はどのような？　面食いですの？　ルーナは」

ミランダもルーナマリアの好みのタイプに興味があるようだ。

「やけに突っ込むわね？　ミランダ」

「だってカリーナ、ここはハッキリさせておかないと。フリーなのは私とルーナだけでしょう？　今のところ心配なさそうですけれど、ルーナと好みが被《かぶ》るのかどうか、ちゃんと知っておきたいのですわ」

「わ、わかったわ、ちょっと待ってね、考えてみるから」

ミランダのキッパリした物言いにルーナはタジタジとなり、しかし納得したのか真面目《まじめ》に対応している。

「そうね……背が高くて髪が綺麗で、瞳もキラキラしてる人が好きだわ、面食いかって聞かれたら……そうなのかも」

「誰か、好きな人がいるのか？　ルーナ」

おお！　ソニアまで。そうよね、人当たりが良くて親しみやすいルーナは、ミランダとは違い自己主張は控え目で、よくわかりにくい。

「今、私達の周りは、見た目の良い男が多い。その中に、好みの男性はいないのか？」

ひえーぶっ込んできた、ソニアすごい。頼んだわけでもないのに。自分の出番が失《な》くなったというようにミラもびっくりしている。食い入るように息を詰めて、ルーナの次の言葉を待つ。

「好きな人……？　それは、まだ、……いないけど」

ほー、と私は人知れず息を吐いた。タオルのふわふわに頬と全身を沈める。全身の力が抜けていく。

まだ？　攻略対象、選び切れていないの？


マッサージを終えて、侍女達に髪を結ってもらったりお化粧をしてもらって、大はしゃぎのミランダ達。特にカリーナはおしゃれなだけあって、最新のメイク方法や髪のアレンジの仕方を、侍女達ときゃあきゃあ言いながら情報交換している。

髪もお化粧もシンプルな装いを好むらしく、誰よりも先に仕上がったルーナマリアをここぞとばかりに引っ張って、沢山ドレスのかかったポールの前に連れていき、ああでもないこうでもないと言いながら、大きな姿見の前で幾つものドレスを合わせていく。ルーナマリアが気に入ったのは、白のシルクのふんわりした清楚《せいそ》なドレス。銀色の刺繍《ししゅう》とエメラルドグリーンのネックラインのリボンが涼しげでとてもエレガントだ。

「ルーナ、素敵。そのドレスとても似合ってる」

「本当？　嬉しいわ。リシエリは、このペールブルーのドレス似合うんじゃないかしら？」

「そう？」

「ええ、きっと似合うわ、着てみて」

わくわくした笑顔でルーナマリアに見つめられて、私は少し考えて、自分もオススメのドレスに着替えることにした。

「どう？」

「わあ、やっぱりとっても似合う。すごく綺麗、見て見て、ほら」

ルーナはにっこりと満面の笑みになる。私も鏡に映ったリシェリを見て、自然と微笑んでいた。

鏡に映ったリシェリは二年前よりずっと大人になっていて。それだけではなく、前よりもまた一段と綺麗だ。白い透明感のある肌にすらりとした手足、豊かな胸に括《くび》れたウエストから腰は、本当に色香が零れる花のよう。こんな見慣れない美しさを放つリシェリの姿だけれど、二年も経《た》つとどんどんこの非凡なリシェリの身体が、自分ていう感覚になっていくみたい。

特に最近、元々の黄桃色の瞳はほとんどピンク色の瞳になっていて、それは転生するまでのリシェリには、なかったものだ。だからなのかなんだか顔つきまで、なんとなく凛だった時の私の幼いあどけない雰囲気がつきまとう。

「ね？　リシェリ、どう？」

鏡の中の私に笑いかけるルーナマリアに、我に返った私は慌てて向き直った。いけない、ここは外しちゃダメだ。

「うん、すごく気に入ったわ。ねえ？　これを着て、どこかにお出掛けしない？」

「ええ？」

「そうだわ、この間アクセルが言っていた夜会はどうかしら？　皆で今日ここでファッションショーして、ドレスや靴やアクセサリーを決めるの」

「まあ！　楽しそう！　私、その話、乗りましたわ！」

小耳に挟んだミランダが、髪にカーラーを巻かれたままこちらに向き直って叫んだ。

「私も賛成。本当に、ここの衣装を借りてもいいの？」

「カリーナ、もちろんいいわよ。好きなの選んで選んで？」

「わー楽しい、わくわくするわ。ソニアもルーナも、そうするでしょう？」

カリーナとミランダの、爛々《らんらん》と輝く瞳に圧倒されたのか。

「ええ、もちろん……」

ルーナとソニアは、控え目にオッケーを出す。よし！　これで、ルーナが着ていくものに困ることはなくなった。ふう、と一仕事終えた父親みたいな心境で、額を拭う仕草をしていると。

「リシエリ？　ここにいるの？」

ババーン！　と、ノックもなしに大きく扉が開かれた。

パッと目を引く真紅のカーリーヘア、うわ、こんな時に来てしまうの？

「ご無沙汰《ぶさた》しております、エロイーズ様。ご機嫌は如何《いかが》でしょうか」

恭《うやうや》しく礼を取る私に、おそらく初対面であるミランダ達は呆気《あっけ》に取られているはずだ。

「良くないわ！　まったくね！」

礼を取った頭を垂れたまま、私は瞳を閉じたまま、自分自身を無の境地に陥らせる。

エロイーズは、本当に気まぐれにモルガン邸にやってきては、私を跪《ひざまず》かせて、帰っていく。顔を合わすのは、幸い一年に二、三度くらいだけど、その一度の顔合わせの破壊力と疲労感たるや半端ない。香油でマッサージしてもらって解れた身体が、一気に緊張感で強張《こわば》ってくる気がした。

「聞いたわよ、リシエリ。貴女、今、魔法学院に通っているんですってね？」

「左様でございます」

私は頭を垂れたまま、ひたすら返事に徹する。

「貴女、ちょっとは失くした魔力を取り戻せたのかしら？」

「いいえ、恥ずかしながら少しも」

「そうなの。ねえ？」

そう言って、これまた二年前と何も代わり映えしない子爵令嬢と伯爵令嬢を左右に囲ませて、エロイーズはチラリと目配せした。二人のレディ達は呼応するように、エロイーズに向かって頷きを返す。

本当に、この子達も嫌にならないのかしら。こんな偉そうなエロイーズの引き立て役として一緒にいるなんて。

「リシェリ、貴女いい加減ジノンの婚約者でいること、お辞めなさい？　貴女のような力のない者が、王室の強い魔力の血統を引き継ぐなんて、あまりにも分不相応ではなくて？」

「左様ですが、私の一存では、辞退申し上げられません。国王陛下や王妃陛下、王太子殿下から、破棄を言い渡されてはおりませんので」

そう言うと、くっ、とエロイーズは悔しそうな表情で赤い瞳を吊《つ》り上げて、唇を噛《か》んでいきり立った。

はあ……。疲れる。毎度毎度、同じやりとりして飽きないのかしら。もうこっちは心底うんざりしているというのに。

この二年、エロイーズを完全には遠ざけることはできないが、結局一番良い方法は、リシェリの日記に書かれている通りであることを悟った。礼を取り、何を言われても否定せずに淑女としての受け答えを短く、後は相手が言いたいことを言い終わるのをひたすら待つ。これが、嵐を最小限の時間で済ませる秘訣だ。マスターなんてしたくなかったけど。

いつもテンプレ通りなのに、エロイーズは気づいているのかどうでもいいのか、気が済むまで当たり散らして帰っていく。

「それにしても貴女、最近、不貞を働いたそうじゃない？　恥知らず、貴女なんてジノンの妃《きさき》になる価値などない女だわ、辞退なさい。今すぐ」

「それは、誤解が噂を呼んでしまった私の不徳の致すところです。すでに王太子殿下には、諸事情が明らかになり寛大なことに赦《ゆる》しを賜《たまわ》っております。ご心配をお掛けして申し訳ありません」

ピリピリピシーッと緊張が張り詰める室内で、ミランダやカリーナ達が戦慄《せんりつ》しているのが空気でわかる。ほんと、ごめんね。

いくら身分が上だからと言っても、こんな年下のまだ子どもの十二歳の少女に、何故《なぜ》これほどの威圧感があるのだろう。こんな子の婚約者にされているパトリックが、本当に不憫《ふびん》でならない。

私は、チラリとは絶対見られているに違いない、ピンク色の瞳をなるべくエロイーズの目に触れさせないよう、より一層頭を垂れたまま、礼を取っていて。

それを知ってか知らずか、エロイーズはピンク色の瞳については一切触れない。少しでも私に有利になりそうな話題を避けたいのか？　それでも穢《けが》らわしそうに顔をしかめて、帰っていった。

バタン！　と大きく扉が閉まると、もう精根尽き果てた、というふうに、その場にドッと崩れ落ちる私を、ミラが駆け寄って抱き締めてくれた。

「リシェリ……あなた……大変なのね」

ミランダが、誰もいない閉まった扉を見たまま、茫然《ぼうぜん》としている。

「安心して、彼女はまだ十二歳だから、夜会には来られないわ」

私は息も絶え絶えで、それだけ伝える。振り向くと、カリーナやルーナ、ソニアまで、氷の中に閉じ込められているかのように、凍っていた。それを見て、やっぱり少し可笑しくなって、笑ってしまったのだけれど。

（……我は祝福する、種よ、芽を出し生まれ、喜び歌え）

心の中で、魔導書に書かれた呪文（一番短くて簡単なやつ）を詠唱すると、テーブルの上に敷いた翠《みどり》色の魔方陣からふわ～っと発光した白桃色の光が溢《あふ》れ出た。

（っ……きたっきたっ今度こそ……ひゃぁうう……こ、このまま……お願い～……）

魔方陣に描かれた五芒星《ごぼうせい》の中心からキラキラした粒子が、ちょん、と手のひらに乗せた種に流れるように舞い降りてキラキラがふわりと種を包み込み、私はごく、っと息を呑《の》んでその先を見守る。

茶色の丸っこい種の真ん中にうっすら切れ込みが入ったかと思ったら、すぐに小さな小さな薄緑色の双葉が、ぴょこんと顔を出した。

「……！！　きゃあ、可愛《かわい》い！　見て見て、パトリック」

私の傍《かたわ》らでさっきからずっと工程を見守っていたパトリックは、ふう、と安堵《あんど》の溜《た》め息をつきつつ微笑《ほほえ》んだ。すでにテーブルに用意してあった、薄く水を張った口広のガラスコップを指差して、ほら、と促してくる。

「リシェリ、ほらこの水の上に浮かべて。よしよくできました。続きはまた明日。明日は光合成と魔法肥料ね、ここの頁《ページ》の呪文を詠唱するから、予習しといて。まあ、今の魔力量なら……十日くらいかな。それくらいで花を咲かせられるようになるのが、とりあえずの目標だね」

「十日で花を咲かせられるようになれるの？　私が？　ほんと……？」

感激のあまり、手のひらの上でたった今発芽したばかりの新芽を、コップの水の上に浮かべる手が震えてくる。

私の初めての魔法。

もちろんアビーちゃんなら、秒で花を咲かせられるのはわかっているけれど。生まれてこのかた、魔法が使えるようになるなんて夢みたいなことは、思ってもみなかった私だ。ジノンの魔力補給のおかげとはいえ、私の魔法で発芽してくれたこの小さな可愛い新芽ちゃんが、ものすごく可愛くて仕方ない。

「嬉《うれ》しそうだね、リシェリ。気分はどう？　初めて魔法を使ったけど今のところ、魔力切れはしてないみたいだね？」

「うん、全然平気みたい。ねえねえ、もう少し何かしちゃダメ？　光合成の呪文、唱えてみてもいい？」

「ん〜、ダメ。今日はもう身体《からだ》を休ませないと。徐々に使う魔力量を増やしていかないと体力を消耗して、ヘタしたら損傷しちゃうから、また明日ね」

「つまんない、……は〜い」

エルランド魔法学院のC´クラスにて。今日の実習は簡単な魔法の練習。少しステップアップしたためなのか、SクラスからCクラスまで、各クラスから一人ずつヒーラー兼サポート役の生徒が来てくれている。

ジノンの私への魔力補給が過激になった結果、今このC´クラスで一番強い魔力量になっているのは、なんと私だった。なので私には、今日はSクラスからパトリックがサポートに付いてくれているというわけだ。

周りを見回すと、ミランダは風魔法で手元に小さな竜巻を起こす練習をしていたり。カリーナはチリチリした炎を少しずつ大きくする練習。ソニアは水から氷に凍らせる練習をしている。

私と違ってエルランドの国民は魔力がゼロなんてことはまずないから、この魔法学院に入る前にも幼い頃から一通りの魔力操作や生活魔法の訓練はしてきている。そりゃそうよね。

だから私のようなまったくの初心者は、補給された魔力を、風や火や水に変換して扱うのは危険ということで、一番安全な土魔法から始めるといいらしい。

魔力補給がされていないミランダとルーナはセビーニやクリストファーに見てもらいながら、魔方陣や魔法石、魔法水といわれる、魔道具を使う練習をしている。ツールを使うと、自分の魔力を媒体にして、より高度な魔法を使うことができるのだそう。ツール自体に魔力が込められているので、自身の魔力が少なくても大丈夫だし、体力の消耗も少なくて済むという利点があるらしい。

「ねえ？　パトリック。それなら魔道具を使った魔法はどう？　何か一つ、私もやってみたいな」

わくわくしながらお願いする私に、う～んと宙を仰いで瞼《まぶた》を閉じたパトリックは、ヘーゼル色の瞳《ひとみ》を渋々開く。

「一回だけなら、まあ、いいかな。簡単なやつだよ？」

私は、パッとピンク色の瞳を輝かせた。


大きなロイヤルブルーの魔方陣の敷布を床に敷いて、私はその中央に立つ。心配気にパトリックが私の隣に並ぶ。

ツールを使う魔法のうち、魔方陣を使った転移は比較的初級魔法なのだそう。

「大丈夫かなぁ？　リシェリ、本当に近くに移動しなよ？　どこに行くつもり？」

「ん～噴水の前はどう？」

「う～ん、距離的には悪くないけど、噴水の中に転移してずぶ濡《ぬ》れになったら堪《たま》らないから、別の場所にして」

「ん～、庭園は？」

「いいね、そこにしよう。具体的な場所を思い浮かべて。一枚の絵みたいに、一度決めたら違う場所に変えないでね。視覚化が定まったらこの呪文を詠唱する。これ、初心者はこの呪文ね」

そう言ってパトリックの指差した魔導書の箇所を見て、私は目を見張る。

「こんな長いのが、初心者向けなの？　もっと簡単なのはないの？」

「初心者が転移できる一番簡単な呪文がこれなの。短い詠唱や念じるだけで転移できるのは、上級魔法なんだよ。頑張って唱えて。間違わないようにね」

「はあい」

どれどれ。先に、呪文を読んでみないと。一回じゃ噛《か》みそう。私はぶつぶつと魔導書を食い入るように見ながら、何度か音読する。

「……どうしたの、ルーナマリア？」

「なんでもないの、少し眩暈《めまい》がしただけ。大丈夫」

「そう？　……、ねえ？　でも、汗びっしょりじゃない、ルーナ、どうしたの？」

私達の後方でルーナマリアのサポート役になっている、Cクラスの女生徒が小さく叫んだのが聞こえて、私とパトリックは驚いて振り返る。するとふらついたルーナが、その女生徒の胸に倒れ込み、そのまま血の気が引いた真っ白な顔で、ずるっと床に崩れ落ちた。

「ルーナ！」

C´クラス全体が騒然となる。倒れた拍子にルーナの手から零《こぼ》れ落ちるようにカツン、と床に落ちた赤い魔法石が跳ね、そのまま、コロコロコロコロと転がって。私とパトリックの立っている、足元の魔方陣の中の五芒星に触れた。その時、バシュウーーン！！！　と天井から怒号のような爆音と共に霧のような光線がブワッと視界いっぱいに立ち込め、一面真っ白に覆われた。

「きゃあーーーー！！！！」

非常事態にCクラスがパニックで大騒ぎになり、空《くう》を切り裂くような悲鳴が響き渡る。

「リシエリ!!」

パトリックが私の腕を掴《つか》んで、思い切り引き寄せられ、守るように抱き締められた途端、轟《とどろ》くような声が聞こえて天頂の白い靄《もや》がぱっくりと裂け宇宙のような闇が現れる。

何、これ、ブラックホール？　そう思った瞬間に、私とパトリックは掃除機で吸い込まれるみたいに、あっという間にその闇の中へ引っ張り込まれた。

「うあああああああ！」

私とパトリックは絶叫した。爆風に弾《はじ》き飛ばされるような衝撃を身体に浴び、一瞬にして浮遊感に攫《さら》われて、それからすぐフッと身体が無くなってしまうような感覚に襲われ、恐怖で思わず目を固く閉じる。次の瞬間、スッと平常に戻った身体の感覚と静けさに、息を吐いて目を開け、私は絶句した。

真っ暗闇の宇宙空間かと疑う視界に割り込むようにして、いきなり私とパトリックの目の前に、大きな大きな鏡が何処《どこ》からともなく、立ち上がったから。

それは確かに鏡なのに、豪奢《ごうしゃ》な金縁の枠に嵌《は》め込まれた巨大な鏡の中には、おかしなことに目の前にいるはずの私もパトリックも何にも映っていない。

「何……これ……、なに？？　何処？？？」

茫然《ぼうぜん》とする私の隣で、同じように尻もちをついていたパトリックはヘーゼル色の目を剥《む》いて、信じられないというようにフリーズする。

「オイオイ嘘《うそ》だろ……？　出られない部屋だ……」

え？　今、なんて言った？？？

星一つない夜空のような空間に、突如現れた巨大な鏡を前にして、私とパトリックの間にシーンと微妙な空気が流れる。

「聞き間違いかしら、パトリック。今、出られないって言わなかった？」

「……聞き間違いって言ってあげたいんだけど、簡単には出られないよ、リシェリ」

うそ、なんで？

「なんで出られないの？　てか、なんで私とパトリックがこんな所にいるの？　どうして、こんなことになったの？　……も、もしかして、さっきやろうとしていた転移のせい？　私もしかして呪文を言い間違えた？　あっそれともルーナの持ってた赤い魔法石かな？　なんかあれが魔方陣にコロコロ～って入ってきて、シュワってなってなかった？？」

「落ち着いて、リシェリ」

取り乱して捲《まく》し立てる私にそう言いつつも、パトリックは暗礁に乗り上げたというふうに肩を落とす。出られないと聞いて挙動不審に陥った私は、尻もちをついた腰を上げ空間に身を乗り出すようにして辺りを見回した。出入り口は、パトリックの言う通りまったく見当たらない。暗闇しかない。いえ、暗闇と目の前にあるこの鏡しかない。

「待ってパトリック。ほら、これ、この鏡で出られるんじゃない？」

鏡から光が出て不思議の国とかに行く小説とか映画とか、なんかそういうやつあった気がする。いや、あってくれ。

私の指差す鏡をパトリックは恨めしそうに一瞥《いちべつ》してから、私をちらりと見て頭を横に振った。そのヘーゼル色の目は据わっている。

「これは……そういうんじゃない。これはサキュバスの鏡だ」

見知らぬ言葉に首を傾《かし》げる私に構わず、パトリックは舌打ちでもしそうに顔をしかめて頭を仰《の》け反《ぞ》らせ、悔しそうに唸《うな》り声を上げた。肩に触れる長さの琥珀《こはく》色の髪は揺れ、仰け反って剥き出しになった喉仏は色っぽくて。さすが攻略対象。どんな時でも格好がいい。

「畜生、サキュバスだ、……くそー、……普通のトラップなら俺の解除魔法で無効化できたのに……」

「ね、パトリック。サキュバスって何なの？」

「淫魔」

「いん……」

なるほど。さすがに私でも意味がわかって固まった。

「普通の出られない部屋なら白い部屋なんだけど、ここは真っ暗だろう？　サキュバスが創った出られない部屋なんだ、そこに飛ばされた」

「……つ、つまり……？」

「結論から言うと最終的には出られるんだけど、ただじゃ出られないんだ。俺とリシェリどちらかの精を、もしくは両方サキュバスが吸い尽くすまで、出られない」

「せ、精……？　聞きたくはないけどそれって、具体的に言うと……？」

「精エネルギーだね。なんで俺は、リシェリにこんなこと説明してるんだ、……あー、もう。はっきり言うからリシェリ、覚悟して」

小出しにするのが面倒くさくなったのか自棄《やけ》になったのか、パトリックは一旦言葉を切ると私をキッと見据えた。

「サキュバスは、出られない部屋に入った者達をこの鏡を使ってイかせるんだ。その性的絶頂感をサキュバスが吸う」

なんですって？？？

この鏡を使う？　とはどうやって？　サキュバスってこの近くにいるの？　出てくるの？　そんなのやだ、怖い。

「せ、千里万里を風が巻き込み、光の速さが時空を飛び越え……えーと、えーと」

「うーーん、だからね？　リシェリ。出られないんだよ、この俺の魔力をもってしても」

先ほど練習していた転移魔法の呪文をぶつぶつ唱え始める私を、パトリックがやんわりと制止する。

現実逃避している暇もない。

「残念なんだけどサキュバスの部屋だけは、まだ自力で出られたという報告が、これまで一件もないんだ。分かってるのは、上級魔法者であっても結界解除ができないってことと、その部屋に入ってしまえば、最低一人でもサキュバスが精を搾り取るまでは出られないってこと」

急に、目の前の鏡からヴォンという鈍い音がして、砂嵐のように空気が蠢《うごめ》いた。ビクッと驚く私とパトリックは瞠目《どうもく》して、顔を見合わせる。

目の前の巨大な鏡からザザザ、と色彩が縦にぶれるように流れたかと思ったら急にピタッと静止して。次の瞬間、まるで４Ｋ有機ＥＬの液晶テレビをつけたみたいに鮮明な映像がふっと映し出された。

「！！！」

私とパトリックは口を大きく開いて驚愕《きょうがく》する。

くりくりのへーゼル色のお目々。ツヤツヤの琥珀色の髪。十歳くらいの男の子は、どう見てもパトリック。

『父上はすごいなぁ。僕もこんなふうにかっこよくなりたい』

「これ……パトリック？　パトリックの、子どもの時の姿なの？」

「そう、俺だよ……」

パトリックは不審そうに眉間に皺《しわ》を寄せ、目の前に映し出される映像に身構えている。

王宮の中だろうか？　大柄な体格にへーゼルに榛《はしばみ》色が混ざった美しい瞳に聡明《そうめい》な面差《おもざ》し、パトリックの父親である伯爵の姿がパッと映し出された。小さなパトリックは、父親が宰相として王宮で采配する姿を遠くから食い入るように見つめている。そのへーゼル色のピュアな瞳は、父親への羨望《せんぼう》と憧れにキラキラと輝いている。その威厳ある伯爵の顔が、ふわりと父親の優しい表情になり、鏡の中からカメラ目線でこちらに微笑んでくる。

『パトリック、お前のことは頼りにしてるよ。お前は私に似て理性的にものを考えられるから間違った選択をすることも避けられるだろうし、賢明な判断を下し国王陛下や王太子殿下の信頼を頂ける、立派な参謀になれるだろう』

『ほんと？　お父様』

尊敬する父親に愛情を込めて褒められて、ぱっと向日葵《ひまわり》のように顔を輝かせるパトリック。

うわぁ。可愛いなぁパトリック。小さな子どもに弱い私は、パトリックの純粋な子ども時代にきゅんとしてしまう。

「そう俺、可愛かったんだよな……」

そう言うパトリックの表情は迫り来る危機を予期しているのか、何かに身構えるようにひくひくと身を固くしている。

フっとまた映像が切り替わり。目の前に今のパトリックと、ジノンが現れる。

大型テレビに拡大されたみたいな美貌のジノンがアップで映し出されて、どきんと私の胸はこんな時なのに素直にときめいた。キラキラの金髪が輝いて真っ青なブルーアイズは吸い込まれそうなくらい綺麗《きれい》で、顔の輪郭や骨張った鎖骨としなやかな筋肉がついた身体のライン、無造作な立ち姿はどこまでもセクシーだ。好き。

『パトリック、お前いいのか？　このままエロイーズと結婚するつもりか？』

ジノンと肩を並べて、同じくらいの背丈のパトリックはジノンに肩を竦《すく》めてみせた。パトリックももちろん長身痩躯《そうく》は凛々《りり》しくて、爽やかなイケメン。二人並ぶ姿なんて見慣れてるけど、鏡の中の二人はまるで映画でも見ているみたいで、改めて二人の破壊力に気づかされる。

『仕方ないからね。父上は両家や国にとっても最良の婚姻だと思ってるし。まあエロイーズはお前のことが好きだし、俺もエロイーズに恋愛感情なんてない。筆頭公爵家との婚姻は俺の代からの爵位を引き上げてもくれる、俺は政略結婚を粛々と受け入れるのみだよ』

すごいなぁパトリック。私だったら考えられない。エロイーズと夫婦なんて。

『……やめろよ自分を偽るのは、勿体無《もったいな》い。お前は次期宰相なんだし、そもそも爵位に拘《こだわ》ったりしてないだろ？』

『そう言われてもね……』

『このままじゃ後悔するぞ？　自分の欲求に素直になったらどうなんだ？』

『欲求？』

『そう、自分を誤魔化さずに自分が本当に求めてるのは何なのか、ちゃんと向き合ってみろ』

途端に、映像がブツンと音を立てて途切れた。

そして。

次の瞬間映し出された映像に、パトリックと私は仰天する。

『……はぁ……はぁ……ぁあ、……ああ……だめ……だめだ……、やめろ……』

じゅぷ、じゅぷ、と卑猥《ひわい》な水音が響く。

ひゅっと息を呑みびっくり仰天して仰け反る、私とパトリック。なんと、鏡の中のパトリックの股の間で跪《ひざまず》いている後ろ姿の女性は、大きく後頭部を縦に揺らしている。何をしているかは、一目瞭然だ。誰だろう？　後ろ姿だからじゃなくて、知らない女性だ。

「パトリック？　誰？　この人」

「……う、……し、知らない……見た、こと、ない……」

パトリックは首を横に振り、苦しそうに呻《うめ》いて否定する。尚《なお》も激しく、ちゅぷちゅぷという、より卑猥になる水音に艶麗《えんれい》な女性の声が混じる。

『ああ、……すごく太くて、硬い……素敵だわ……ねぇパトリック、もっと素直になって……？　ほら、本当はもっと根元まで舐《な》めて欲しいでしょう？　……』

「や、やめ……」

「パトリック？」

見ると鏡の中のパトリックと、私の近くで足を投げ出し胡座《あぐら》をかくように座り込んでいるパトリックは、呼応するように同じ体勢だ。パトリックは、はぁはぁと荒くなってくる呼吸に肩を上下させ、時折、狼狽《うろた》えるようにビクッと腰を浮かせて、太腿《ふともも》や足先を震わせている。瞼を固く閉じ少女のように頬《ほお》を紅潮させて。

『あぁ……やめろ、やめてくれ……』

『……美味《おい》しいわ、あなたの味……もっと欲しいの……あなたの先っぽ、ほら……私の口の中でビクビクしてるわ……この筋をチロチロされるのと、下から一気に舐められるの、どっちが好き……？』

ビュルル……ぴちゅっ、ぴちゅっ
水音をわざと立ててパトリックの股間で誘惑しながら攻め立てている女性に、私は度肝を抜かれていた。ＡＶ女優みたい……男性ものも見たことあるけど……。これって……もしかして……。

「パトリック、こういうのが好きなの？？」

「や、やめ……！　み、見ないでくれ、リシェリ……、お願いだから」

少女のように可愛い表情でイヤイヤをするように、パトリックはぶんぶんと頭を横に振りながら、振り絞るように叫ぶ。

これって、この鏡ってもしかして、その人の性癖を映し出す鏡なのかな？

パトリックは股の間でじゅぽじゅぽと吸いついているのであろう女性の頭を、いやがる言葉とは裏腹に、自分のものへともっともっとというように、何度も小刻みに腰を揺らしながら両手で引き寄せる。鏡の中のパトリックもここにいるパトリックも、どちらも恍惚《こうこつ》とした表情で瞳を閉じて吐息を漏らしている。

ぐちゅ、ぐちゅぐちゅ
「くっ……うぁ……はぁ……ぁ、……あ、や、やめろ……」

『ふふふ、欲しいのでしょう？　……でもまだ、あげませんわ。……たっぷりと焦《じ》らされてからイくのがお好きなんでしょう？』

鏡の中のパトリックの後ろからにゅっと手のひらが這《は》い出てきて、女性の両手の指先はパトリックの着衣の前釦《ボタン》を外して、焦らすように乳首の周りをツゥーーと円を描くように愛撫《あいぶ》する。

『う、……ぁ……』

『ほら……こちらも……硬くなってきた』

「あ、……ぅ、ぁあ、……や、やめ……はぁっ！」

きゅと乳首を摘まみ上げぐくりくりと弄《いじ》られて、鏡と鏡の前のパトリック両方とも堪り兼ねたように嬌声《きょうせい》を上げる。すっごいエッチ。あられもない姿を曝《さら》け出して見知らぬ女性にくんずほぐれつされている鏡の中のパトリックを、私はどうしてもチラチラと盗み見てしまう。

「リシェリ、見るな、ぁ、……あっち、向いてて……」

パトリックに泣きそうな顔で懇願されて我に返った私は、慌てて身体をくるっと反対側に向けた。

すると。

「！」

あろうことか、反対側の今までは何もなかったはずの目の前の空間に、ドン、とまた新たな鏡が立ち上がった。

『あら、凛、またこころにおやつを譲ってあげたの？』

『うん』

『凛の食べる分が、なくなっちゃうじゃない』

『うん、いいの。私が、こころにあげたいの』

『もう、仕方ないわねえ』

私だ。私は目の前に映し出された子どもの頃の私とめちゃくちゃ若いママに、驚く。こんな動画撮ってたっておかしくないというくらい、何もかもリアル。

『ねえね……好き……』

『よしよし』

小さなこころも現れて、私の胸にくっついて擦り寄ってくる。にっこり笑い合う、幼い頃の私とこころ。

『ばあぶ、あぶ』

ぱっと赤ちゃんの悠くんが映し出されて、私がオムツを取り替えて粉ミルクを飲ませている。うわ懐かしい。

悠くんが生まれた時は大喜びで、私も中学に上がる前だったからママと一緒にあれこれと世話を焼いていた。楽しかったな。

『ねえね、俺と一緒に寝るんだよね』

『違うでしょ、今日は私と一緒に寝るんだよ、ね？　ねえね』

成長した悠くんとこころと私。これいつくらいかな？　私が高校生くらいかな？

『もう、凛。あんた今日は疲れたって言ってたじゃない。一人でゆっくり寝るって言ったらいいでしょう？』

『う、うん。でも、リビングで布団を並べて皆で寝ればいいんじゃない？』

『そんなこと言ってたら、あんた夜中まで寝させてもらえなくなるわよ』

思い出した。この後、悠くんとこころがゲーム機を持ち込んで、ほんとに夜中まで寝られないんだった。

小さな私と、こころがいて悠くんとママの声。懐かしくて素直に嬉しい。

パッと映像が切り替わり。

雲の上？　リシェリになった私が映し出される。

『リシェリ？　もしかしてあなた、ゲーム通りにビッチを演じて、修道院に行くつもり？』

鏡の中の私の目の前に、凛になったリシェリがいる。

『あなた、もしかして、戦わずして負けるつもりなの？』

『それが私なの。私はただ、平穏な生活を送りたいだけなのに』

そこでブツンと映像が切れ、真っ暗になり。そして。

鏡の中に、今度は、ジノンが映し出された。

『リシェリ』

「！」

鏡の中のジノンが喋《しゃべ》ると、なんと耳元でジノンの低く掠《かす》れた声がして私は驚愕する。

鏡の中のジノンが、背後から私の胸を両側から揉《も》み込むようにして手を回し、セクシーな表情で私の耳元に、ふっと息を吹きかける。

驚くことに、その一連の動きや感触は同時に私の肌や胸、耳元にも起きていて、私が快感に反応するのと同じように鏡の中の私も身動きしている。

「っ！　あっ……ぁん……！」

変な声が出てしまう。なんで？？？　鏡の中の私を見つめている私のピンク色の瞳から涙が溢れると、鏡の中の私の瞳にも同じように涙が浮かぶ。

温かいジノンの身体の熱としなやかな筋肉の感触が私の背中を捉えていて、自分を見下ろしても誰もいないのに、私の乳房を鏡の中のジノンがしているように後ろから両手で熱く揉み上げられている感触と、耳元にジノンの擽《くすぐ》るような吐息を感じて快感によがってしまう。

「あ、あ、……」

『リシェリ……気持ちいい？　……俺に、どうして欲しい……？』

『はぁ……ん……やだぁ……』

『ほら、言ってみろ……ここ……？』

くりくりと乳輪の周りをわざと焦らすように弄られて、さっきのパトリックじゃないけど、恥ずかしさに頬が火を吹きそう。

そうか。パトリックも鏡の中と同じようにフェラされてる感触があったんだと、ようやく私の謎が解けた。なるほど。なんて言ってる場合じゃない。

『ほんとは、欲しいだろ、リシェリ……？　ここに、俺の』

「だ、だめ……ジノン、だめ、やめて……」

ショーツの隙間に、つつ、と指先を忍び込ませて入ってくる感触に、私は思わず声を上げた。

『ほら……濡れてる』

その瞬間。

「リシェリ！！！」

目の前の空間に、パンッとガラスが割れたような破片が飛び散って、鏡の中ではなく、踞《うずくま》る私の目の前に、ジノンが現れた。

「！」

ジノン！

血相を変えて飛び込んできたジノンは私に近づいて、ぺたんとしゃがみ込んで（快感に）震えている私を抱き上げるようにして強く抱き締める。ジノン、助けに来てくれたの？　嬉しい。嬉しいけど正直、私の身体は今それどころじゃない。

「リシェリ……？」

私がジノンに迫られている姿が映し出されている鏡に背を向けた格好のジノンは、まだ事態を飲み込めていないに違いない。私を抱き締めるジノンはその向こう側、視線の先にパトリックと鏡に映ったパトリックのあられもない姿の映像を見つけたのだろう、ジノンの身体が驚愕して動いた。

「お前っ、何を……」

「……っく、……ジノン、見るなよっ……頼むから、向こうむけ……っふぁ……！」

息も絶え絶えなパトリックの声。嗚呼《ああ》、まだあの拷問《ごうもん》が続いているのね。

「……これ、出られない部屋……？　……おい、リシェリ……」

こっちを振り向かれそうで、慌てて私はジノンを制止する。

「だめ！　ジノン、見ないで……」

「えぇ？」

私の言葉は逆効果で、ジノンは私が映る方の鏡を振り返り、息を呑んだ。

すると。

ふっと今まで映っていた映像が消え、私の身体をまさぐっていた快感も瞬時に消えて、私は解放される。

(あれ……？　消えたの？　……た、……助かった……？)

一瞬、真っ暗になった鏡の中は、また瞬時にパッと明るくなり。

小さなジノンが、鏡の中に映し出される。
七、八歳くらい？　今より少し短めのキラキラした金髪、くりくりの真っ青な瞳は、幼くても凛としている。

可愛い。でも、ここからが怖い。

そう、最初にこんな可愛らしい幼少期を映し出すから、すっかり油断させられる。

さっきからずっとこのパターンだ。

私はこれから迫り来るであろうただならぬ危機に、思いきり動揺していた。ジノンは何か勘違いしたのか私を安心させるように、鏡を見上げながら私を後ろから抱き締めてくれる。

「俺だ……？」

『王妃陛下、すみませんが……』

『いいのよ、すぐ行くわ。後はお願いね』

続いて映し出されたのは、ジノンのお母さん。アクセルによく似た精霊のように儚《はかな》げで線の細い美しい王妃様が、乳母らしき女性に向かって微笑み、ジノンの背を優しく撫《な》でた。よくみると、王妃様の背中にぴっとりとアクセルが張り付いて、涙を浮かべている。

『ははうえ、行かないで。どうして、ずっと側にいられないのですか？　もっと一緒にいたいのです』

『ごめんね、アクセル。また明日の朝、一緒に朝食をとりましょう。ジノンも、ごめんなさいね』

困ったように眉を下げる王妃様から、ジノンは無表情で、面倒くさそうに黙ってアクセルを引き離す。わぁんと泣き出すアクセル。

『うるさい、泣きやまないと氷魔法で凍らせるぞ？　母上、いいからもう行って、後は俺に任せて』

『ありがとう、ジノン。お願いね』

パタンと閉めた扉を見つめるジノンの真っ青な瞳に、ぷくっと涙が浮かんでいて。

きっと自分も寂しいのに痩せ我慢をしたんだと、小さな可愛いジノンに、きゅううと胸が締め付けられる。

ん？　あれ……？　何だろう？

この感覚、どこかで……？

私はどうしてか、うっすらとおかしなデジャヴ感みたいな感覚に戸惑う。これは一体何だろう？

そうこうしているうちに、ふっと映像が切り替わり、鏡の中に、私が最初出会ったばかりの年齢くらいのジノンとリシェリが現れた。

『ばか言うな。たかが女一人に左右されるわけないだろ。俺は誰が妃《きさき》だろうと、賢王としてこの国を統治してみせる。愛だの恋だのはあの甘ったれた弟に任せておけばいい』

『ふ、よく言うわ。まだ子どもの頃から毎日帝王教育にどっぷり浸からせられて、すでに自分の運命と人生に疲れてるくせに。ベタベタに母親に甘やかされて育ったパトリックが、本当は羨《うらや》ましかったでしょ？』

『俺はマザコンじゃない。お前こそ俺の婚約者になったばかりに、子どもの頃から妃教育でほとほと人生に疲れてるだろ。お前の方こそ、恋愛小説に憧れでも芽生えたんじゃないのか？』

『そうよ、恋がしたいし、せっかく生まれてきたのに愛し愛されてみたいと思うのは当然だわ。私達、国が求める理想像に縛られないで、もっと自分の心が癒《いや》されたり愛されたりってことを自分に許すべきなのよ』

私が知っている高飛車な感じで腰に手を当てているリシェリに、ジノンは顎を上げ呆《あき》れたようにふっと笑う。二人って本当に甘い雰囲気とは程遠かったのね。鏡に映った本物のリシェリとジノンが一緒にいるところを初めて見た私は、ほんとに悪友みたいだわと思う。

『それが、お前が婚約破棄をしようと言い出した理由？』

『そう。私とジノンは似た者同士すぎて、恋は生まれないわ。ね、だから早いとこ婚約破棄して、お互い相応《ふさわ》しい人を見つけましょう？　なんだったらジノンが気に入りそうな女性を、私が探してあげたっていいわよ？』

『は、くだらない。婚約破棄するならせっかく自由を得られるっていうのに、後釜をお前に宛《あて》がわれて堪るか』

『あら、悪いけど、私はジノン以上にジノンのことはよく分かってるつもりよ？　あんたの好みなんてお見通しよ』

そこでブツン、と映像が途切れて。

そして。

「！！！」

すぐにまた映し出された目の前の映像を見て、私とジノンに激震が走る。

『あ、あ、……だめ……だめ……ジノン、入っちゃう……』

『入れたいんだ、りん。お願い、このまま、早く……、入れさせてくれ』

仰天して目を見張る私とジノンの、目の前の光景とは。

今の私と同じように鏡の中の私も後ろからジノンに抱き締められて、胡座をかいたようにに座ったジノンの上に座らせようとジノンに腰を掴《つか》まれ、ぐっと引き下ろされようとしている。

その私の姿は目を疑ってしまうような透け透けのネグリジェを着ていて、乳房は両方丸見えでお腹《なか》の下から薄布はヒラヒラと大きく開いて、もはやネグリジェとしての役割は果たしてない。それだけでなく、なんとショーツを穿いていない私のあそこが、ジノンの寛《くつろ》げた下衣から飛び出して聳《そそ》り立っている大きなものの先端に、今にも触れてしまいそうになっている。

　くちゅ……

「……っひぁっ……！」

　う、うそ……嘘……！　なんと私の膣《ちつ》の秘裂に、熱くて硬いものが触れる感触があって、そこがくちゅりと濡れて滑り敏感な蕾《つぼみ》に擦《こす》れて、びくんと私は堪らず仰け反ってしまう。

「……う……っ……」

　ジノンは後ろから私の胸に両腕を回して、ぎゅっと強く抱き締めてくる。ジノンの身体は少し震えてすごく熱くて息も上がっていて、肩越しに振り返り見ると、至近距離にある私を見つめる熱っぽいジノンの真っ青な瞳と、目が合った。

「りん……」

　どきんと心臓が打った瞬間。信じられないことに、私の蜜口《みつくち》の中にビクビクと脈打つ熱いものが、ぐっと強引に押しつけるようにして入ってきた。

　ものすごく熱い痛みに、私は思わず瞼をぎゅっと瞑《つぶ》って堪《こら》える。

『きゃあぁっ……！　痛い、……ジノン、やめて……壊れちゃうっ……』

『ごめん……りん……我慢して……』

　鏡の中の私とジノンが、どちらも苦しそうに喘《あえ》ぐ声が響く。

　少しも収まらないどころかますます増していく痛みに涙が溢れ目を開けると、鏡の中の私は、丸見えの蜜口にジノンの巨根の先端を呑み込ませられて私と同じように涙を零し、もっともっととジノンに腰を突き上げられて、震えながらよがっていた。

　私の膣の入り口にもジノンのビクビク脈打ってはち切れそうな熱い先端がめり込んで、奥へ奥へと

突き上げられていく痛みでどうにかなりそうなのに、もう中はとろとろに濡れて蕩《とろ》けて、待ち構えるように疼《うず》いている。

内側からミシミシと圧迫しながら押し拡《ひろ》げられて裂けてしまいそうなくらい痛い、それでもそれを上回るぞくぞくとした悦《よろこ》びが背中や胸の奥から湧き上がってくる。

ずぷっ……ずぷぷ……

『気持ち……いい……』

鏡の中の私は喉を仰け反らせて震え、甘い喘ぎ声を上げる。

『……はぁ……気持ちいい……？　りん……、俺も、気持ちいいよ……』

私の耳元で、ジノンの荒い吐息と掠れた低い囁《ささや》き声がする。

ずぷぷぷっ
『ぁあああんっ！』

『……はぁ……っあ……！』

私の奥まで熱い欲棒が全部突き上げられて、鏡の中の私とジノンが瞳を閉じて喘いだ。

信じられない。私はちゃんと服を着ていて、薄桃色のワンピースはちゃんと私の胸もあそこも、慎ましく隠してくれているのに。ジノンも服を着ていて、私の胸に腕を回し後ろから抱き締めているだけなのに、鏡の中の私とジノンと同じように挿入されている感覚がちゃんとある。初めてなのに。

ジノンは肩を上下させ私の肩に顔を埋《うず》めて、時折堪えるように瞼を瞑っているところを見ると、ジノンにもちゃんと私への挿入の感覚があるのだろう。

(これは……しちゃってることに、なるの？)

快感に耐えるかのように瞑っていた蕩けた真っ青な瞳が開かれ、鏡の中の繋《つな》がっている箇所を目にするとジノンは更に奥へと突き上げてくる。

『ひっ……あああっ、あっ！　ぁあ……！』

『りん、……りん……』

ジノンの興奮したように喘ぐ甘い囁きが、私の耳の中まで吐息と濡れた舌の感触と共に入ってきて、きゅんと膣の中に快感が届く。

ずぷっずぷっ……ずぷずぷ
淫猥な水音が大きく響き、だんだん熱い痛みが中の快感を拾っていき、急におかしいくらい気持ちよくなってしまう。

『あん、あっ……ジノン、熱い、気持ちいい……気持ちいいの……』

『うん……俺も、すごく気持ちいい……ほら、見て、りん……』

見ると鏡の中のジノンは、二人がぐちゅぐちゅに繋がっている結合部を私に見るように促していて。

「！」

その光景は想像を絶するほど凄絶にセクシーで、私をいやらしく攻め上げているジノンは、私の胸を破壊してしまうくらい色気が溢れていて。

とろとろに蕩けた膣内をジノンの巨根がずぷずぷといやらしい音を立てて淫猥に腰を突き上げる度に、ゆっくりと上下に出たり入ったりをいやらしく繰り返しているのを、見せつけてくる。私の膣壁の良いところを探り当て執拗《しつよう》にそこばかりをしつこく擦り上げて突いてくる、もう気持ちよくて堪らない。

じゅぷ、じゅぷ、ぷちゅ、……ぷちゅん……

『あっ……あ、だめ……あんっ……』

『はぁ……っ……ん……可愛い……りん……好きだよ……』

「っ……くっ……」

悔しそうなジノンの舌打ちがして、ジノンは私の顎を引き寄せると、私の唇を塞いだ。

くちゅくちゅ……

唇にジノンの唇、口内をジノンの濡れた舌でぬるぬると甘く舐め上げられて、膣奥まで突き上げられて気持ちいいところを探られ、何度も何度も上下に擦り上げられて、初めての熱い痛みと快感を与えられて。

目の前の鏡の中では快感に喘いで動く結合部を見せつけられ、ずくずくと膣奥が疼いて熱くて熱くて堪らなくて、ジノンが腰を突き上げて硬い欲棒が中で擦れていく動きがどんどん速くなり、とろとろと溢れる性液が混ざって擦れ合う性器に絡みつき、甘イキする快感がどんどん中に込み上げてくる。

じゅぷ、じゅぷ、ぱちゅ……ぱちゅ、ぱちゅ
どんどん強まる快感を感じて、激しく肌がぶつかり合う音が響いて、恥ずかしいのに、すごくすごく気持ちいい。

何度も何度もいやらしく出し入れを繰り返される結合部を鏡が映し出しているのは、私の性癖のせいなの？

もしそうならリシエリやママ、こころだけじゃなくて、ううん、それよりもジノンに知られてしまう方がよっぽど恥ずかしい。

どこからどこまでが私で、どこからどこまでがジノンの性癖なの？　こんなにとろとろになって溶けそうなくらい中で絡みついて気持ち良くなっていたら、もうわからない。

『あっ……あ』

『りん、……イく……イく……中に、出すよ……』

私はジノンのその囁きを耳に感じてひどく興奮してしまい、太腿がビクビクと震え一気に快感が膨れ上がって、仰け反るように達してしまう。

「あん！　あっ！　あああ！」

「はぁ……はっ……っぁあ……！」

すると、ぶるっとジノンの身体が強張《こわば》って、私の唇を塞いだまま、ぎゅっと私を胸に抱き締めた。

私も快感に襲われて、あまりの気持ちよさに堪らず回されたジノンの両腕を抱き締める。

びゅくびゅくと私の中へ熱い液体が注ぎ込まれる感触がして、ジノンがイったのだと思うと膣奥の疼きが止まらない。

（はぁ、はぁ、ああ……こんな、……最初から、気持ちいいの……？　これ、現実なの？　……それとも……幻想……？）

幻想だよね？　確かに息は上がっていて挿入感もあったし快感は確かに感じていたしイっちゃったし、出し入れされて中に出されたけど、でもでも二人ともちゃんと着衣のままなのだ。

ぐったりと寄り添い合う、私とジノン。どくどくと強く打つ鼓動と荒く上下する胸の呼吸に、耐えていると。

スゥッ

急に、眩《まぶ》しすぎる閃光《せんこう》が両目を射すように迸《ほとばし》り、カッと視界が光で一杯に覆われ、目が眩《くら》んだ。

身体がヒュン、と小気味良い音を上げて、投げ出されるような感覚の後、ドサッと重力が全身にかかって、身体がめり込むように重く沈み込む。

「いたた……ん……お、おも……」

ハッと目を開けると、あまりの眩しさに、もう一度瞼を瞑った。

ざわざわとひしめくような声に。私の背中を、どこからともなく冷や汗が流れる。

も、もしや。私は眩しい視界を少しずつ開いていくと、身体の上の重たいものはパトリックが私に覆い被さるようにして乗っているからだということに気がつく。私の後ろには、ジノンが下敷きになるようにして私を抱き締めている。

大変まずいのは、ジノンとパトリックは無駄に色っぽいということ。そして、リシェリの身体の私はとてもエロく見えるということ。

（どうしよう……）

私とジノン、パトリックは元の魔法学院の庭園の中で転がって、戻っていた。ここって私が転移魔法で着地しようとイメージしていた場所じゃない？

（これ……、いったい、どうなってるの？）

出られない部屋から出られてよかったけど、うわぁ嬉しいとか微塵《みじん》も思えない、このシチュエーション。私達は、三人とも、事後です、とでも言うように、それぞれ息を乱して頬を紅潮させて脱力した身体は重なり合っていて。

ちょうど庭園には沢山《たくさん》の生徒達がいたらしく、私達を見て衝撃を受けているようだった。

まずい。

（本当に、まずいわ）

修道院が、もう目前に、迫ってきてるみたいだ。

「レディ……」

続ける言葉が見つからないのだろうミラは、私のプラチナブロンドの髪がツヤツヤになるように猪《ちょ》毛《もう》の白いブラシでブラッシングをしてくれながら、時折心配そうに鏡の中の私の様子を窺《うかが》っている。

なるべく皆に心配かけないよう頑張っているんだけど、どうしても気持ちが塞ぎ込んでしまう。

「ごめんね、ミラにまで心配かけて。何か、迷惑をかけてはいない？」

「いいえ、私は何も。そもそも私はレディや皆様を疑ってはおりませんわ。あらぬ噂《うわさ》で悪評を立てている者達こそ、不敬罪で訴えて根こそぎ始末したいですわ」

いつもは平静な紺色の瞳《ひとみ》にギラギラとした怒りを湛《たた》えて過激なことを言い出すミラに、私は苦笑する。

「状況を説明するための、証拠が何もないの。魔法薬に私が間違えて催淫植物を入れてしまったのは事実だし、サキュバスの出られない部屋は私が魔方陣を使って召喚したってことにされているんだけど、魔法を立証することなんてできないでしょう？」

魔法薬は私が採取したものだったし、作る時もちゃんとセビーニやアクセルに手順を確認しながらだけど、自分で作った。

魔方陣もパトリックが選んでくれたものだったし、ルーナの手から転がった赤い魔法石も、結局は魔法を透過させる効果しかない石だった。

サキュバスを召喚するには黒魔術を扱うなど、上級魔法者にしかできないらしい。それぞれ謎は残るものの、形を留《とど》めておけない魔法を、後であれこれ考えても藪《やぶ》の中だ。

「そうですわね……、魔法は、発してもすぐ消えてしまう煙や香りのようなものですものね」

「そうなの……学院内で生徒達に誤解させるような現場を見られているのは事実だわ。不貞の動機はなかったなんて、心を証明することはできないもの」

「レディ、本当に学院にはもう行かないおつもりですか？　ジノン殿下も同じお考えなのですか？　それでは何だか、噂を認めているようなものではないですか？　いえ、わざわざ学院にこれまで通り通って針の筵《むしろ》みたいなお気持ちになるくらいなら、行かない方がいいのかしら……」

あれこれと私のことを心配してくれるミラに、私は微笑《ほほえ》みかける。ほんと、ごめんね。

「ジノンは、行きたくないなら辞めてもいいし自分ももちろん一緒に辞めるって言うの。もともと長くいる必要も卒業する必要もないと思っていたからなんて言って……とりあえずしばらく休学することにしたのよ」

これ以上何かが起きて、どんどん周りの皆の立場が悪い方へ行ってしまうのは避けたい。先日のサキュバスの一件で、ジノンやパトリックまで白い目で見られるようになってしまった。そのせいで更に悪いことには、アクセルとの研究所での出来事にもより信憑性《しんぴょう》が出てしまい、今や乙女ゲームの攻略対象のうち三人もリシェリのビッチ行為に巻き込んでしまっている。

もうここまで不貞を働いていたら、すぐにでもジノンに修道院へ放り込まれても、おかしくないんじゃない？

でもジノンは私のことを微塵《みじん》も疑っていないし、婚約破棄する様子も見せない。よく考えれば、乙女ゲームならもうとっくにバッドエンドを迎えているはずなのに、何故《なぜ》？

そこまで考えて、私は、もしかしたらと思う。もしかして、ルーナマリアがまだ誰《だれ》とも結ばれていないから？

『マジックアイズ』、前世でちゃんとやっておけばよかったと、今更ながら後悔する。

攻略対象者は、ジノン、アクセル、パトリック、クリストファー、ルチアーノの、五人。

その中の一人を攻略対象者に選んだら、各ルートのシナリオへと進み攻略ミッションスタート。

そこで各イベントをクリアして、ヒーローと恋に落ちて……ちょっと待って。ルーナマリアはまだ攻略対象を選んでいないなら、ゲームは進んでいないはずじゃない？　それなのに私のビッチ行為だけはシナリオ通りに進んでいる。どういうこと？


ルーナマリアが、今、対象者の誰かと恋に落ちている様子はないと思う。

アクセルとの研究所での出来事に関しても、特に女性として心を痛めている様子はなかったし。

先日のサキュバスの時も、あの時は体調が悪くなって倒れそのまま寮で休んでいたと言っていた。

私やジノン、パトリックのことをすごく心配してくれていたけど、よからぬ噂を鵜呑《うの》みにしてはいない。


これから誰か選んで恋に発展するのだとばかり、思っていたけれど。

もしかして、私が、ルーナマリアが恋に落ちるのを邪魔しているの？　本当のリシェリじゃないからら？


このままいくと、どうなる？　学院に行けば、これまでと同じように残りの対象者のクリストファー、ルチアーノとのビッチイベントが発生してしまうかもしれない。

いくらなんでも、ゲームの進み具合はおかしい。ヒロインのルーナマリアが主役なのに、このスピード感ではルーナが誰かと恋に落ちる前に、私のビッチイベントの方が先にコンプリートしてしまう勢いじゃない？

それとも。

――本当はもうすでにルーナは恋に落ちていて、攻略対象者を決めて、シナリオを進めている

――？

『凛《りん》とした人が好き』

『誰か好きな人が、いるのか？』

『それは……まだ、いないけど』

もし、ルーナが恋に落ちたヒーローが本当はいたとして、別に誰かに教える必要なんてないのだけれど、そうではなくて、それが、口に出して言えない人なのだとしたら……。

（ジノンかパトリックだわ）

私の胸の鼓動が、ざわつきながらドクドクと早鐘のように打ってくる。どうしよう。

ううん、まだ、決まったわけでもない。私は一生懸命自分に言い聞かせる。

学院にこのまま行かなければ、ジノンも学院を辞めるって言ってたから、ルーナがジノンルートを選んでいたとしても、ハッピーエンドはないかもしれない。このまま、私はジノンと一緒にいられるかもしれない？

でも、私は今やビッチな不貞を働くという悪評の付いた悪役令嬢だ。もしジノンに、これから先、私のせいで何かよくないことが起きたら？？？

もうすでにジノンにもアクセルにもパトリックにも、迷惑をかけてしまっている。公爵であるお父様やお母様、ジュリアンやこの邸《やしき》のワンダやミラ達。王宮で、これまで私の妃《きさき》教育を務めてくれていた人達や、王様や王妃様、王家とエルランドという国もかかってる。

『あなたも少しは、がんばんなさいよ？』

リシェリの言葉が浮かんでくる。どうやって？　そんなつもりなんてまったくなくても、シナリオ通り、すべてが進んでいくというのに。

私はミラが、眠る前のハーブティーを小さなカップに注ぐのを、ぼんやりと眺めていた。

「レディ、どうぞ。……レディ？」

ミラの言葉に我に返り、慌てて小さなティーカップを受け取る。

決めた。

私、ジノンに婚約破棄してもらおう。


「はぁ？　婚約破棄だと？　ふざけんなよ？　却下だ」

短くスパーンと言い切って、私が何を言ってもジノンはまったく、取り合ってはくれない。

「いや、そこまですることはないんじゃない？　だって俺達との間に、別に誤解されるようなことは何もなかったんだし？」

「そうだよ、そんなことでジノンとリシェリが婚約破棄するなんてことになったら、そっちの方が困るよ。俺達が責任感じちゃうだろ」

アクセルやパトリックから婚約破棄したい理由を聞かれて、正直に言ったのはバカだった。そうよね、ごめん、そうなるわよね。私がバカだったわ。

お父様にも、ジノンと婚約破棄しようと思うと打ち明ける前に、すでに先手が打たれていたみたい。

「リシェリ、殿下から直々《じきじき》に私の方へ話があったよ。学院での一連の話は聞いている。すべて殿下に任せて、お前はこれまで通り、何も心配せずに殿下の婚約者として堂々としていなさい」

いや、堂々とできない。てか、心配でしかない。

この世界では、誰も乙女ゲームのことなんて知らない。私しか行く末を知らないのよ。

もう、これは……ジノンの方から私を嫌いになって婚約破棄したくなるように、振る舞うしかない。

『マジックアイズ』の、ジノンへのリシェリのビッチイベント。それは、女王様と下僕プレイ。

私はジノンに話があると言って、王宮のジノンの部屋に押し掛ける。

私はリシェリみたいに、上級魔法の遣い手じゃないから、魔法で捕縛するなんて芸当、できない。

少しだけ眠たくなる弱いハーブティーを飲ませて、寝室へ連れ込んで。柔らかな素材のリボンでジノンの手首を拘束し、ふかふかの絨毯《じゅうたん》の上に押し倒す。

「どう？　ジノン。私に見下され痛めつけられているご気分は？　殿下」

そして身ぐるみを剥《は》いで、真っ青な瞳を屈辱に歪《ゆが》ませるジノンを散々いたぶって弄《もてあそ》んで……。

そして、夜会で、ジノンは私に婚約破棄を言い渡す。

そしてその後ヒロインと晴れてカップルになり、ダンスを踊るのだ。

あれ？　そこまで考えて、私はハッとする。アクセルの招待してくれた夜会、あれがそうなんじゃない？

私は振り返って、ジノンの贈ってくれた、ドレスを見た。

本当はもう、行くつもりはなかった。

あのエロイーズがまた子分達を引き連れて、サキュバスの一件を引き合いに、今度こそ婚約辞退をするようにと告げにきた時にこのドレスが見つかって、散々喚《わめ》き立てられたのだ。

真紅のカーリーヘアを逆立てるようにして、エロイーズの婚約者であるパトリックにまで手を出したと、痛いところを突いてこられて困った。筆頭公爵である父親に言いつけてやる、とエロイーズはいきり立っていた。まだ筆頭公爵家からは、何も言われてはいないみたいだけれど。

私は、ジノンが選んでくれたブルーのドレスを、さらりと手のひらで撫《な》でた。真っ青なジノンの色。

来週だわ、急がないと。

そして、今。

私は何故か、想定外のジノンの言動に、息を呑《の》んで瞠目《どうもく》しているところだ。

「次はどうするつもりだった？　リシェリ」

「ど、どうって……」

「どうせなら、最後まで付き合ってやるよ。さぁ？　俺をどんな目に遭わせて、俺にどう思わせたかったんだ？」

ジノンは額を私の胸元に擦り寄せ、低く掠《かす》れた声で囁《ささや》いて私を至近距離で見上げてくる。

その両手首は、抵抗できないように縛られているのに。弄ばれ蹂躙《じゅうりん》されいたぶられ泣き喘《あえ》がせて、もうこんなビッチとはやっていけない、婚約破棄だ、と言わせるのは、私であるはずなのに。

「ほら……早く？」

ジノンは縛られた両手首の輪の中に私の頭を通して、肩の上で着地した両腕で私を引き寄せ、まるで誘惑するかのように真っ青な瞳を細め、首を傾ける。キスをこれから、するみたいに。


ジノンの唇がいつも通り私の唇に触れようと、近づいてきて。

私の胸はいつも通り鼓動がドキドキ打って、ジノンのキスを期待してきゅうんと擽《くすぐ》られるようなムズがゆさで、もう少しでくらっとピンクの瞳を閉じてしまいそうだったけど、すんでのところで我に返る。ダメだダメだ、ジノンに呑まれてしまったら、何もかも計画が台無しだ。

「待って」

ピタッとジノンの唇が止まって臥《ふ》せられた長い睫毛《まつげ》が持ち上げられ、真っ青な瞳が私を見つめる。

「逃げられないけど？　お前がこうやって縛ってあるし」

ジノンはそう言って、私を拘束するように、縛られたジノンの手首は、私のうなじに掛けられていることを知らしめる。いや、そうでなくて。

私を逃げられないようにするために、ジノンの手首を縛ったんじゃなく、ジノンが逃げられないように抵抗できなくするために、縛ったんだってば。

しまった。今更ながら、後ろ手に縛っておかなかったことを後悔する。

ジノンは嘆息して、私のピンク色の瞳をじっと覗《のぞ》き込んだ。

「どうした？　何もしないのか？」

がんばれ、私。女王様らしく振る舞うのよ。リシェリを思い出して。あの、怖い者なしで腰に手を当ててまるで世界はすべて私のためにあるのよ、と言ってるみたいな不敵な眼差《まなざ》し。

「……する……余裕を見せられるのも、今のうちよ？　殿下」

もう一度気を奮い立たせて、私はジノンを上目遣いで高飛車に睨《にら》んでから、ジノンの着衣の前釦《ボタン》に手を掛けた。それを一個一個上から順番に、外していく。

これから、釦を全部外して、そして下も全部脱がせて、迷いなくジノンのあそこを改めて靴で踏んづけて……お尻だって蹴飛ばさなきゃ、それで何かムチみたいなもの、ないかな？　それで痛みでジノンが泣くまで、叩《たた》いて……

私は、唇を噛《か》む。釦を下へ下へと外していく手が、震えてくる。

ジノンは私をじっと見つめているはず、私は自分の顔を見られないように下を向いて。釦を全部外し終わったら、そのまま下も脱がせるから、それまでずっと俯《うつむ》いていればいい。

ふっとジノンが笑う吐息が聞こえた。

「何、泣いてんだよ」

その拍子に、ぱた、と釦を外す自分の手に、涙が落ちた。

「……」

ジノンの声が聞こえなかった振りをして、そのまま黙って釦を外そうとするけど、手が震えて、視界がぼやけて、何も見えない。

「リシエリ。顔、上げて」

私は頭を横に振る。そうしたら、ますます、涙が落ちてしまう。

ジノンはまた、ふっと笑って。

ふにゅ、と柔らかい唇が私の頭頂部に押し当てられた。

その優しい感触は何度も何度も、私の頭に降ってきて。

ふわりと優しくうなじを引き寄せられて、身体を抱き締められる。

「ほら、縛って、ここから、どうするつもりだった？」

いったん涙が零《こぼ》れると、堰《せき》を切ったみたいに次から次へと涙が流れ落ちて、喉が詰まって苦しくなって仕舞いにはしゃくり上げて、止まらなくなってしまった。

「ふく、を……ひっ、ぬ、脱がせて……っ」

「それから？」

「なんか、……む、ちで、た、叩いて、ひっく……」

なんかもう、恥ずかしくなってきた。

「ほお？　……で？」

「ふぅ、ふっ……ひっ、……あそこ、……ふっ踏ん……痛く……ふぅっ……うっ……」

あられもない痴女行為を画策していた胸の内を、しゃくり上げるのが止まらない息も絶え絶えの私から、子どもの話を聞くみたいに目線の位置を合わせて、私の顔を覗き込むようにして、尋ねるジノン。よく、聞き取れるわね。

「ははぁ……お前が？　……狙《ねら》いは？」

「じ、ジノンにっ、……き、嫌われ……っえっく……よう、と……っうっ……く」

「なんで、俺から嫌われようとしたんだ？」

「そ、……ったら、ふぅっ……っ、こ、婚、やく、はき、……する、でしょ……っ、……」

「婚約破棄して、どうするつもりだった？」

「しゅっ……どう、いんに、っう、入……っふぅっ……」

「俺も一緒に、入ってやろうか？」

「！」

目を見開く私に、ジノンの真っ青な瞳から睫毛が臥せられて、温かい唇が私の唇を塞ぐ。

くちゅ……ぷちゅ……ちゅく……

「お前を一人にしない」

言い切るジノンの優しく吸いつくような口づけに、私の胸の中からこれまでぎゅうぎゅうに堪《こら》えていた何かが、決壊したかのようにどっと溢《あふ》れて、子どものように泣き出してしまった。

「……私、……っ……のこと、好きなの……？」

「さぁ……どうでしょう？」

しれっとしたまま、ジノンはにやりと笑って、構わず口づけを続ける。

「っ……ジノン……」

恨めしそうにジノンを上目遣いで睨む私に、ジノンは顎を少し上げ挑戦的に見下ろして、こう言った。

「人にものを尋ねる時は、自分から先に答えろよ」

「っ……えっ」

「俺のこと、お前はどう思ってんの？　好きなの？」

急に自分に矛先が向かってきてしまって、私は目を白黒させる。どうするの？　好きって言ったら、ゲームの行く先はどうなるの？

不安が押し寄せる私の、唇をジノンの指先が触れる。

「俺の気持ちを伝えても、お前が信じられないんなら、俺は言いたくないんだ」

「……」

ジノンの指先は私の手を取って、私の手のひらをジノンは自分の頬《ほお》に当てさせる。

滑らかなジノンの肌。

私の目の前に、私の姿が映っている真っ青な瞳があって、ジノンは私を真っ直ぐに見つめる。

「でも……お前が触れてるところは、全部お前のものだよ」

「っ……」

私の手のひらが押し当てられた、ジノンの滑らかな頬の感触。

「ここが……？　私のものなの……？」

「そう」

「……ここは……？」

私はジノンのキラキラした金髪に触れる。さらりとした、気持ち良い感触。

「お前のだ」

「……ここは？」

私は、ジノンのフサフサした長い睫毛に触れる。

「そこも」

ジノンのブルーアイズは宝石のように透き通っていて、とても綺麗だ。

「ここも？」

私の指先は、ジノンの唇に下りていく。

ジノンは私をじっと見つめて、真っ青な瞳は微笑みながら、私に近づいてくる。

「お前のものだ」

甘く掠れた声で囁きながらゆっくりとジノンの唇が私の唇に押し当てられ、私の背中を抱き寄せた手首のリボンは、いつの間にか、床に落とされていた。

「ん、……」

ドレスを引き下ろされればだけていく私の首筋から鎖骨、胸元へ、柔らかな吐息を混ぜ込みながら、吸いつくような口づけを繰り返し落として、ジノンは私を裸に脱がせていく。

「……りん」

何も纏《まと》っていない肌が全身を滑って、何処《どこ》にも隙間がなくなってしまうかのように、ジノンは私のすべてに、甘い吐息と一緒に吸いつくように口づけていく。

「……っ……はぁ……ふっ……はぁ……」

「はぁ……はぁ……」

抱き締められ全身で擦《こす》り合わされていく身体が、どんどん熱くなって汗ばんでいくのに、涙が止まらないくらい凄絶に気持ちいい。

ジノンと私の唇から、快感を訴えて漏れ続ける吐息が、静かなジノンの寝室に響く。

ちゅぷ……ちゅぷ、ちゅぷ
「あ、ああっ……！」

両方の乳房をジノンの両手のひらで掬《すく》い上げられるように持ち上げられ、指先が食い込まされて形が変わるようにいやらしく揉《も》まれながら、乳首を転がされるように舐《な》め回されてビクビクと背中が反り返る。

「だめ……ぃやぁん……」

「乳首、好きだろ……？　気持ちいいって、尖《とが》ってきてる」

ちゅくちゅく……くちゅくちゅ
「ぁああっ！」

コリコリと乳首を舌と指先で摘まむように転がされて、ジノンの唾液でてらてらに光るくらい吸いついてれろれろと舐めしゃぶられて。

もうお腹《なか》の奥がずくずく気持ちよくて中から熱い蜜《みつ》がいっぱい溢れて、おかしいくらい蜜奥が貫かれたくて堪《たま》らなくなってしまう。

ジノンの真っ青な瞳に見つめられながら私の唇の中を舐め回され深いキスで蕩《とろ》けさせられていると、私の熱く疼《うず》いている蜜口に、くち、とジノンが指を入れてきた。

「っふうっ……！　んんう……んん！」

くちゅくちゅくちゅ、くちゅくちゅ
「ぁあ……すごい濡《ぬ》れてる……どこ、気持ちいいの？　……ここ……？　……これ……？　……」

「っひぅ！　ぃやぁあっ、あっ、ぁあんっ！」

なんだかもうすでに知っていたみたいな的確な箇所を、ジノンは甘くいたぶるみたいにうっとりと低く掠れた声音で囁きながら、指先を折り曲げて執拗《しつよう》に攻めてくる。

こんな雄全開なジノンは初めてで、強引なジノンが元々好きな私はこんな意地悪に快感を与えてくるジノンに、おかしいくらい胸の奥がきゅんきゅんする。

くちゅ、くちゅ、くちゅ……

「ああっ、ああっ、あっ、あっ……」

「イきそうだな？　……中、すごくひくひくしてるの、わかる……？」

ジノンはセクシーな真っ青な瞳と私の唇の中を舐める舌で私を蹂躙しながら、低く囁いた。

「やあ……っ！」

気持ちよくて堪らなくてシーツを蹴る足先から背中まで、ゾクゾクする電流みたいな快感が走る。

「ああっ！　……っはぁ、あっ……！」

ジノンの指の、私の性感帯を押す力がぐっと速く強められて、あっという間に膣《ちつ》の中の熱い疼きが押し上げられ、気持ちよすぎて甘くイってしまう。

はぁはぁと荒い呼吸で胸を上下している私の身体を両手で撫で下ろして、ジノンはぐいっと私の内《うち》腿《もも》を両側から押し拡《ひろ》げ、私のイったばかりの蜜口を舌で舐め上げ、敏感になっている蕾《つぼみ》に、ちゅう、と吸いついた。

「っひぅ！　きゃあああんっ……！」

私はあまりの衝撃と激しい快感で、腰をよがらせてまたイってしまう。

「か～わいい……また、イったんだな……」

ちゅぷ、ちゅぷ、じゅぷん……

「やあ……だめ、やめて……待って、……ジノン」

「んー……？　待って……？　もう、待たないよ」

そう言ってジノンは私の蕾を舐め回しながら、蜜口の中へ入れる指を増やす。

「っ……！　ぁ……ぁあ……」

増やされた指に悦《よろこ》ぶようにまた快感が溜まっていき、溢れる蜜がとろとろと吹き出したのがわかった。

ジノンは、私の性感帯をぐいぐいと押し上げていた二本の指先を、膣壁を捲《めく》り上げ上下に出し入れするように動かして、指の長さいっぱいに奥へ向かって突き上げてくる。

「やっ！　……ひぁ……あっ……っふぅ……！」

じゅぷ、じゅぷじゅぷん……

水音が辺りに響いて恥ずかしくて、でもそれ以上に気持ちよくなってしまって堪らなくて、私はジノンにイヤイヤをするように頭を振る。

さっきとは違う奥のくにゅくにゅした箇所にジノンの指が突き当たる度、お腹の奥が切なくなるほどの熱が疼いて、この先に、もう一つ、すごく気持ちよくなれる場所があるのだと予感した。

もう欲しくて訳がわからないくらい全身が快感に支配されて、私は何度もジノンにイかされて。

そして、私の大きく開かされた震える太腿の間にジノンの、恐ろしいくらいにビキビキと血管が脈打って幾筋も先走りが垂れて反り返っている、獰猛《どうもう》なほど太くて長いものが見えてしまった。

何度もイかされて溶けそうな私の蜜口にジノンの巨根が宛《あて》がわれると、私の濡れた襞《ひだ》と滑ってくちゅりと淫らな音を立てた。

その触れ合った性器の感触が気持ちよすぎて思わず瞼《まぶた》を固く閉じ、私とジノンは互いに喘いで快感の吐息を漏らして仰け反る。

くちゅ……ちゅぷ……ちゅぷり……ずぷ……

ゆるゆるとジノンの亀頭が私の膣の入り口の壁を捲るように押し入って、もうそれだけで強烈に気持ちよくて興奮してしまう。

「ぁあ……あ……ぁん……ジノン……」

「あー……すご……中、気持ちいい……」

ジノンはしばらくゆるゆると腰を動かして入り口の気持ちよさを味わってから、私の胸に自分の身体を密着させるようにしてのし掛かってくると同時に、中を貫くように突き上げる。

ずぷ、ズプププッ
「……ひっ……ぅあん……！」

ジノンの熱い陰茎が私の中に入って、びくびくしてる。すごく硬い。

「ああっ……あ、……りん、……りん、ずっと、こうしたかった……ぁ……っぁ……！」

ずぷ、ずぷ……じゅぷ……じゅぷじゅぷ
ずっとしたかった、とうわ言のように繰り返すジノンの熱い囁きと腰の動きに、私の胸の奥も膣奥もきゅんきゅんと疼いて背中が引き絞られる。

「んん……あん、あ、……ああっ……ジノン……ジノン……」

「あっ……りん、すごく締まる……はぁ……あー……すごい……ん……はぁ……気持ちいい……」

私を貪るように口づけを繰り返し、密着させるように私の身体を抱き締めて突き上げるジノンの淫らな腰の動きは、どんどん深く速くなっていく。

全然痛くない。私、初めてなのに、どうして？　初めてなのに、すごくすごく気持ちいい。

淫猥《いんわい》な水音とベッドの軋《きし》むギシギシという音と一緒に、私とジノンの荒くなっていく吐息と喘ぎ声が、ぐしゃぐしゃに乱れるシーツの上で響き渡る。

中が、奥がもうずくずくに痺《しび》れるくらい気持ちいい。中がジノンのものと一緒に蕩けて絡み付いて、襞を捲って擦り上げられてずっとずっとイくのが長く続いているような強烈な快感が、出し入れされる度に襲ってくる。

好き。

もう、好きと言いたくて、大好きなジノンの快感で潤んだ真っ青な瞳に熱っぽく見つめられながら、抱き締め合って全身を愛《いと》しくて堪らないというように擦り合わせて、どちらのものかわからないくらい、繋《つな》がった結合部から淫らな蜜が吹き出して、腿の間を濡らし合って。

自然と好きが溢れて、口をついて出てきてしまう。

「ぁあ、……ああ……ジノン、ジノン……好き、……好きなの……」

ジノンは私の舌を舐めながら、膣奥を何度も突き上げながら、ふっと笑顔になった。

「やっと、言った……」

真っ青な瞳が、私を真っ直ぐに至近距離で見つめて。

ジノンは私に口づけている下唇をつけたまま、掠れた低い声で甘く囁いた。

「俺も、愛してるよ」

「っあああああんっ！」

ジノンの甘い愛の告白にきゅんと胸が引き絞られたかと思ったら、腰がぐっと両側から掴《つか》まれ引き寄せられて、ジノンは激しく私の中を犯し出した。

パンッパンッパンッパンッパンッパンッ

「はぁ……はぁ……愛してる……りん……りん……俺のだ……はぁ……ぁ……りん……」

「ジ……ああん、……だ、だめ……ジノン……あ、あ、はぁ……激し……やあああっ……！」

中が、奥が激しくて熱くて、気持ちいいのが止まらない。ジノンに激しく性器を出し入れされる度に、ぱんぱん、と肌がぶつかり合う淫らな音に耳まで犯されて。

ジノンの欲情した真っ青な瞳に上から見下ろされ、私の身体や出たり入ったりしている結合部をじっくりと視姦《しかん》されて、恥ずかしさに頬が火照《ほて》って涙が溢れる。

ぐちゃぐちゃになって溶けそうに擦れ合う性器に気が狂いそうなほどの激しい快感が迫《せ》り上がってきて、あっという間にイってしまう。

「あっ、あっ、また、またイっちゃう……ああっ！　だめぇ……も、許し……やあああっ」

「あー、可愛い、……いい眺め……りん、気持ちいい……ん……もっと……」

何度も何度もイってしまう私を許さず、恐ろしいほど持久力があるらしいジノンの陰茎はずっと硬く猛《たけ》って、私の中でみっちりと押し拡げるように奥まで執拗に出し入れが繰り返された。

ここに来たのは、お昼過ぎ、だった……？　なんで、誰も、呼びにこないの？　……夕食は……？

もう何度目かもわからない、ジノンの熱い精液が私の奥でびゅくびゅくと吐き出され、ジノンがようやく私の中から抜いて、満足したようにチュッと口づけ私の身体をぎゅっと、眠るために抱き締め直したのは。

（……す、すごい……）

時計の針が一周回って、一面ガラス張りの窓側の外から、白々と朝が明けてくる時間帯だった。

大きな黄桃色の満月と、星屑《ほしくず》が降ってきそうなほどの満天の星の下で、夜会が始まる。

ガタゴトと馬車の中から夜空を見上げて、ふうと溜《た》め息を吐いている私をよそに、ジュリアンとパトリックは楽しそうに世間話に興じていた。

「パトリックが王宮まで姉さまを送ってくれるのはわかるんだけど、なんで夜会に僕まで駆り出されてるの？　おまけにミュゲまで」

ジュリアンは訳がわからないというふうに首を傾《かし》げているけど、ジュリアンの膝《ひざ》に座ってフワフワしているミュゲは、垂れ耳をひらつかせ機嫌良さそうにピンク色の瞳を細めている。

「ジノンが、特別に二人とも来ていいって言うから。もしかしたら、姉上との良い報告が発表されるのかもしれないし？」

「え？　そうなの？　とうとう、姉さまの頭の上にティアラが載るかもしれないんだね？」

「そんな話、聞いてないわ」

軽口を叩《たた》いているジュリアンとパトリックを、私は唇を尖《とが》らせて横目で睨《にら》む。ほんとに、呑気《のんき》でいいわね二人とも。

アクセルもジノンも、何考えてるの。ジュリアンやミュゲちゃんまで夜会に招待するなんて、ほんとにお祭り気分なんだわ。

とうとう、この日が来てしまった。多分、今夜が乙ゲーのXデーに違いなくて、今日は朝から気が気じゃなくて何も手に付かなくて、胸がバクバクするくらい内心怖いのに。

ジノンは王宮で待っていてエスコートしてくれるけど、もうほんとに今夜、何がどうなってしまうのか全然わからない。

平穏無事に、済むのかな？　魔法学院の時みたいに私の意思とは関係なく、『マジックアイズ』のシナリオが動き出したりしたら――。

「姉さま、どうしたのさ？　さっきから落ち着かないね？　今日は一段と綺麗《きれい》にしてもらってるのに」

そう言って、ジュリアンは私のブルーのドレスの裾をふわりと摘まんで見せる。

「リシェリはお年頃だからね。夜会で王子様とダンスなんだから、ドキドキそわそわするもんなんだよ、ジュリアン」

パトリックは片目を瞑《つぶ》って知ったふうな口をきいてるけど、全然的外れなんだから。そんなわくわくした理由なら、もっと楽しそうな顔してる。

「お年頃ね……」

急に笑顔が消え、窓の外を見て溜め息をついたジュリアンに、パトリックと私は「?」となる。

「ジュリアン?」

「どうしたんだ?　ジュリアン」

パトリックが促しても、馬車の窓からじっと外の景色を眺めていて。しばらくしてからジュリアンはポツリと呟《つぶや》いた。

「最近、僕、変なんだ」

「何?」

私とパトリックは、気になって先を促す。

「アビーを見ていると、なんだかムズムズして」

ムズムズ?

「具体的に言うと？」

もう少しと踏み込んでくるパトリックに、モゴモゴとジュリアンは曖昧《あいまい》に濁しながら顔が赤くなる。

「……るんだ」

「え？　何？」

「一緒にいると、服を脱がして、めちゃくちゃに触って泣かせたくなるんだ」

「！」

狭い馬車の中で衝撃的なジュリアンの告白を聞いて、私とパトリックばかりか、ジュリアンの膝に乗っていたミュゲも、驚きに飛び上がりそうになっている。

しばらく、しーんと馬車のガタゴトいう音だけが車内でしていて。絶句したままの私と私の膝に逃げてきたミュゲちゃんをチラリと見てから、パトリックが、んんと咳払《せきばら》いした。

「そうか、……なるほど。ジュリアンも、もう十二歳だもんな、まぁ色々と変化する年頃だよな」

肯定して頷《うなず》くパトリックに恥ずかしそうに窓の外を見つめていたジュリアンは、こちらを向いた。

「……そういう時はマジラムがいいよってアクセルから聞いて、どうしても我慢できない時は飲むようにしてるんだ」

「へえ、アクセルに相談したんだな？」

ジュリアンは頷いて、そして言いにくそうにぼそりと呟いた。

「けどダメな時もあって……まだ、アビーに手を出してはいないよ？　でも……これから自制が効かなくなって、血迷ったことをしてアビーに嫌われたらと思うと、夜も眠れないんだ」

ジュリアンの言葉に、私の膝に座っているミュゲちゃんが、ぷるぷると微《かす》かに震えている。ジュリアンは真剣に悩んでいるみたいだけど、パトリックは可笑《おか》しそうに笑い出した。

「バカだな、ジュリアン。マジラムはね、どうしても我慢できない時だけ飲んでもダメなんだよ。あれは毎日継続して飲まなきゃ、効果はないんだ」

「そうなの？」

確かに。私も二年間、毎朝、朝食の時にグレープジュースに混ぜて飲んでたもんね。

「ほんとに？　マジラムを毎日飲めばちゃんと効くの？　僕、変なことして、アビーに嫌われたらと思うと不安なんだ」

「大丈夫。マジラムは一日一度飲めば、性欲が抑えられないなんてことは、まずないから」

「ほんと？」

「ああ。その代わり男は射精しなきゃいけないから、毎朝、夢精で目が覚めるだろうけど。それ以外は、誰《だれ》にどんな誘惑をされようと、ムラムラすることなんてないよ。よっぽど強力な媚薬《びやく》でも盛られるか、魔法で操られたりしない限りね」

パトリックの言葉に、ジュリアンは救助された船員みたいにホッとした表情で、背凭《せもた》れに頭を埋《うず》めて脱力した。

「そうなんだ……よかった……、ありがとう、パトリック。僕、明日から毎朝飲むようにするよ。アビーの方から、僕に求めてきてくれるまでね」

際どいことを言うジュリアンに、私はどきりとする。十二歳の男の子って、こんな感じなの？

「はいはい。まったく、ジュリアンがもうそんな悩みを持つような年齢になったとはね。まぁアビーはいい子だし、もしもの時は味方してやるよ。がんばれ」

パトリックは、ポンとジュリアンの肩を叩いて励ました。私もちょっと異議ありな面もあるけど、アビーとの恋は応援する気満々だ。

「私もアビーが大好きだから、応援するけど。解ってるだろうけど、まだ早まっちゃダメだからね？　ジュリアン」

「うん、わかってる。ありがとう、姉さま、パトリック」

ジュリアンとパトリックと、目を見合わせて笑い合う。

でも私の笑顔は、何故《なぜ》だか急激に違和感を感じて、すぐに引っ込んでしまった。

なんだか無性に、胸がざわついてくる。

言葉にできない、ものすごく不穏な感覚が、背後から押し寄せてくる。

思春期に差し掛かった男の子の話でほっこりとしたこんな一時に、どうして、そんなふうに胸騒ぎがし始めたのかわからない。

私は、どうして、ふと違和感を感じたのか、急に漠然と雲が垂れ込めてくる感覚に囚《とら》われたのか、それがどうしてだかわからなくて、ただただ思考が宙を彷徨《さまよ》った。

何……？　なんだろう？

馬車の中で、私は訳もわからず気を塞いで濃くなっていく霧を、どうにかして晴らしたくて、目を瞑って必死に何かを思い出そうとしていた。何？　何か、引っ掛かったのよね？

一体これは、なんだろう？　さっきのパトリックとジュリアンのやりとりが何故こんなに、引っ掛かってしまうの？

私の彷徨う思考は、パトリックのある言葉を唐突に思い出す。

『マジラムは一日一度飲めば、性欲が抑えられないなんてことは、まずない』

『男は射精しなきゃいけないから、毎朝夢精で目が覚めるだろうけど、それ以外は、誰にどんな誘惑をされようとムラムラすることなんてないよ』

『よっぽど強力な媚薬でも盛られるか魔法で操られたりしない限りね』

！　パッと頭の中に、一筋の光が稲妻みたいに、光った気がした。

リシェリの日記だ！

『最近、身体が敏感になったというか、夜になると変に疼《うず》くようになってしまった』

『マジラムが必要。ワンダに頼んで毎日飲むことにした。もう夜になると、身体が疼いて仕方なかったから。そうでもしないと、誰かを誘惑して寝所や庭の物陰に引っ張り込みたくなる衝動を抑えられる自信がない』

『どうして、こんないやらしい身体になってしまったのかしら？　成長のせいなの？　だとしたらこれからどうなってしまうの？　これからどんどん大人《おとな》の女の身体になっていくというのに』

『マジラムを飲んで三日目、割りとよく効いていて一安心した。よかった、痴女にはなりたくないもの』

『どうしよう、本当にはしたないけど性欲が止められない。最近、庭師のシャーウッドの甥《おい》っ子がよく来るようになって、最初は軽い気持ちだったの。少し恋の雰囲気を楽しむだけでよかったのに、どうやら私も少し恋をしてしまっているわ。レジナルドがここ数日、私を意味あり気《げ》にじっと見つめているのは、気のせいじゃないと思う。彼に誘われたら、初めての好奇心を押さえられないかもしれない』

マジラムは私が二年前リシェリとして目覚めてからも、毎朝、朝食と一緒に食卓に上がっていた。当然のように。だから、マジラムを飲むのはリシェリの毎日の習慣だったはずだ。

私は、ジノンと一緒にマジラムを飲むのをやめたつい最近まで、ムラムラしたことなんて一度もない。パトリックの言ってた通り。

それなのに？　リシェリは、性欲が止められなかった？　男性でさえ一日に一度飲めば大丈夫なのに？　そんなこと、あるわけない。

(きっと、違うんだわ……)

私の脳内で、雲の上でのリシェリの声が甦《よみがえ》ってくる。

『たまには私の日記、読み返しなさいよ？　見過ごしている箇所が、あるかもしれないわ』

リシエリ、それを、伝えたかったの……？

『どうして？　ルーナマリアはまだ攻略対象を選んでないのに、私のビッチ行為だけは、私の意思とは関係なくシナリオ通りに進んでいる』

『そうですわね……、魔法は、発してもすぐ消えてしまう煙や香りのようなものですものね』

『そうなの……学院内で生徒達に誤解させるような現場を見られているのは事実だわ。不貞の動機はなかったなんて、心を証明することはできないもの』

『リシェリ、自分が乙ゲーの悪役令嬢って知って、ビッチ行為の末に修道院行きになることがゲームになってるって知って恥ずかしかったの？』

『それ以外ないでしょ、あんな屈辱はないわ』

もしかして、リシェリも、自分の意思ではなくて……？

『私も、恥ずかしい思いをしたのは同じ。スマホの中身とあなたの自慰の事後を、あなたの代わりにあなたの家族に見られるくらい、私の恥に比べたらなんてことなかったわ』

ま、まさか、まさか、

『たがが外れて、庭師の甥っ子を誘惑して純潔を散らすのが、リシェリのエロ歴史の始まり』

乙女ゲーム、『マジックアイズ』の登場人物リシェリは、ヒロインに嫉妬して攻略対象者全員にエロを仕掛けるビッチな悪役令嬢。

こころやユキネから聞いていて、私もすっかり、そうなのだと思っていた。

もし。もしも、それが、本当は違っていたとしたら……。

「リシェリ？　どうしたの？　着いたよ？」

ハッと我に返ると、馬車の扉を開けてジュリアンに続いて先に降りたパトリックが、怪訝《けげん》な顔で私を見ていた。

「どうしたの？　姉さま、顔が真っ青だよ？　気分が悪いの？」

何事かというびっくりした表情で、ジュリアンが私に駆け寄ってくる。

「いえ……大丈夫、ちょっと、化粧室に……」

本当に気分が悪くなってきて、色々整理したくて、私はふらふらと、馬車から降りてすぐの、神々《こうごう》しい目映《まばゆ》いばかりの王宮に辿《たど》り着く前にある宮殿の化粧室を借りることにする。誰もいない薄暗い廊下を通ってどうやって辿り着いたのか、私は気づいたら化粧室の中でぼんやりと佇《たたず》んでいた。

水道の蛇口から勢いよく流れ落ちていく水と、水の音を前に。ショックのあまり、私はどのくらいそうやっていただろう。でも、数分くらいだったかもしれない。私はぶんぶんと頭を振って、自分の気を奮い立たせるために、水流に手を滑り込ませる。冷たく流れる水の感触に、私の心も頭の中も急激に冷えて目が醒《さ》めていくようだった。

（もしかして……）

（違うの？）

本当は、乙女ゲームのリシェリもこんな感じだったの？　私、間違ってた？

コトンと物音がした気がして、私は慌てて我に返り、顔を上げ何気なく鏡を見た途端、心臓が止まってしまうかと思うくらい、私は驚愕《きょうがく》した。

「ひっ！」

私は心臓が飛び上がるくらい戦慄《おのの》いて、鏡に映っている姿を凝視したまま、震え上がった。

「ル、ル、」

ルーナマリア！

周りには誰もいなくて、私と同じ位置で私の目の前の鏡に映っているのは、ルーナマリアで。

私は夢かと思って信じられなくて、茫然《ぼうぜん》と自分の胸元に視線を落とす。自分の視界が、鏡に映るルーナと同じ白地にエメラルドグリーンのドレスで、肩のところで揺れているのは亜麻色の巻き毛だと突きつけられ、また鏡を見つめる。

鏡の中で、ミントグリーンの瞳から涙が溢れてこちらを見つめている、真っ青になっているルーナと目が合った。

私、ルーナに、ルーナの姿に、なってしまってる……嘘《うそ》だ、こんなの信じたくない。

「ジ……、ジノン、ジノン！」

私は狼狽《うろた》え、化粧室を飛び出した。

化粧室を出て宮殿の扉の前で、今まさに出て行こうとしている後ろ姿が見えて、私は絶望する。

それは。

真っ青な瞳の色と同じ、ジノンから贈られたブルーの美しいドレスを纏《まと》ったリシエリだった。

プラチナブロンドの長い髪を緩く美しく纏めて、その滑らかな白い肩と背中は、見惚《みと》れてしまうほどなまめかしい。私だ。私だった。

「ル、ルーナなの？」

私は震える指先を伸ばして、ぽろぽろと涙が零《こぼ》れるままに、振り絞るようにして問い掛ける。

するとふっとピンク色の瞳を細めて、リシェリの姿をしたその人は、ふふふと小さな笑い声を上げた。まったく見たこともないような、蠱惑《こわく》的な冷えた笑みを浮かべている。こんな人、知らない。

「じゃあね、ルーナマリア」

その人は肩越しに、私に向けて艶然《えんぜん》とした微笑《ほほえ》みを見せ、そう言い捨てて。そして目映い光が射す扉の外へ、王宮へ向かうため背を向けて行ってしまう。

「ま、待って！　……ルーナ！」

私は、絶望して倒れてしまいそうになるのを必死で奮い立たせて、後を追いかけようとした。

すると。

ぐっと私の腕を掴《つか》んで、硬い胸に引き寄せられたその方向を見て、私は更に瞠目《どうもく》した。

「！！！」

「ルーナ、探したよ。君は俺と、こっちに来るんだ」

「ル、ルチアーノ……」

ワインレッドの髪、鳶《とび》色の熱で浮かされたような瞳に捕えられ、私は狼狽え恐怖で震えて、立っていられなくなる。甘ったるい香りのする布でぐっと鼻と口元を押さえつけられ、そのくらくらとした花の香りで、私の目の前がどんどん狭くなっていく。

ああ……前もあったわ、こんな光景……。

（ごめんね、リシェリ……）

暗くなっていく視界の中。

『あなたも少しは、がんばんなさいよ？』

雲の上での、リシェリの声がした。

優雅な弦楽器の奏でる調べと、ガヤガヤとひしめく話し声が、微かに聞こえてくる。私はハッと目を覚まし、勢い良く起き上がった拍子に眩暈《めまい》がして、くらりと視界が揺れた。

「ここ、何処《どこ》……？」

「大丈夫？」

うっすらとした暗闇の中から、私のすぐ側《そば》にいたのであろうルチアーノの声がして、私の中で一気に悪夢が甦ってきた。

薄闇に目が慣れるに従い、だんだんと浮き彫りになってくるルチアーノの姿が恐ろしくて、私は震えながら後退《あとじさ》りする。

見ると私はふかふかの長椅子《ながいす》の上に横たわっていて、白地のドレスの上には、暖かい上掛けが掛けられていた。胸元に揺れるエメラルドグリーンのリボンが目に入り、私の胸はじくじくと痛んで、悲しくて、涙がぽろぽろと零れた。

「泣かないで。すまない、こんな所に連れてきてしまって」

心配そうに近づいてくるルチアーノには、もう恐怖しか感じなくて、私の背中に冷たい汗がすーっと流れ落ちてきた。ど、どうしよう。ルチアーノは騎士らしい体格の良い身体に、腰には剣を携えている。しかも、ルチアーノはヤンデレでルーナが好きだ。

（私をルーナと間違えて、監禁しようとここへ？）

何処なんだろう、ここ。見回しても、薄暗く窓一つない。私は、頭を振り子のように何度も横に振りながら、できるだけルチアーノから距離を取ろうと後退る。

「ル、ルチアーノ、あの、わ、私、違うの。こんな姿をしてはいるけど、私、本当は、リシェリなの」

「シッ」

「え？」

目の前のルチアーノが、薄く目を細めて制止するような仕草をする。

「すぐ解放されるから、安心していい。ただ、しばらくこのまま、私と一緒にいて欲しい」

いや、安心できるわけない。何もしない人は、薬で気を失わせて監禁なんてしないんだってば。

話が通じないまま、二の句が継げずに動転している私を、何故だかルチアーノの方が困ったように考え込んでいる。

「うーん……あ、じゃあほら。さっき聞いてた、ここが何処なのかを教える」

ルチアーノは騎士服の内側から緑色の魔法石を取り出し、手のひらの上に載せ、短く詠唱した。

すると、目の前のアコーディオンカーテンがちょうどスクリーンのようになって、映像が現れる。

きらびやかな夜会のホールの様子が流れ、私は目を見張った。青い繻子《しゅす》のカーテン、高い天井からぶら下がる、金色に輝く巨大なシャンデリア。広々とした会場。ゆったりと優雅な曲を奏でる音楽隊を背に、沢山《たくさん》の紳士と美しく着飾った淑女が、シャンパングラスを片手に楽しそうに談笑する姿。

「ここ、王宮？」

「そう、ここはね、このカーテン越しに分け隔てられてはいるけど、夜会場のすぐ裏だよ。安心して。防音魔法が掛けられてるから、こちらの音は向こうには聞こえない」

いや、安心しての使い方がわからない。それって私が泣いても叫んでも誰にも聞こえない、助けは来ないってことじゃない？　安心じゃなくて、絶望しかない。

「ルチアーノ、何のために、私をこんな所へ連れてきたの？」

「これだよ」

「ひっ！」

ジャラジャラと金属のぶつかる音と共にルチアーノが差し出してきた鎖とロープを見て、私は仰天して飛び上がる。

「ル、ルチアーノ、……」

「ほらこれ。結構長さがある。この鎖でルーナと私が離れないよう繋《つな》いで、ほら。あそこ」

「え？　……ひぇっ！」

薄闇で気づかなかったけど、少し離れた所にちょうどベッドくらいの幅のある、黒塗りの鉄柵でできた大きな檻《おり》がある。ま、まさか。

「離れないよう、あの檻の中に一緒に入るんだ」

平然とした表情で言ってのけるルチアーノに、驚愕して腰が抜けそうになってしまう。怖い、怖すぎる。

「ど、どうして、夜会場の裏なんて場所で……？」

カーテン越しに部屋が分かれているといっても、もし、何かの拍子に、カーテンを開けられてしまったら。檻の中で男女が二人で鎖に繋がれているところを王宮の夜会場で曝《さら》されてしまったら、もう、すべてが終わってしまう。

ん？　あれ？　え？　でも、ちょっと待って。今、私はルーナの姿で……ルーナの姿で監禁プレイしているところを見つかって、困るのはルーナ自身じゃない？　どういうこと？

目の前に映し出されている映像を漠然と見つめていると、フッと映像にジノンが映し出された。

「ジ、ジノン！　ジノン！」

エルランドの王家の紋章が肩に施された、今日は黒地に金の房と縁取りの正装に身を包んだジノン。そして、うっとりとジノンを見上げる形で向かい合う、ブルーのドレスを着た笑顔のリシェリ。その頬《ほお》は、花が咲いたかのように薔薇《ばら》色に染まっている。

『ねぇジノン、一緒に踊りましょう？』

甘く囁《ささや》くように、ねえねえと可愛くおねだりするリシェリを見て、私の胸はモヤモヤして叫び出しそうになる。

『ねぇ？　ジノンてば？』

『少し待て』

『もう、ジノンたら。私、ジノンと二人で、一緒に夜会で踊るのが楽しみだったの、二曲続けて踊ってね？』

『……』

王宮魔法師と話しているジノンの表情は、平常通り素っ気なくて、遠くの方を心ここにあらずといったふうに見つめている。

信じたくないけど、ルーナマリアがリシェリの姿に変身しているの？　ルーナは、ジノンにダンスを後回しにされて不満そうにしながらも、やはりジノンのそばにいられることが嬉《うれ》しくて堪《たま》らないって表情で、ずっとニコニコしている。

（ルーナ……やっぱりジノンルートだったのね……？　ジノンのことが本当は好きだったの？）

だからってどうして、こんなひどいこと……ルーナは乙女ゲームのヒロインなんだから、ジノンが好きなら、正攻法で攻めていけばハッピーエンドが待っているのに……。

そこまで考えて、私はひゅっと息を呑《の》んだ。

ま、まさか……。ルーナはリシェリの姿になって、これからもずっとリシェリに成りすますつもりとか……？　ルーナになった私を、ビッチ行為をした没落令嬢として社交界に出られなくなるよう貶《おとし》めて……？　そしてルーナはリシェリの姿のまま、ジノンと結婚するつもりで……？

「そんな……もしそうだったら、どうしよう……」

底知れぬ恐怖心が、みぞおちの方から這《は》い上がってくるみたいで、もう自分が自分ではなくなってしまうかのような破滅感に、気が遠くなりそうだった。

「大丈夫？　しっかりして」

ふらりと後ろに倒れそうになった私を、ルチアーノが抱き止めた。

その時。目の前の薄闇の空間に、ピカッと微かな赤紫色の光が煌《きら》めいて、キラッと金属音と共に、パッと人影が現れる。

「！」

転移魔法で現れたのは、白いローブの中にボルドー色の官能的なドレスを纏った、なんとセビーニだった。

「セ、セビーニ教授……！」

ふわりと優しい微笑みは、先ほどまでの緊迫した空気を雲散させてしまうくらい穏やかで、艶《つや》っぽい声音が、赤い唇から零れる。

「お待たせ、二人とも」

二人って……？　私とルチアーノ？

「じゃあ、そろそろ？」

「ええ、いつでも大丈夫」

ルチアーノの問い掛けに、セビーニは何故かブレスレットに付いた魔法石に向かって短く言い放つ。

すると、目の前で流れていた映像がズームになって、急にリシェリに焦点が当たった。リシェリはぴくりと肩を震わせくるりと辺りを見回すと、ブルーのドレスの裾を持ち、どこかへ行こうとしている。

『何処、行くんだ？』

リシェリはジノンの言葉にピタッと立ち止まり、優雅に振り返り微笑む。

『お化粧室に』

『ふうん、俺もついていってやる』

『嫌だわジノン、子どもじゃないんだから一人で行けるわよ』

『遠慮するな』

ジノンの言葉に狼狽えたリシェリは、慌てて言い繕《つくろ》う。

『いいから。今は一人で行けるわ』

急いで出ていこうとするリシェリに、ジノンはサラリと言い放った。

『待て、エロイーズ』

ぎくりと身体をびくつかせて、サッと青ざめたリシェリは驚愕した表情で、ジノンを恐る恐る振り返る。

『な……なんですって？』

ジノンの真っ青な瞳の眼差《まなざ》しは、ゆらりと強く揺れリシェリを見据える。

『俺を騙《だま》せると思ったか？　エロイーズ』

その瞬間。

私の目の前の、アコーディオンカーテンが一気に引かれ、夜会場とこちら側とを隔てるように垂れ下がっていた一枚の暗幕も、ドサッと音を立てて崩れ落ちた。

薄闇から、急に目映いばかりの夜会場の照明が目に飛び込んできて、思わず瞼《まぶた》を閉じ目を背けてしまう。

(眩《まぶ》しいっ……)

「!」

暗幕を隔てた裏側で、いかがわしい行為ができてしまえそうな大きな檻。散乱した鎖とロープ。薄暗く狭い部屋に隠れて、まるで二人で逢引《あいびき》していたかのように見えるであろう、ルーナの姿をした私とルチアーノ。

夜会場の人々の面前に曝されるようにして現れた私達に、貴族や貴婦人達は案の定、一同騒然としていて。その中には、なんと。ジノンやリシェリだけでなく、よく見ると、王や王妃までいる。ミュゲちゃんを抱えたジュリアンとパトリックにアクセル。ミランダとカリーナ、クリストファーまで。

皆、目を丸くして私達に注目していて、私は怖くて、悲しくて、もうどうしたらいいかわからなくて、自然と涙が溢れてきた。

そんな私を守るように、ルチアーノがそっと寄り添った。それは余計にまずいのに。

「何処、行くんだ、エロイーズ」

もう一度、ジノンの硬い声がフロアに響き渡ると、何故か夜会場全体が、しんと水を打ったかのように静まり返っていく。

「な、何なの？　ジノン、さっきから。あちらであんな破廉恥《はれんち》な男女が夜会に乱入してきて、私気分が悪いの。失礼するわ」

　そう言って立ち去ろうとするリシェリの前を、近衛騎士達が立ち塞がる。ジノンが先ほどからリシェリをエロイーズと呼んでいて、しかも騎士達に婚約者を拘束させる姿を見て、夜会場にいる誰もが「?」マークを飛ばしている。

「え？　エロイーズなの？」

　ジノンの言葉に驚いて、零れる涙が引っ込んでしまった私の小さな呟きが、しーんとしたフロアに意外とよく響いて、エロイーズと呼ばれたリシェリは、さっきまでの優雅で可愛らしい様子はどこへやら、キッと私に向き直るとピシャリと言い放つ。

「なぁに？　貴女《あなた》、無礼な。今の貴女の状況、おわかりなの？　男と二人でこんな道具を持って何をしていたのかしら？　節操のない方ね？」

　確かに……という賛同で、見守る周りのしんと張り詰めていた緊迫感が消える。ざわざわとした好奇の視線が、私とルチアーノを刺していて痛い。

「茶番劇は充分よ。離しなさい」

　エロイーズと呼ばれた方のリシェリが、行く手を阻《はば》むように拘束している近衛騎士を睨み、払い除《の》けようとしていると。

「ジノン、何の騒ぎだ？　このような社交の場で」

「陛下」

　シャンデリアの照明が当たってキラキラに煌めく金髪に、真っ青なブルーアイズ。よく似た容貌の親子の、強い眼差しが夜会場で交差して、一瞬ピリッと緊張が走る。

「お前、リシェリを今エロイーズと言ったのか？　未来の王妃を近衛騎士に拘束させているのは何故だ？　エロイーズの父親である公爵も来ている。滅多なことを言い出すのは許さない」

強い言葉で言い放つ威厳ある王の脇には、エロイーズの父親の筆頭公爵が何事かと不安気に佇んでいる。気の強いエロイーズとは似ても似つかない、少々弱々しい雰囲気の栗色の髪と瞳。上品で気の優しい紳士だ。

「お言葉の通り、陛下と公爵、そして巻き込んでしまった者達すべてに、この騒ぎが一体何なのかを説明しないといけませんね」

そう言って、ジノンは艶然と微笑んだ。

「大丈夫、立てるか？」

ルチアーノと、いつの間にか脇に立っていたセビーニが、私を両側から支えて、立ち上がらせてくれる。膝がガクガク震えているけど、いつまでも座っているのも情けないもんね。

ジノン、何をしようとしているの？　もしかしてジノンは、ルーナの姿をしている私がリシェリだってわかってるの？

「それでは、まずは、そちらにいるリシェリ様をエロイーズ様だと殿下が仰《おっしゃ》った根拠を、示さないといけませんね？」

そう言って私の目の前に立ちはだかったのは、聖職者である濃紺色のローブを羽織った、なんとクリストファー。

「な、なにをやっているの？　貴方《あなた》！」

急に現れたクリストファーを見て、近衛騎士に拘束されている方のリシェリはおかしいくらい狼狽え、頓狂《とんきょう》な声を出す。

クリストファーはそれには構わず、私を見下ろし優しく微笑んだ。そして、手に持っている水晶の杖《つえ》を私の前に翳《かざ》すと、杖から発した虹色の光がフワァっと私を包む。すると、胸元にふわりとプラチナブロンドの後れ毛が揺れ、真っ青なブルーのドレスが目映く視界に飛び込んできた。

「戻った。リシェリ」

私を支えてくれているルチアーノは、私を安心させてくれるよう頷いて、そう教えてくれる。え？ ルチアーノは、私がリシェリだとわかってたの？

よくよく考えれば、ビッチ行為が露呈したように見えるこの状況下で元のリシェリに戻るのも、なんなら本末転倒なんだけれど。でも、私はやっぱり元の姿に戻れたのが嬉しくて、思わずジノンを見上げると、ジノンは私の瞳を見て、ふっと目を臥《ふ》せて笑った。

エロイーズとジノンに呼ばれた方のリシェリは、くっと喉を鳴らして一瞬怯《ひる》んだように見えたけど、次の瞬間、ここぞとばかりに捲《まく》し立てた。

「見て、ジノン！ リシェリが、また、貴方に隠れて男と不貞を働いていたわよ？ 私はリシェリの悪行を今日こそはと皆の前で暴《あば》いて、貴方がリシェリを罰する機会を与えてあげたの！」

私はいつものエロイーズの言い方だと気づいて、絶句してしまう。ほんとにエロイーズなんじゃ？

「男と不貞を？ 私は女ですが……」

「え？」

私が崩れ落ちないよう脇から支えてくれていたルチアーノはそう言うと、サッと懐《ふところ》から小さな小瓶を取り出して一気に呷《あお》った。すると、みるみるルチアーノの輪郭がぐにゃりと歪《ゆが》んでパッと光り。

「ソ、ソニア……？」

次の瞬間、私を支えてくれている目線が下に下がり、無機質な表情で私の腕を支える、シルバーに輝くシャンパンカラーのドレスを纏ったソニアが現れる。

リシェリの姿をしたエロイーズは、ソニアをわなわなと凝視している。

「な……何をやってるの？　あなた……くっ、解毒剤を飲んだ振り？　男のくせに、女になる薬を飲んだに違いないわ！」

「それはどうかな？　俺はここにいるよ。ルーナもね」

声の方に目を向けると、夜会場は驚きのあまり、騒然となる。

ルチアーノがルーナを守るように、しっかりと肩を抱き締めて、私達の前に現れたからだ。ルーナは、白地にエメラルドグリーンのリボンの付いたドレスではなく、白のレースにルチアーノの色であるワインレッドのウエストリボンが付いたドレスを纏っている。

「ル、ルーナ……？」

茫然と突っ立ったまま訳もわからない私を、ルーナは涙を浮かべて見つめている。

「リシェリ……ごめんなさい」

堪《こら》え切れなくなったように、ミントグリーンの瞳から涙が零れた。でもその瞳は、いつもよりもキラキラと鮮明に輝いている。こっちが本当のルーナ？　じゃあ、あのリシェリに変身しているのは、やっぱりジノンが言うようにエロイーズなの？

「ルーナを遠隔で魔力操作していた証拠は上がってますよ、エロイーズ様」

ジノンに促され、筆頭王宮魔法師レントが手のひらに載せた虹色の魔法石から、壁に映し出した映像は魔法学院だった。

敷地内に併設された寮の中。夜中に、ベッドで眠りながら魘《うな》されて汗を流しているルーナの映像が流れている。ルーナの頭の中へモワモワと煙のように入っていく細い赤色の光線に、夜会場がざわめく。

「エロイーズ、お前は、実家のバークレー男爵家が没落したばかりで不安定だったルーナマリアの感情につけ入って、魔力操作した」

ジノンは映像を上目遣いで見上げながら、淡々と続ける。

「入学初日にルーナの馬に細工して暴走させたのも、お前の仕業《しわざ》だろ？　よくもリシェリを手に掛けようとしてくれたな？」

「な、ち、違うわ！」

まさかの殺人未遂疑惑に、夜会場は騒然となる。嘘でしょ？　あれ、わざとだったの？　今更ながら私の背筋がゾッとなった。

「初日に魔法使いを呼んで、学院と寮に魔法石を仕込ませて監視させていたんだ。お前は媚薬効果のある魔法植物を、ルーナを魔力操作してリシェリの籠《かご》の中に入れさせた。サキュバスを召喚させるために、ルーナの持っていた赤い魔法石を介して、お前が遠隔で魔力を掛けた」

ジノンの言葉と呼応するように、赤い光線が頭に射し込んでいるルーナが、ふらふらと媚薬植物を摘み取って私の籠の中に入れる映像や、魔方陣の敷布の上に私とパトリックが乗る前から、赤い光線がルーナの頭に入り込み、ルーナの手の中にある赤い魔法石の中に、ぐんぐんと魔力が送り込まれている映像が、映し出されていく。

「お前の悪行はすべて、魔法学院中に張り巡らせた魔法石に映像が記録してある」

「な、……これが私だって証拠でもあるの？　ジノン。赤い光線だからって、私がした証明にはならないわよ？」

ワナワナと震えながら、険しい表情になっていくリシェリ。

「庭師の甥が吐いた。二年ぶりに、会いたいか？」

「！」

パッと映像が切り替わり、なんとあの庭師の甥が、涙ながらに告白しているシーンが流れる。涙も鼻水も涎《よだれ》も流れ、汗びっしょりで、息も絶え絶えに言葉を絞り出す姿。

『ある日エロイーズ様から、リシェリ様が私に恋をしていて、私に純潔を捧《ささ》げたがっていると聞いて……誰にも見つからないように庭園の中の小屋に引っ張り込んで、その……少々手荒なやり方で、無理やり奪われるのがお好みだと要望を伝えられて……』

それを聞いて私は戦慄《せんりつ》した。私が庭師の甥に襲われた時、確かエロイーズはまだ十歳だったはずだ。あの時にもう、そんな恐ろしい計画を企てて実行していたですって？

「最初は、いい小遣い稼ぎだと思っていたそうだ。毎日リシェリが飲む魔法薬の瓶に、微量の催淫剤を混ぜるだけで、筆頭公爵令嬢様から直々に金貨が貰《もら》えるなんてな」

リシェリの日記でおかしいと思った通り、マジラムが効かなかったんじゃなくて、媚薬も毎日盛られていたんだわ。やっぱり、リシェリは自分の意思でビッチ行為をしていたわけじゃなかったのね？

「奴《やつ》がだんだん金に目が眩《くら》んで感覚が麻痺《まひ》した頃に、リシェリを誘惑すればもっと金をやると吹き込んだ。奴もまさか、自分もお前に遠隔で魔力操作されて、次第にコントロールされていったとは、気づいていなかった」

「……そんなの知らないわ。こんな男……見たこともないもの。この男がリシェリに嵌《は》められて、私を貶めようとしているのよ」

ブルーのドレスの裾を怒りに震えながら掴んで、認めようとはしないリシェリに、今度はクリストファーが前に出て口を開いた。

「私のことは覚えてますよね？　最初はお手紙で。私が好感触を示すと直接会いに来てくださって、私に取り引きを持ち掛けてきてくださったでしょう?」

「貴方のことなんて、知らないわ!」

紫紺色の切れ長の瞳を細め、びっくりすることを言い出すクリストファーを、癇《かん》に障《さわ》ったのかピシャリと切り捨てるリシェリ。

もう誰も口も挟まず、夜会場の大広間には本当に大勢の人達がいるのに、リシェリとクリストファーの声だけが辺りに響き渡り、皆、まるでお芝居を見ているかのように静まり返って、この行く末を固唾《かたず》を呑んで見守っている。

「クリストファーはセビーニと一緒に、私のところへ相談に来たんですよ、エロイーズ様」

口を挟む形で割り込んだのは筆頭王宮魔法師のレントで、一瞬、人々が沸く。王宮御用達《ごようたし》の権威ある筆頭魔法使いであるレントは、エルランドでも一目置かれている存在のため、彼の言葉は誰も無視することはできない。リシェリもさすがに狼狽えたようだった。

「そうね。と言うか私がクリスの耳を引っ掴んで、レント様のところへ引っ張っていったと言った方が正しいかしら」

私の隣に立っていたセビーニがくすりと笑って片目を瞑ると、クリストファーは肩を竦《すく》めてみせた。

「最初にエロイーズ様からの依頼があった時、次期教皇の座を約束するという交換条件は、私にとっては確かに魅力的でした。でもすぐにセビーニに嗅ぎつけられましてね」

「そうなの。私はクリスの父親から、彼が悪さをしないようお目付け役を任命されているんです」

なるほど。クリストファーとセビーニはイトコ同士で、そういう力関係なのね。確かカリーナから、二人は昔から仲が悪いって噂《うわさ》を聞いていたけど、それなら合点がいく。

「それでレント様に相談に行った際、大変喜ばれましてね。逆に協力して欲しいと頼まれたんです。

ですから、エロイーズ様の話に一旦乗る姿勢を見せて、特別講師として学院に忍び込んだんですよ」

「そう。二人に、エロイーズ様の命令に従っているように見せ掛けて、策略の証拠を残すのと同時に裏で魔力操作し、暴走させないようコントロールして欲しいと私からお願いしたんです」

レントがそう言いながら、魔法学院の研究所の映像を映し出す。

研究所で魔法薬を調合しようとしている私に付いて、セビーニが媚薬植物の配合を微量にするよう減らして、残りを廃棄していたり、同時に側で媚薬の解毒剤も作っている映像が映し出された。

サキュバス召喚時には、クリストファーとセビーニの両方の手のひらから、ルーナマリアの赤い魔法石が魔方陣に入る直前で、白い光で赤い魔法石を包むのが見えた。レント曰《いわ》く、浄化魔法と聖魔法を掛け、悪質なサキュバスが召喚されるのを防いでくれていたらしい。

「もしかして……アクセルやパトリックは、知っててわざと？　一緒に罠《わな》に掛かったの？」

私がポツリと呟くと、アクセルとパトリックは、首を竦めて両手を上げた。

「まあね、一大事だからね」

「報酬は貰うけどね」

緊迫した事態だと思うのに、アクセルとパトリックは呑気に軽口を叩いている。こういうのってよくあることなの？

「私も、リシェリに命の危機があってはいけないからと殿下に依頼されて、護衛のために魔法学院に配属されたんだ」

「そうだったの⁉」

私は目を見開いて、隣でサラリと続けるソニアを凝視する。ソニアはほんの少し瞳を細めるようにして微笑んで見せた。そうなの？　じゃあ、ルチアーノに変身して監禁したのも任務のうちだったたっってことなのね？　あんなリアルに監禁しなくていいのに。

「私が魔力操作されているって、ルチアーノから聞いたの。授業で私の様子が変だったり、瞳の感じが以前と違って少し濁っているって気づいてくれて」

ルーナの言葉にルチアーノは頷き、ルーナの肩を抱く手に力を込める。

「ルーナのことは子どもの頃から知ってるから、すぐに異変に気づいたんだけど、クリスやセビーニが、ルーナが魔力操作されている兆候が出ているのにまったく無視してるから問い詰めたんだ」

「そう、ルーナマリアには治癒師も付けて、エロイーズ様の魔力に冒されすぎないよう遠隔で治療したりもしていたんですけど、ルチアーノには通用しなかったみたいですね。そこで私が間に入って、種明かしした上で、二人にも協力してもらうことにしたんです」

レントが続きを引き取って、申し訳なさそうに眉を下げた。

驚くことばかりだけど、ということは、攻略対象者全員、更にヒロインのルーナまで、あらかじめリシェリのビッチイベントが企てられたことだと知っていて、犯人を捕まえるために協力してくれてたってことなの？

「ルーナに変身させたリシェリ様を、まずルチアーノを唆《そそのか》して監禁させる。暗幕を外した時点でリシェリ様に戻し、不貞を働かせた現場をこの場で貴族の皆に曝して、リシェリ様を殿下の婚約者から引き摺《ず》り落とす。そしてご自分が殿下の婚約者に収まりたかったのでしょうが、女心が災いしましたね、エロイーズ様。殿下とダンスを踊りたかったばかりに、リシェリ様に変身して夜会に現れ、わざわざ証拠を曝す結果になるとは、皮肉なものですね？」

震えながら俯いていたリシェリは、止《とど》めのレントの言葉に却《かえ》って激昂したように表情を変えて、私をキッと睨んで指差した。

「私はエロイーズじゃないわ！　じゃあ言うけど、そこの女がリシェリだって証明できるの？　リシェリになりすましてるのはそっちじゃない？　私を皆の前で陥れるために」

「！」

私は絶句した。でも、私も目の前のリシェリも外見はまったく同じ、口を開かなければ、姿形で何の見分けもつかないのは事実だ。

二人のリシェリが夜会場で対峙《たいじ》した形になって、ざわざわとさざ波のように場が沸いてくる。

周りの貴婦人達は、確かにというふうに、瓜《うり》二つのまったく同じ二人のリシェリを前に、じろじろと見比べて首を捻《ひね》りひそひそと話し込んでいる。どっちが本物かなんてわからない、と言っているようだ。

もう訳がわからなくなってきたけど、でもするどい。確かに、私が本物のリシェリかって言われたらそうなんだけど、そうとも言いきれないかつて凛《りん》だった私がいる。正しくは、どっちも本物ではないというのが正解なのだ。

何も言わず戸惑っている私を見て、顎を上げふんと勝ち誇ったようにエロイーズは捲し立てた。いつもの調子で。

「そうよ、そっちの女が偽物なのよ。本物のリシェリは私よ、ジノン」

ジノンは溜め息を吐き、私の方へ歩いてくる。

「ジノン！　何、やってるの！　私がリシェリよ、そっちじゃないわ！」

呆《あき》れた表情をしているジノン。どうやらジノンが呆れているのは、エロイーズというよりは、何も言わず唖然《あぜん》としたままの私の方らしい。

ジノンは私の目の前に立つと、ぐっと私の腰を引き寄せて、私の唇に口づけた。

「！」

その途端、わあと会場中が喝采に沸き立った。まるで、お芝居の中で一番の見処《みどころ》を見たみたいに。

「ジ、ジノン」

人前で口づけられて、真っ赤になっている私を見下ろし、真っ青な瞳は、私を宝物を見るみたいに見つめる。

「どんな姿してたって、分かるよ。中身が好きなんだから」

その言葉は喝采に掻《か》き消されて、私の耳にだけ、はっきりと届いた。

私の腰に回していた手を離し、私に背を向けると、ジノンはキッと偽物のリシェリを見据える。

「エロイーズ、王太子である俺の妃を貶めることは、俺を貶めるのと同じだ。俺に今すぐ極刑を命じられたいか？」

「！」

夜会場に戦慄が走り、また辺りが水を打ったように静まり返る。エロイーズの顔からは血の気が引き、カタカタと震え始めた。

「殿下！　どうか、それだけはお赦《ゆる》しください。我が娘はまだ十二歳で、このように我儘《わがまま》に育てた責任は私が取ります」

エロイーズの父親である公爵は床に跪《ひざまず》き、ジノンと私の前で、頭を擂り付けるようにして赦しを乞うている。

「公爵、頭を上げて」

ジノンは目配せすると、近衛騎士は公爵を立ち上がらせて、後ろに下がらせた。

「エロイーズ」

最早《もはや》、ジノンの声は地底から這い上がってくるかのように低く冷酷で、後ろ姿だけでもゾッとするくらいの殺気が漂う。私からはジノンの顔は見えないけれど、向こう側にいるエロイーズやギャラリーの顔が、恐怖で固まっている。

「お前には、何度も忠告してきたはずだ。俺を怒らせるな、とな」

「……」

「口を失《な》くしたのか？」

「っは、はいっ……」

「お前の命は、今お前の手元にはない。今すぐ、首を切り落とされたいなら、リシェリの姿のままでいろ」

「っひ……」

顔面蒼白《そうはく》になったエロイーズが、すぐに縺《もつ》れた舌を噛みながらも短く詠唱すると、赤い煙と共に、真紅のカーリーヘアの小さなエロイーズが姿を現した。大人ばかりの大勢の観客に曬され、今やただの十二歳の少女になったエロイーズは、ぶるぶると失禁しそうなくらいに小さな身体を震わせている。

「ジノン」

そこで初めて、ずっと黙って見ていた王がジノンに声を掛けた。

ジノンは目線だけ上げ、高みで座っていた王を見た。目だけで会話をしているようだった。ややあって、ジノンが口を開く。

「俺はエロイーズの悪行を暴き、俺の妃の安全を確保した。ここからの処遇を決めるのは王の範疇《はんちゅう》だ。だけどな、エロイーズ」

「は、はい」

「極刑を免れたとしても国外追放させる。二度とエルランドの地は踏ませない。当然爵位継承権も剥《はく》奪《だつ》する。解ったか？」

「は、はい」

「少しでも自分の命が惜しかったら、今すぐリシェリに跪き、これまでの赦しを乞うんだな」

え？　ジノンの言葉に私は驚く。確かに私は被害者だし、確かに謝っては欲しいけど、本当に極刑なんてあるの？　まだ子どもなのに？

「これまで貶められた俺の幼馴染みの、たっての希望だ、跪け」

重ねて言うジノンに、エロイーズはガクガク軋《きし》む膝を折り、震えながら床に手をつき、私に向かって、頭を垂れた。

「こ、このたびは……っ」

途中で喉が詰まり、殆《ほとん》ど泣き声になって、エロイーズは続けた。

「も、……申し訳、っひっく、……あ、ありませんでした……せ、切に……お詫《わ》び、……も、申し……上げ、ます……」

その時。

なんだか無性に泣きたくなって、涙が込み上げた。

（リシェリ……）

私は、雲の上で出会ったリシェリを思った。

そして、かつてこの世界で、リシェリとして生きていた、リシェリのことを。

エロイーズが近衛騎士に捕らえられて、心配する父親と一緒に夜会場を去っていった後。

何事もなかったかのように、音楽隊が弦楽器を優雅に奏で、それをバックにお酒を楽しみ軽食をとり、談笑やダンスに興じる紳士淑女達を尻目に、私は信じられない思いで目を見張っている。

「こんなものだよ。エリーの傍若無人ぶりは貴族の間では有名だったし、単独犯だからね。困った令嬢が筆頭公爵令嬢なんて、皆辟易《へきえき》してただろうから、心の中じゃホッとしてる人が大半なんじゃない？」

「僕もそう思う。エリーなんて大嫌いだからさ、姉さまがそんなひどい目に遭ってたなんて、許せないね。エルランドからいなくなってくれるなんて嬉しいよ」

アクセルとジュリアンは、うんうんと頷きながらドライな感想を述べていて。

「ジュリアン、怖いこと言うのね」

「ジノンはああ言ってたけど、きっと極刑にはならないからね。まだ子どもだから国外追放だよ、きっと」

「まぁそうだね。間違ってもリベンジできないような辺境の地にある弱小国に、平民として流されるとかだね。筆頭公爵が持参金を持たせれば、低爵位の妻ならなれるかもしれないけど」

そう言って、パトリックが私達の会話に入ってきた。

アクセルはニヤニヤと笑いながら、パトリックの肩を抱く。

「何だよ？」

アクセルに肩を抱かれ、軽く睨む振りをしたパトリックは、つられて笑い吹き出した。

「パトリック、お前ルーナのこと気に入ってたんじゃないの？　残念だねえ？　婚約者だったエロイーズとの婚約も破棄されて、晴れてフリーになったっていうのにさ、一足遅かったみたいだね？」

「別に～。ちょっと、いやかなり、可愛いとは思ってたけどさ」

軽口を叩き合うアクセルとパトリックの視線の先には、大広間で寄り添い合い見つめ合って幸せそうにダンスをしているルーナマリアとルチアーノ。

「なんだぁ。結局、好きな人なんていないないなんて言ってたけど、ルーナはルチアーノルートだったのね」

没落した男爵家を建て直すため、悲しみの中、色々頑張っていたルーナの異変にすぐに気づいて、それからはいつも側で守ってくれたルチアーノ……それはもう恋に落ちちゃうよね。

やっぱりヒロインであるルーナはモテモテで、紆余曲折《うよきょくせつ》あったけど、ちゃんと恋に落ちてハッピーエンドできたのね。よかったよかった。

「晴れて自由の身になったところで、いいじゃん、これから俺と楽しく恋人探ししようよ？　今回、ジノンとリシェリに協力した褒美を旅行にしたってていいしさ。なぁ、ナビミアにでも、お嫁さん候補見つけに行く？」

「それいいいな。当分、帰ってきたくなくなるかも」

アクセルとパトリックは肩を抱き合って、可笑しそうにくつくつと笑い出す。こっちも楽しそうだし、まぁいいか。

「リシェリ」

ジノンが手招きする方へ向かうと、ジノンの後ろから、ひょこんとアビーちゃんが顔を出した。

可愛いふわふわの赤いドレスを纏っている。その側には、ふわふわとミュゲちゃんが飛んでいて。

「え？　アビーちゃんも来てたの？」

「う、うん……えーと」

「アビー、どうしたの？」

遠くからでもアビーがわかったのだろう、ジュリアンが飛んできてアビーの手を取る。ところが、アビーはもじもじと赤くなって俯いてしまった。

「今から、アビーに褒美を取らせるんだ」

ジノンの言葉に、嬉しそうにアビーは微笑んでいる。

「褒美？」

「そうだ。今回、そもそものお手柄は、アビーなんだ。アビーの鼻のおかげで、エロイーズが犯人だって解ったから」

「ええ？？」

私はびっくりしてジュリアンを見ると、ジュリアンは私を見て、ふるふると頭を横に振った。ジュリアンも知らなかったらしい。

「一年くらい前に、いつものティータイムでアビーが言ったんだ。最近、叔父のレジナルドが来ないけど、どうしたのかしら？　ってな」

「はい。レジーが来る時、最近いつもエロイーズ様の香りがするのは何故なんだろう、おかしいってずっと思っていたの。だから、レジーが来なくなったのは、それと何か関係があるのかしらって何気なくジュリアンに話していたのを殿下が聞いていて、びっくりされて。まさか、おねえさんに危害を加えたとは知らなかったから」

「すぐにレジナルドを調べさせたんだ。それまでは、お前が庭師の甥を誘惑したせいで、あんなことになったとばかり思ってたから。まさかエロイーズが絡んでいるとは思わない。アビーが植物の香りに敏感で、エロイーズの香料の香りを覚えていたから、わかったんだ」

「！　そ、そうだったの……すごいわね、アビーちゃん」

ジノンとアビーの間に、一年前からそんなやりとりがあったとは。私は驚く。

「……そう言えば、私からジノンの香りがするって、アビーちゃん、言ってたわね？」

「うん、その人の付けてる香料と魔力の香りも、どうやら嗅ぎ分けができているって、レント様が教えてくれて。だから私、殿下に言われて魔法学院や修道院に、ミュゲの姿でエロイーズ様の香りを確かめに行ってたの」

「あ！　あれ、ミュゲじゃなくてアビーちゃんだったの？」

驚く私に、えへへと照れくさそうに笑うアビー。道理で、あちこちフラフラと飛び回っていたわけだ、納得。

「さあ、アビー。褒美の時間だ。ここに立って」

ジノンは優しく微笑んで、赤い絨毯《じゅうたん》の上にアビーを立たせる。皆、ジノンとアビーに注目した。

レッドカーペットみたい。

「アビゲイル・フィッシャー。未来の王妃のために貢献した功績に感謝し、お前に褒賞として子爵位を持たせる。そして……」

ジノンの言葉に、ワクワクと身を乗り出して、若草色の瞳を輝かせるアビー。

「お前に、王宮専門の宮廷庭師になることを命じる」

「！　ありがとうございます！　殿下」

満開の花みたいな笑顔になるアビーは、私に飛びついてくる。なるほど、こっちの言葉の方を待っていたのね。

「おねえさん！　やったわ、夢が叶《かな》ったわ！」

「良かったわね、アビーちゃん。本当にありがとう」

抱き合う私とアビーに、ジュリアンもジノンと顔をにやりと見合わせている。

将来ジュリアンがアビーちゃんを娶《めと》るレールが、着々と敷かれていってるわよ、アビーちゃん。

馬車でのジュリアンの爆弾発言を思い出し、まだいたいけな少女であるアビーちゃんへの心配を余《よ》所《そ》に、ジノンは続けて私に向き直った。

「じゃあ、アビーを宮廷庭師に任命したところで」

そこでジノンは一旦言葉を切って、にやりと笑った。

ん？

「婚姻も早めないとな。俺達のための宮廷庭師になりたいんだから、アビーは」

「え？」

「俺達の婚儀だよ、来月早々に行う」

「……はい？」

十

『殿下、男の子です！　おめでとうございます』

『ああ、ありがとう』

『よかったですわ、あなたに男の子を生んでさしあげられて』

『私はもちろん、姫だったとしても同じように嬉《うれ》しいよ。愛する貴女《あなた》との子だ』

「はっよく言うよ、内心では男で良かったと思ってるに決まってる」

暗闇の中。私と並んで腰掛けて階下の舞台を一緒に観覧している、まだ幼いジノンがボソッと鼻白んだ。

『私の一生の救いは、貴女に出会えたことだ。この誕生したばかりの赤子のように純粋で、愛らしくて安らぎに満ちた貴女に心から愛してもらえるなんて。こんなにも愛している貴女の夫でいられるなんて、私は世界一の幸せ者だよ』

「ふん、大げさな」

『私の愛。愛する貴女と愛し合い、一緒に一生を生きることができるなんて、私は心から幸せだ』

「……まだ続くのか、湿っぽい男だな」

「ジノン。うるさいわよ、あんたこそさっきから。私は面白いわ、少し黙ってて」

私は早口で囁《ささや》き、ジノンを制止させる。

『もし貴女に出会わなかったら、私の人生はどんなに虚《むな》しいものだっただろう』

『この長く一生続いていく私の国への献身的な務めを、貴女との愛なしでこなさなければならないのならば、私はとても正気ではいられない』

「……」

『まあ。あなた、こっちへ来て』

舞台上のベッドで、王である夫の独白を聞いていた妻は、愛らしく微笑《ほほえ》み手を差しのべる。

『私は一生、あなたを愛して大切にいたしますわ。私の可愛い人、心から愛していますわ。この国の父という重要な責務を担ったあなたの心を私がいつでも、話を聞いて甘えさせて、毎日、癒《いや》してさしあげますわ』

「……ちょっと。泣いてるの？」

「なんで俺が泣くんだ。あの女優は上手《うま》い役者だな、後で褒美をやろう」

「ジノン、本当は羨ましいんでしょ？」

「ふざけるな、リシェリ。王の重責をまるで特別なことのようにのたまって、女の情けを乞う王など情けないと思っただけだ」

「ほんと天《あま》の邪鬼《じゃく》なんだから」

走馬灯が目の前を流れていく時、幼い頃にジノンと観た観劇でのシーンが、ふっと一瞬にして脳裏を過《よぎ》った。

真っ青な瞳《ひとみ》を感動で潤ませて、そして多分、幼いながらも予見している自分にはやってこないだろう愛の幸福を、お芝居ながらも見せつけられて、強い嫉妬を感じていたのだろう。

幼いジノンは自分に課された王という運命を受け入れ諦めている。でも、私は反対に、恋への憧れを募らせた。自分の人生を諦めたくなんてなかったから。

でも。

私は、どうやら、死んだらしい。

目が覚めて。気がついたら、私は雲の上にいた。

私はさっきから、なかなか終わらない今しがた終えたばかりの自分の人生の走馬灯を、やっと見終わったばかりで、激情に襲われ激昂していた。

「なんてことなの?!　こういうことだったのね！　あんの、くそガキ！　まんまとやられてたんじゃないの！　呪い◯してやろうかしら?!」

雲の上で地団駄《じだんだ》を踏む。

私に媚薬を盛り、レジナルドを買収して魔力で操作までしてたなんて。私の恋心を弄《もてあそ》んでくれたエロイーズに、殺意しかない。

全然、気づかなかった、マジラムに媚薬を混ぜられていたなんて。あんなに悩んでいたのがバカらしいわ。

「くっそう、もっと早くわかっていたら！　あの女を引き摺《ず》り落としてやれたのに！」

「戻りたいですか？」

いつの間にか私の側にいて、さらりと尋ねてくる死神に私は驚く。

「なんですって？　今なんて言ったの？　私は死んで、天国からの迎えが来るまで、そこでちょっと走馬灯でも見といてねーって死神に言われて、これを見てたのよ？」

そう言うと、白く眩《まぶ》しく発光している死神は、肩を竦《すく》めて眉を下げた。

「私は死神じゃなくて、走馬灯を見せたのも死神じゃありません、リシェリ。私達は神の使いなんですよ？」

どっちでも、私にとっては変わらないんだけど。

「私、元の世界に戻れるの？」

「そうですね。少し特殊な亡くなり方なので、優遇します」

「優遇？」

「そうです。心臓が止まって亡くなった方々には、最近、新しい転生が認められるようになりましてね？　見たところ、貴女はちょっとした陰謀に巻き込まれるところだったみたいですし、リベンジしに戻りたいなら許可しますよ？」

どんな制度だ。あの世のフリーダムさに呆《あき》れる。

でも、私がこのまま死ねば、あのくそガキを喜ばせるだけだ。

当然どんな手を使ってでも、エロイーズはジノンの婚約者に収まろうとするだろう。筆頭公爵令嬢として調子に乗らせたままなのも癪《しゃく》だ。

物心つく前に決められた婚約者の私の時とは違うから、ジノンも次の婚約相手は、自分の好きに決めるとは思うけど……エロイーズが蹴落としに掛かるのは変わらないでしょうね。

「どうしました？」

死神は、黙り込んであれこれ悩み出す私を、覗《のぞ》き込む。

「んー。ちなみに聞くけど。どれくらい、私は自由に選択できるの？　このまま私が元の世界に戻る以外は、何があるの？」

「そうですね。貴女の魂は割と成熟してますし、結構選択の幅はありますよ？　このまま天国の住人として天使になるのも良いですし、しばらく天国で休養を取っても良い。別の世界でもう一度、一から人生を始めるのも良いですし、貴女と同じように心臓が止まって亡くなった方と、途中から人生を交換して生まれ変わっても良いです」

「ふーん。別の世界って、自由恋愛できる世界もあるの？」

「もちろん。自由恋愛して、職業も自由に選べる世界もありますよ」

「へぇ」

「魅力的ですか？」

「ええ。……結局、生まれ変わっても、公爵令嬢として品位を保って管理された中で生きていかなくちゃならないもの。……それに、あの女に一泡吹かせるためだけに元に戻るなんて、よく考えたらムカつくわ。あんな女に、もう一秒だって自分の時間を割《さ》いてたまるもんですか。でも、このまま私が元に戻らなかったら、私へのこれまでの悪巧みは永久に葬り去られるわね」

色々思いを巡らせると悶々《もんもん》となってしまい、溜《た》め息を吐いた時だった。

「ねぇねぇ？　もしかして、悪役公爵令嬢のリシェリ？」

「ほんとだわ！　やだ、私、『マジックアイズ』の大ファンなのよ。握手して！」

「はあ？　何、それ」

急にキャピキャピした二、三人の女の子達に取り囲まれ、勝手に繋《つな》がれた手をぶんぶんと振り回され、私は面食らってしまう。

「これよ」

そう言うと、一人の女の子が手のひらを宙に翳《かざ》してクルっと回転させた。すると驚くべき映像がファンシーな音声と共に映し出される。なんと私やジノンがイラストになって寸劇のようなお芝居を演じているのだ。しかも、ピコピコと軽快な効果音と共に、話の筋書きが選択できるようになっている自由さ。名場面は恥ずかしいくらいこれでもか！　と強調されアルバム化される。

「何、これ？　恥ずかしい……ちょっと待って。なんで私が、こんな破廉恥《はれんち》な役なの？」

「リシェリはどのルートでもこうよ？　ビッチ行為が王太子にバレて、婚約破棄されて修道院行きで終わるの」

なんですって？　エロイーズの陰謀通りじゃないの。

怒りと屈辱のあまり般若《はんにゃ》のような表情になった私に、女の子達はタジタジとなっている。

「ちょっと、死神！　何なのよ、これは！」

「だから私は死神じゃなくて神の使いです、リシェリ。これは、この者達の世界で流行《はや》ってる乙女ゲームですね」

「乙女ゲーム？」

「うーん、恋愛がチェスのように遊戯になったものと言えば近いですかね。このゲームの作者が、リシェリの世界のリシェリを含む周辺の状態をたまたまキャッチして、そのままチャネリングして創ったんでしょう」

勝手に自分の人生が遊びに使われていて開いた口が塞がらない私の前に、女の子達の一人が、わくわくと進み出る。

「ねえねえ。私、リシェリの婚約者のジノン推しなの。良かったら、あなたに転生させてもらえない？　私がリシェリとして生まれ変わって、ジノンを落としてゲームの未来を変えてみせるわ」

「なんですって？　あなたが？」

とんでもないことを言い出されて、私は驚愕《きょうがく》する。

「今、流行ってるんですよ、そういう生まれ変わり方。途中転生って言いましてね。さっきも少し言いましたけど、心臓が止まって亡くなった者同士、互いの人生を交換する形で入れ替わるんです」

「へぇ……」

「ヒロインのルーナマリアならもっと良かったけど、そんな都合良くこんなところで出会えないものね」

そう言ってやる気に満ち溢《あふ》れたその女の子は、スラリと背格好も魅力的で容姿も整っている。

「ルーナマリア？」

「そう、その子が、このゲームのヒロインなの。清楚《せいそ》で可憐《かれん》な男爵令嬢でモテモテ、ジノンも完落ちなのよ」

目の前のゲームといわれる映像が流れていく。ルーナマリアと呼ばれた女の子は、亜麻色の髪とミントグリーンの爽やかな瞳、控え目で女の子らしく、笑顔も優しく、人当たりも良い。ジノンと絡んでいく度に、コロッコロッとジノンの恋心が浴槽にお湯を溜めるように、高まっていく。

「ふーん」

「ねえ？　どう？　リシェリ、互いの人生を交換しない？　私は両親共に商社勤めのエリートよ？　雑誌の読者モデルもやってるからモテモテだし男性にも生活にも困らないわ」

「うーん……でも、あなたじゃ、そもそもムリだわ」

「ええー？」

「だってあなた、ジノンのタイプじゃないもの。私に転生したところで、予定通り速攻でジノンに婚約破棄されて、終わっちゃうわよ？」

「ええ……」

ショックを隠し切れないで退散していく女の子に構わず、私は目の前の映像のルーナマリアのことも、しばらくじっと凝視する。

途中転生ね、そういう方法もあるのか……。このまま私が元に戻らなければ、この女の子が後釜になってジノンと結ばれる……？

「この子……本当にヒロイン？　別にこの子を、ジノンが特に好きになるとも思えないけど」

ルーナマリアか……魔法学院に入学する頃までに、ジノンの本来の好みが変わるとも思えないけど。こんなふうにあの手この手で努力して、ジノンに振り向いてもらえるよう頑張るのかしら？

「どうしました？　リシェリ。どうします？　元の世界に戻りますか？」

「そうね……私と誰かの人生を交換したって意味ないわ。私とジノンはまさに今、婚約破棄する直前だったもの。その流れを変えるなんて、私と入れ替わった瞬間に速攻でジノンを恋に落とすような女でもない限りムリだわ」

私は溜め息を吐いた。何気なく辺りを見回して、ある一点で目線がぴたりと止まる。

少し離れたもくもく浮かぶ雲の上で、お互いの走馬灯を見せ合っている人達。

「……あれは？」

「あなたと近いタイミングで、心臓が止まって亡くなった方達です。リシェリと同じように、次の身の振り方を思案しているんですよ」

「ふーん」

私と死神が少しその雲に近づくと、話し声がはっきり聞こえてくる。

「ねぇねぇ僕ね。ほら見て、あんな痛そうな注射も手術も受けたんだよ？」

「ほんとね、頑張ったのね。えらいわねぇ」

小さな男の子をその女性は膝《ひざ》に乗せ抱っこして、一緒に走馬灯を見ているらしかった。

「僕ね、お父さんとお母さんが泣かないように、いつも笑顔でいたんだよ？」

「そうなの。よく頑張ったわね。辛《つら》かったわね？　よしよし」

「ねー私もね。見て、ドーンて車がぶつかってきて、痛かったの。怖かったの」

「そうなのね、びっくりして怖かったわね。もう大丈夫、頑張ったわね」

「ねえ？　見て……」

一人の女性に小さな子ども達が次々と背中に乗っかったり、抱き締めてもらったり、頭を撫《な》でてもらいに群がっている。細身の小柄な身体で、子ども達をぎゅうぎゅう抱き締めて笑う笑顔。小さな子どもと目線を合わせて、うんうんと頷《うなず》いて話を聞くあどけない表情と仕草に、私は釘付《くぎづ》けになる。

「……あの子は？」

私が見ている方向を一緒に見ていた死神は、子ども達を眩しそうに見つめながら答える。

「保育士を目指してた女性でしたかね。元々子ども好きなんですね。あんなふうに自然と子ども達が懐《なつ》いていくところを見ると」

「ふうん」

「どうしました？」

私は、しばらく無言でその女性をじっと見ていた。同時に私の頭の中で、ピシャンピシャンピシャンと計算されていた算盤《そろばん》が弾《はじ》き終わった。うん。丸く収まるんじゃない？

私は満足感でいっぱいになって、死神に向き直った。

「決めた。私、あの子にするわ」

「え？」

目を丸くする死神に構わず、私はすいすいと雲の上を飛んで、子ども達を擦り抜けるようにして、その女性の目の前に立つ。

「坊や達、ちょっとこのお姉さんを、貸してくれる？　ねぇちょっとあなた。私も見せたいものがあるの」

顔を上げて私を見つめる、ふわりと肩上で緩く波打つ髪、茶色の瞳。あどけない表情。薄い胸に細い手足。うーん。まぁまぁね。

「何？」

私が外見を品定めしているとは夢にも思ってないであろう、あどけない表情で隣に座るよう指し示すその女性は、私よりは少し年上くらい。まだ若いわね、ふむふむ。

私達は雲の上で並んで座り、互いに自己紹介し合う。

「ほら、この男の子を見て」

そう言って、私は魔法でジノンを映し出す。あ、私まだ魔法が使えるのね。

『王妃陛下、すみませんが……』

『いいのよ、すぐ行くわ。後はお願いね』

私は、ありし日の小さなジノンと王妃の映像を出した。もちろん、子ども好きというこの女性のハートを射止めるためだ。

精霊のように儚《はかな》げで線の細い美しい王妃が、ジノンの乳母に向かって微笑む。王妃の前で唇を軽く噛《か》んでいるジノン。小さな背中を優しく撫でられ、泣かないように緊張しているのだ。

その王妃の背中にぴっとりと弟のアクセルが張り付いて、涙を浮かべている。どうよ、この対比。いじらしいでしょう？　私はそっと隣でジノンを見つめている、りんの表情を盗み見る。

真っ青な瞳とキラキラの金髪のジノンを見て、零《こぼ》れるような笑顔を見せている。ほら、ジノンは可愛いでしょう？　将来はもっと男らしく素敵になるのよ？

『ははうえ、行かないで。どうして、ずっと側にいられないのですか？　もっと一緒にいたいのです』

『ごめんね、アクセル、また明日の朝、一緒に朝食をとりましょう。ジノンも、ごめんなさいね』

困ったように眉を下げる王妃から、ジノンは無表情で面倒くさそうに、黙ってアクセルを引き離す。

わぁんと泣き出すアクセル。

『うるさい、泣きやまないと氷魔法で凍らせるぞ？　母上、いいからもう行って、後は俺に任せて』

『ありがとう、ジノン。お願いね』

パタンと閉めた扉を見つめる、ジノンの真っ青な瞳に、ぷくっと涙が浮かぶ。

私はずっと側でりんの様子を見ていたが、どうやら目論見《もくろみ》通り上手くいっている。

きっと自分も寂しいのに痩せ我慢をしたんだと、小さな可愛いジノンの思考を読み取って、きゅう

んと胸が締めつけられたというように、りんはぎゅっと胸を押さえた。ほんとに子どもに弱いのね。

「ね、どう？　可愛いでしょう？　この男の子」

「うん、すっごい可愛い。いじらしい。ぎゅーってしたくなっちゃう」

「よかった。どうか、ぎゅーってしてあげて？　好きなだけ」

「え？」

「この男の子はね。一国の王子で、小さい頃からずっと国王になるべく教育されているの。だからこうやって母親にも甘えずに、いつもこうやって頑張っているのよ。いじらしいでしょう？」

「そうなの？　可哀想に」

「それだけじゃないの。この子は本当はね、可愛い愛する女の子をお嫁さんにしたいって夢があるのに、今から諦めてるのよ。こんな小さな可愛い男の子が、こんな小さな時から自分の重責のために、自分の夢を押し殺しているの。可哀想だと思わない？」

「えー、そんなの可哀想」

「ね、可哀想でしょ？」

「うん」

「幸せにしてあげたいって思わない？」

「うん、思う」

「あなた、この子を愛せそう？」

「うん？　とっても可愛いもん。こんな可愛い頑張りやさんなら、誰からも愛されると思うわよ？」

「でもね。この子は誰でもじゃ、ダメなのよ」

「え？」

「もしも、あなたじゃなきゃダメなら、あなたどうする？」

「ええ？　どうって？　そんなこと、急に言われても」

戸惑いながらも、小さなジノンが涙を人知れず拭っているところを見て、りんは眉を下げ心配そうに身を乗り出した。

「ね？　あなたじゃなきゃダメなら、愛してくれる？」

うーん、と唸《うな》って。ややあってりんは口を開いた。

「もちろん、愛してあげるわ。とっても可愛らしい男の子だもの。私だったら、愛して大切にして誰よりも幸せにしてあげるわ」

私は満面の笑みを浮かべ、傍《かたわ》らで様子を見守っていた死神に目配せする。

「決まったわ！」

「彼女と転生することにしたんですね？　いいんですか？　元の世界に戻らなくて」

「大丈夫よ、私みたいなのがもう一人いるから」

「？」

死神と一緒にあどけない表情で首を傾《かし》げる、りんはふわりと可愛く微笑んでいる。

「思わぬプレゼントをあげられるわ。これが本当の天からの贈り物ね」

これまで一緒に、苦楽を共にしてきた幼馴染み。

私は一抜けして好きに生きさせてもらうけど、その代わりプレゼントを残していくわね。

あの天の邪鬼に、お望みのものを贈ってあげるわ。

(私に感謝するのね、ジノン)

私は艶然《えんぜん》と、雲の上で微笑んだのだった。

「あー気持ちいい。やっぱり空の上は最高だね？　アビー」

「ほんとね、ジュリアン。ガスパル、お腹《なか》空いてない？　おねえさん、おねえさんが作ってくれた洋梨のタルト、ガスパルにもあげていい？」

「もちろん、いいわよ」

アビーは強い風で翻《ひるがえ》る亜麻色の髪を押さえ、私達を背に乗せて飛ぶドラゴンのガスパルに、タルトを差し出す。くるりと振り向いて空色の水晶のような瞳《ひとみ》を細め、長い舌でタルトを取ってペロリと飲み込み、クルルとご機嫌な鳴き声を上げるドラゴン。するとそれに呼応するように、青空に丸く七色の虹が架かった。

リシェリと出会った時を、ふと思い出す。

雲の上。それだけなら以前と同じではあるんだけど、私の目の前に広がるのは、もう二年前とはまったく違う景色だ。

ふわふわの綿菓子みたいな真っ白な雲と、ジノンの瞳のように真っ青な青空。大好きなジノンと、花と笑顔と祝福と、胸に抱えきれないほどの幸せ。

「見て見て、ジノン。ここから見ると、ピンクの雪が降ってるみたい」

「ん〜」

「ほんとね、おねえさん。おねえさんの瞳の色だわ、可愛《かわい》い〜」

にこにこと顔を見合わせて笑い合う、私とアビーちゃん。ジノンはドラゴンの背に仰《あお》向《む》けになって寝転んで、気持ちよさそうに上空を見上げている。その隣でジュリアンは、足をぶらぶらさせて地上を上から見下ろして。のどかでお散歩日和《びより》のこんな日は、空を飛んでエルランドの王都を上空から眺める。

いつもと違うのは、もう結婚式を数日後に控えていること。王都は今や、咲き乱れるほどのお祭りムードだ。ジノンと私の結婚を祝って、町中がイベントや飲食のお店を出店したり、パレードして沸き立っている。

私の瞳の色がピンク色に変化しているということで、王都中、薄いピンクの薔薇《ばら》でいっぱい。各庭園や小路はもちろん、国中の家屋の軒先や中庭にもピンクの薔薇が飾り付けられ、上空から見ると、もこもこピンクで溢《あふ》れ返っているように見える。すっごく可愛い。

王の戴冠式など、例えば王や王太子のジノンの色である青ならともかく、ここまで妃《きさき》のカラーを飾られるのはあまりないみたい。

起き上がって私の背中を抱き締めながら、地上を見下ろすジノン。心地好い風に靡《なび》くジノンの金髪に目映《まばゆ》い太陽の光がキラキラ反射して、すごく綺麗《きれい》。

「お前が二年前から修道院に定期的に通っていたおかげで、王都の子ども達や保護者達からの支持が厚いんだと」

「王太子妃になったらジノンより人気出るんじゃない？　姉さま」

「ふふ。殿下の魔力でおねえさんの瞳がピンクになったでしょ？　だからラブラブでいいね、のピンクなんだって」

「ぴう～ぴゆぴゆ」

ジノンに後ろから抱き締められている私の目線まで、ミュゲちゃんがパタパタと浮かんできた。ゴロゴロと機嫌良く喉を鳴らし、それは瞳の色がお揃《そろ》いで嬉《うれ》しい！　と言っているよう。

私の瞳は今や薄いピンク色がデフォルトになっていて、キラキラとピンクトパーズみたいに輝いている。それは私がジノンに染められているようで、ジノンのものだって言われているようで、私は鏡を見る度幸せで微笑《ほほえ》んでしまう。

私の背中を温かく包むジノンの体温が嬉しくて、幸福感がいっぱいに込み上げて肩越しにジノンを見上げると。真っ青な瞳と目が合い、ふっと微笑むジノンの、私を抱き締める腕に力が込められた。

＊＊＊＊＊＊＊＊＊＊＊＊＊

（あー……こんな幸せがくるなんて）

最近頬《ほお》が緩んで仕方ない私を、ジュリアンとアビーちゃん、お父様とお母様、ミラやワンダにまで目撃されニヤニヤされてしまっている。

アビーちゃんに至っては、ジノンと私の新居になる宮殿や結婚式のお花の準備が、ようやく先日完了したと報告してくれた。

ミラとワンダが私の侍女として入宮してくれるだけでなく、私とジノン付きの宮廷庭師として一緒に暮らすことになったアビーも、これから始まる王宮での新しい生活にわくわくとしてくれている。

「レディ……大変、言いにくいのですが……」

婚礼を控え、いつもより腕によりをかけて私の肌や髪をピカピカに磨きをかけてくれているミラが、堪《たま》り兼ねたように口火を切った時、私は何を言われるのかわかって、恥ずかしくて居《い》た堪れなくて遮った。

「ミラ、言わないで。わかってるから。その、ダメなの……やめてって言っても聞いてくれなくて……」

言うのも恥ずかしくて、私の顔は真っ赤になってだんだん小声になっていく。

私の身体《からだ》は全身……首やうなじ、肩や背中、胸元やお腹はもちろん、言うのも恥ずかしい箇所まで、ジノンが付けた鬱血《うっけつ》跡が花吹雪のように散っている。それは日々重ね付けされどんどん増えていくので、毎日の肌のお手入れの度、ミラと私の間で微妙な沈黙が続いていたのだ。

『可愛い……』

低く囁《ささや》いて何度も何度も私の肌をじゅくりと強く吸うジノンの声が甦《よみがえ》り、きゅうと心臓が引き絞られ悶《もだ》える私に、ミラは首を振りながら苦笑した。

「私も、きっとそうだろうなとは思っておりましたが……殿下がお付けになったものを他の者が消すわけにはいきませんので……肩も背中も開いているウェディングドレスですし、まさか、式当日まではさすがに控えて頂けるか、魔法で跡を消して頂けると信じてはおりますが……」

ミラの言いたいことはよくわかる。結婚前でのぼせた様子が危なっかしくて、釘《くぎ》を刺しておかないと気が気ではないのだろう。

「特に、首筋がこれでは困りますわ。ティアラを目立たせるために、髪は結《ゆ》い上げますから」

ミラの首筋という言葉で、特に重ね付けされているその箇所を思い出す。なんなら噛《か》み跡が付いていてもおかしくないところ。

『ここ……好きなの？　……いつもここ舐《な》めると……俺の強く締めつけてくる……気持ちいい……？』

「きゃあ！」

閨《ねや》でのセクシーなジノンが思考に割って入ってきて再び悶える私は、何を言ってもムダだ、とミラに呆《あき》れられてしまうのだった。

＊＊＊＊＊＊＊＊＊＊＊＊＊＊＊

「リシェリ」

お父様であるモルガン公爵とお母様、ジュリアンと一緒に水入らずで朝食や夕食をとることも、そろそろなくなるのだなぁとしんみりしてしまう食卓。

「婚礼の後、王太子妃として入宮してからも魔法学院に通うことにしたんだね？　殿下もお許しになったとか」

「そうなの。ジノンもパトリックも本当は公務が忙しかったみたいだから、通うのは私一人だけど。せっかく友達もできたし、できれば魔法を使いこなせるようになりたくて」

「そうね。殿下の魔力を頂いているのだから、相応の魔法を使えるようになるのは良いことだわ。リシェリは何の魔法を使えるようになりたいの？」

「セビーニ教授にも色々相談に乗ってもらったんだけど、一通りの生活魔法と、あとは治癒魔法を使えるようになれたらいいなぁって」

「姉さまらしいね。将来、子どもの髪を乾かしたり世話焼いてる姿が目に浮かぶよ」

ジュリアンに魂胆が見破られていて、私は苦笑いする。

そうなのだ。お風呂上がりに魔法で髪を乾かしてあげるのって素敵、と思ったのと。ジノンは治癒魔法を使わないから、何かあった時に私が治癒魔法が使えると便利だと思ったのだった。

「本当に殿下には感謝しかないわ。可愛い娘をこんなにも大事に愛してくださるなんて……」

「本当に。お前が二年前に倒れてからというもの、いつも献身的に側で見守ってくださって……今回のエロイーズ様の件からもお前を守ってくださった。安心してお前を送り出せる。私達は本当に幸せだ」

感激しているお父様とお母様の言葉に、私も頷《うなず》きながら微笑んだ。

本当にそうだ。思えば、私がリシェリとして異世界に生まれ変わってから、ジノンはいつも私の側にいてくれた。妃《きさき》教育の遅れを少しでも取り戻すべく、ダンスも外国語も歴史やマナーも協力してくれていたのだと思っていたけど。今思えば、私が寂しい思いをしないように、側にいてくれたようにも思える。

何より、『マジックアイズ』はルーナマリアがヒロインで、私はどうあってもジノンから婚約破棄される運命だったはずなのに、ジノンの口からは一度も婚約破棄なんて言葉は出たことはなかった。それどころか私がエロイーズに狙《ねら》われていると気づいて、エロイーズを摘発するために動いてくれていた。私が安心してジノンのところへ行けるように。

もしかして、それって……本当は最初からすべて知ってた、みたいじゃない？

最近、それがすごく気になって、一旦気になると落ち着かなくて、そわそわするようになってしまった。

＊＊＊＊＊＊＊＊＊＊＊＊＊＊＊

「ジノン……あのね……？」

結婚式の準備で、ジノンからティアラを私の頭の上に載せてもらう手順をリハーサルしている時に、私は思いきって切り出した。

　もう私は修道院に行くべきだなんて思ってはいないし、ジノンに婚約破棄してもらおうなんて露とも思ってはいないんだけど、キラキラ眩しいくらいのダイヤがちりばめられたティアラを目にしてしまうと、どうしてもこんな正規の冠を頭に戴《いただ》くのは、正確には本物ではない私には畏《おそ》れ多いと思ってしまって。そう思うと、余計に確かめたくなってしまう。

「んー？」

　ティアラに付いている櫛《くし》形の留め金を、首を傾《かし》げて私の髪に滑り込ませてパチンと留める。スマートにできるまでああでもないこうでもないと繰り返すジノンは、私の頭頂に目線をやったまま、聞き返す。

「えっと……その、……ジノンはね？　もしかして……」

「うん？」

「……知ってる……の……？」

　ドキドキしつつ恐る恐る尋ねる私を、ジノンの真っ青な瞳がパッと捉える。

「ん？　何を？」

　きょとんとブルーアイズを見開いて、首を傾げて私を見下ろすジノンに、ひやっとしてしまう。

「えーと、……だから、その……私のこと……」

「お前の？」

　うわー、これは、違ったかもしれない。でも。えい！　と自分を押して、この際もう少し突っ込んでみる。

「そう……もしかして、ジノンは、……私のこと、本当は知ってる……？」

「んー？　何、言ってるんだ？　お前」

あ、違う。やっぱり違ったみたい。

そうよね、知ってるはずない。いくらここが異世界でも、人間が生まれ変わることはないし、それどころかあの世で入れ替わるなんて話、聞いたこともないだろうし、ジノンが知ってるわけがない。

眉間に皺《しわ》を寄せ、顎を上げて訝《いぶか》しむジノンの表情で、私は慌てて取り繕《つくろ》った。

「苺《いちご》のケーキを作って持ってきてるの。練習が終わったら、一緒にお茶にしましょう？」

＊＊＊＊＊＊＊＊＊＊＊＊＊＊

「いよいよ来週ですわね？　王族のご結婚式だなんて初めてですから、私すごく楽しみにしてますの」

ミランダは苺やタンジェリンの果肉が入った冷たいサングリアをコクリと飲み、オレンジ色の瞳を輝かせた。魔法学院の後、モルガン邸でのティータイムにミランダとカリーナ、ルーナマリアが立ち寄って、皆で庭園のティーテーブルを囲んでいる。

「私も。ソニアは学院も辞めちゃったけど、結婚式には出席できるんでしょう？」

ルーナもグラスの中の果肉と氷を、カラカラとスプーンで掻《か》き混ぜながら呟《つぶや》く。

「ええ。でもそっと陰から見守る感じらしいの。魔法学院の生徒になったのも私を護衛するためのフリで、本来は諜報《ちょうほう》組織で重宝されている武人だからあまり顔を知られないよう、普段は表には出ないようにしているみたいなの」

表情にあまり変化がない無機質なソニアは、こころに少し似ていて親近感があったのに。残念で溜《た》め息が止まらない。

「そうなの、寂しいわねぇ」

カリーナも空を見上げ、溜め息を吐いた。

「まぁ。彼女が現れたら、何か事件があったってことだからね？」

「そうそう。会えないうちは、平和ってことだね」

「アクセル！　パトリック！　帰ってきたの？」

女子会みたいな雰囲気に、急にひょこんと顔を出したアクセルとパトリック。二人ともほんのり小麦色に焼けている。

「さっき帰ってきたんだ、ナビミアから。お姫様と王子様の結婚式がなきゃ、来年までいたかったくらいなんだけど」

アクセルとパトリックは、口々に訴える。公務を忘れ立場を忘れ、恋愛の国で自由を謳歌《おうか》してきたらしい。そんな二人を見て、恨めしそうにミランダは唇をツンと尖《とが》らせた。

「ひどいですわ、二人とも。ルーナもルチアーノという恋人ができて、今や私だけが寂しい独り身だというのに、私だけ置いてきぼりでナビミアになんて旅行に行って。せっかくなら私も連れて行って欲しかったですわ」

「いやいや、ミランダ。いくらなんでも、貞淑を良しとするエルランドのレディが、ナビミアに恋人探しに行くなんて言ったら、さすがにミランダの執事に首を絞められるよ」

そう言うパトリックは満面の笑みで笑っている。これは、ナビミアであの性癖を発散させてスッキリさせてきたって顔ね。じと目を細め睨《にら》む私を、パトリックは顔を赤らめつつ頭を小刻みに横に振り、私を制するように睨み返した。

＊＊＊＊＊＊＊＊＊＊＊＊＊＊

「ん……ぁ……やだぁ……だめぇ、ジノン……」

ちゅぷ……ちゅく……ちゅ……

「はぁ……お前が、悪い……」

ウェディングドレスの胸を揉《も》まれ、首筋に吐息と舌を這《は》わせられ、壁際に追い込まれて。真っ青な瞳で至近距離で見つめ愛撫《あいぶ》を繰り返すジノンの指と舌に、すっかり快感に敏感になってしまった私の身体はすぐ反応して熱い蜜《みつ》がとろとろと溢《あふ》れてしまう。

控え室に入ってきたジノンに、ドレス姿を見るなり唇を奪われ。キスがどんどんエスカレートして、今すぐ襲われてしまいそうになっている。

「あん……だめ……だめ……ジノン……ドレスが濡《ぬ》れちゃう……」

「んぅ、……はぁ…………はぁ、……」

すんでのところでジノンはぎゅっと私を抱き締め、息を整えて、思い止《とど》まった。よかった……びっくりした……。

「お時間です」

扉の外からミラの声がした。

ジノンと私の結婚式は、王宮の敷地内の中心にある、王宮で行われる祭典などで使われる外の中央広場を婚礼仕様にしたもの。この日のためにアビーちゃんを中心に魔法で創り上げたというピンクの薔薇が溢れる素晴らしい式典の光景に、私は目を見張った。

すごくいい天気で、外は青空。緩やかな陽射《ひざ》しで辺りはキラキラと輝き、風は紅潮した私の頬を心地良く撫でていく。

さっきまで私を抱き締めていたジノンは、王族の白地に金の正装姿。正真正銘の王子様は凛《りん》と神殿の前で立ち、私を振り返った。

私に腕を差し出すお父様の腕を取り。私は凛だった時の、パパの顔を思い出した。

ジノンが待つ道を、私とお父様が歩いていくバージンロード。両側から参列者に見守られる中で、お母様と目が合う。嬉しそうに微笑みながら涙を溢《こぼ》すお母様を見て、私はママを思った。

ジュリアンを見て、こころや悠くんを。ミランダやルーナ、カリーナを見て、ユキネを。

そして。空を見て、リシェリを。

(なんだか、泣きそう)

ジノンの前に立ち。お父様とジノンが目を見合わせて微笑んでいる。私もお父様と微笑み合い、そしてジノンの前に立つ。向かい合って薄いヴェール越しに、私はジノンを見上げた。

神父様が、この世界での結婚の誓いの詞《ことば》を静かに述べている間、私も雲の上で出会った神様やリシェリに心の中で誓いたくなる。

最初は、唐突にこの異世界で生まれ変わって、リシェリとして生きていくことが不安で堪らなくて、辛《つら》いこともあったけど、でも。ジノンに出会えて、愛してもらえて、大事にしてもらえて。今では本当によかったと心から思える。

だから私がリシェリの代わりに、ジノンを世界で一番幸せにできるよう頑張るわ。

どうか、見守っていてください。

その時だった。

キラキラ……と眩しい光が零れるように降ってきて、見上げると大きな虹が空に丸いサークルのように二重に架かっている。ふわふわと薔薇の花びらが私やジノンの頭や肩に降ってきて、私は何だかリシェリが応援してくれているように感じた。

「……ったく……あいつも、芸が細かいな」

「え？」

眩しそうに空を見上げ笑って何か呟いたジノンの声が聞き取れなくて、私は思わず聞き返す。

「では殿下。ティアラを」

神父様に促され、慌てて私は跪《ひざまず》いた。

ジノンは私のヴェールを上げて、キラキラ煌《きら》めくティアラを、私の頂に載せた。その途端、歓声が沸き起こった。パチンという留め金を留める音なんて、掻《か》き消されてしまう。

「では、誓いのキスを」

ジノンのブルーアイズは宝石みたいに煌めいて、凛とした王太子の表情で私を見下ろす。

ジノンの顔がだんだん私に近づいてきて、キスの距離まで近づいた時、私は自然と目を閉じた。

「…………？」

「ちょっと待て」

「え？」

唇が触れる寸前の、すれすれのところでジノンはぴたりと止めて。私は驚いて目を開く。

「永遠の愛を誓う前に、言っておくことがある」

え？

至近距離で私を見つめている、キラキラ透き通った真っ青な瞳が煌めく。

ひどくセクシーなジノンの表情は、私を見つめて唇すれすれの距離を保っていて。いつもなら甘く愛を囁く時みたいに。

でも何故《なぜ》だかジノンは少し顎を上げて。私のピンクの瞳を見つめ、薄く笑ってこう囁いた。

「全然何も知らないよ、俺は」

「え……？」

「お前が二年前、リシェリと入れ替わって転生したことなんてな？」

「！　……っふぅ……！」

驚きで目を見開く私の唇を、ぐっと強引にジノンの唇が塞ぐ。

するとまた、ジノンが私になんて囁いたか当然聞こえてはいない皆の歓声と拍手が、広場中に鳴り響いた。

「……ん……ふ……ん、ジノンっ……」

真っ赤になってドキドキした心臓が壊れそうなくらい、びっくりしている私の唇に。

ジノンは下唇をつけたまま、真っ青な瞳を愛《いと》しそうに細め甘く囁いた。

ピンクの薔薇と一緒に、虹色の光が零れるようにこの世界に降ってくる。

「愛してるよ、りん。お前は世界一、可愛い」

番外編　～マジックアイズ☆～

昼間は、可愛《かわい》いアーチ状に植わった薄いピンクの薔薇《ばら》が外の庭園で見渡せる、一面ガラス張りででできたサンルームのような寝室に静かな仄青《ほのあお》い月明かりが差し込んで、天蓋のベッドの上で私を見下ろすジノンが快感のままに腰を振る度、煌《きら》めく金髪が性急に揺れる。

「あっ……ぁあんっ……！　あ、あ、っ……！」

「はぁ……気持ちいい……ほら、また吸いついてきた……一緒にイこ……りん……」

ギシギシとベッドが軋《きし》む音と淫らな水音と肌が重なる音が辺りに響く。

真っ青なブルーアイズは快感に悦《よろこ》んで恍惚《こうこつ》としていて、いやらしく前後に出し入れする腰の動きで揺れる私の乳房の先端をくりくりと摘まみ転がし、同時に私の弱い首筋に舌を這《は》わされる。

私の中のうねるようにヒクつく襞《ひだ》がジノンのビクビク脈打つ亀頭の括《くび》れと隙間なく絡みついて、上下に擦《こす》れ合う強烈な快感に身も心も蕩《とろ》けてしまう。

何度も繰り返される絶頂の快楽を存分に堪能しているジノンは凄絶な色気を湛《たた》えていて、尚《なお》も私を甘くいやらしく突き上げながら、込み上げる絶頂感に時折堪《こら》え切れないというように淫らな喘《あえ》ぎ声を漏らす。

「ん……んー……あー気持ちいい……すごくいいよ中……すご……興奮する」

「っいやぁあん……！　あ、あ、……ぁああ……！」

「奥までもっと欲しい……出すよ、お前の奥で」

特に感じてしまう首筋をれろれろと舐《な》めまくられて、腰を激しく揺さぶられ気持ちよすぎて喘ぎ声を抑えられない。

「だ、だめぇ……ジノン……！」

「まだ、だめ？　まだイかせてやるから、もう一度出させて」

「ち、ちがっ……」

そういう意味じゃない。今夜は早く寝ようって約束したのに、さっきから全然終わる気配がない。

「まだお前も欲しいだろ？」

カッと赤くなる顔と身体《からだ》を捩《よじ》るようにしてピンク色の瞳《ひとみ》を潤ませ睨《にら》む私を、ジノンはキラキラの金髪を掻《か》き上げて、セクシーな表情で首を傾《かし》げ私を見下ろした。

「何、恥ずかしがってんの？　結婚して三ヶ月も経《た》つのに」

それはその無駄に綺麗《きれい》な顔面に聞いて欲しい。

私だって、いつまで経ってもジノンに見つめられるだけでドキドキしてしまって一向に慣れることができないのに、結婚して更に以前にも増して強くときめいてしまって、毎日困っているのだ。

ジノンはにやにやといたぶるように私を見下ろす。王太子にあるまじき意地悪な表情も、すごく素敵なのは何故《なぜ》だ。

そう、結婚してから早三ヶ月。私は毎晩のように、ジノンに骨の髄までしゃぶられるみたいに濃厚に抱かれて、殆《ほとん》ど朝方までとろとろに溶かされている。

でも、温かい逞《たくま》しい胸に頬《ほお》を擦り寄せると胸がきゅんとして、大好きな匂いがして。

好きって言いたくなってしまう。

ジノンは私が転生したりんだと最初から知っていて私を好きになってくれて、側《そば》にいてくれて守ってくれて。そんなふうに愛してくれるジノンに対する想いは、もう言葉で言い表せない。

ジノンを見上げるとドキリとするような色気が滲《にじ》む骨張った鎖骨に汗が垂れていて、私は慌てて目せめぎ合う。

　もう日増しに好きが溢《あふ》れて愛情を表現したいのに、セクシーなジノンにドキドキして、ときめきが線を逸《そ》らした。

「ん……」

　ジノンは何か言いたげな私の頬を、手のひらで掬《すく》い上げるようにして口づけてきた。

「昨夜も朝までずっと一緒だったのに、足りなかった？」

　意地悪に低い声でそっと囁《ささや》いてくるジノンは、機嫌良さそうに笑っている。うう、こんな人が旦那様だなんて。

　真っ青な瞳は透き通るように煌めいて、キラキラの金髪の隙間から私を愛《いと》しそうに見下ろすジノンは嫌みなくらい格好良い。

「足りなくない」

「ふうん？」

　繋《つな》がっている結合部を入り口で焦《じ》らすように腰を浅く引いて苛《いじ》めながら、私の言葉にジノンは薄く笑い片方の眉をひゅっと引き上げて、私の頬に指先の甲を滑らせる。恥ずかしい。でも言いたい。

　私はジノンを見上げて手を伸ばし、綺麗なキラキラした金髪にさらりと指先で触れる。

「……すごく幸せなの、ジノンとずっと一緒にいられて」

「……っ」

　ふいを突かれたように、ジノンがぶわっと真っ赤になっていくのを見上げていた私は、思わず目を見張った。嘘《うそ》。

「ジノン……照れたの？」

「……ほんとに、お前はぁっ……！」

「！」

ジノンの指先から青い光が放たれ天蓋から垂れている絹布がパアッと鏡のようになると、ジノンに抱かれている私の姿が映し出された。

ぐちゅぐちゅ……ぱちゅ……ぱちゅん……

「ほら、見てみろ。お前の胸がこんな揺れて食い込んで、ほら、この乳首を可愛がってるのは誰の指だ？」

「っ！　……いやぁ……」

「いやじゃないだろ、ほら、ここ……こんなに濡《ぬ》らして……ここに、誰のがもっと欲しいんだ？」

くちゅ……ぱちゅぱちゅ……

「っ……！　ひぅんっ……！」

「んー……？」

きゅゆうう、と鏡を見て締めつける私を、ジノンに後ろから覗《のぞ》き込まれる。

「お前、もしかして、突かれてるの見ると感じるのか？」

「っ……」

ひゅっと息を吸って狼狽《うろた》えた拍子にまた強くジノンのを締めつけてしまって、それを肯定と捉えたジノンの嘆息に私は恥ずかしくて堪らなくて顔を背けた。もういや。

「俺も好きだよ、……一緒だな。いつもこうやってヤってやろうか？」

そう言ってジノンは私の口内に深く舌を入れ、犯すように舌を舐めしゃぶる。

「ん、……ん……！」

そうされながらも、激しく出し入れされる結合部は、もう何度目かもわからない絶頂を煽《あお》ってくる。中で突き上げるジノンの熱くて硬いものがビクビク強く脈打ち、きっとジノンもイくのだと予感して、私はジノンに釘付《くぎづ》けになった。

「……ぁ……ぁあ……ん、……はぁ、あっ……りん……りん……」

大好きな人が自分でイきそうになっている表情と気持ちよさそうな喘ぎ声ほど興奮するものってない。しかもジノンは鏡魔法でそれはそれはぐちょぐちょに繋がって出し入れを繰り返す結合部をあらゆる角度から見せつけてくる。

「ほら、聞こえる？　お前の音……ぷしゅってまた、出たの……」

「やぁ……！」

「あー可愛い……」

そう言って甘く苛めるようにジノンは私の気持ちいいところばかり、執拗《しつよう》に突いてくる。

「ん……ぁん……あ、あっ……あん……だめ、……だめぇ……っ！」

「はぁ……はぁ……ぁ、……りん、愛してる……愛してるっ……！」

激しく繰り返されるジノンの甘い愛に溺《おぼ》れ絶頂に迫《せ》り上げられた瞬間、ジノンのしなやかな身体に私のお尻が大きな手のひらでぐっと引き寄せられ、首筋を噛《か》まれるように唇で吸われて、灼《や》けるような熱い精液がドクドクと膣奥《ちつおく》に注がれた。

快感の余韻に震える身体を抱き締め合って横たわり、愛しそうに肌を滑るジノンの手のひらの感触と、仄青く差し込む月明かりの中、ふと芳《かぐわ》しい香りがした。

庭園の薔薇のアーチに囲まれている噴水に活けられた、ブルーやパープルなど、色とりどりの蓮《はす》の花。その脇に不思議と自生した魔法植物の香りだった。

そういえば今朝アビーちゃんと一緒に気づいて、何本か部屋の一輪挿《ざ》しに入れて飾ったんだっけ。元の世界にもある勿忘草《わすれなぐさ》という同じ名前の魔法植物、青紫色に発光する八重の花びらから漂うシャボンのような懐かしい匂いで、急に眠気に誘われる。

「……ジノン」

大好き。

うとうと微睡《まどろ》みの淵《ふち》へ落ちそうになっている私の瞼《まぶた》へ、そっと柔らかな口づけが落ちてきて。さらりと額の髪を梳《と》かすように後ろへ撫でてくれる温かな手のひらの感触に、私は微笑んだ。

何故だかよくわからないけど、気づいた時には、目の前に信じられない光景が広がっていた。というか数年前から、こんなのばっかりだ。でも今回はちょっといつもと違う。

「ぎゃあああ！　どうなってんの!?　ちょ、ちょ、来て！　来て！　ゆきねえ！　ゆきねえ！」

目の前に仰《の》け反《ぞ》るこころがいる。茶色の瞳が驚愕《きょうがく》で見開かれボブの髪が乱れて。うわぁなんか大人《おとな》になってる。

「うるさいな、どうし……いえええ?!」

こころの絶叫に飛んできたユキネもいる、ずっと伸ばしてたのにショートに切ったの？　めっちゃ似合ってる。

「ぎへえええ！　推しが！　推しがあ！　ちょ、え？　しかもこっちは、リシェリだよね？　え？　どうなってんの？」

いや、私も聞きたい。茫然《ぼうぜん》と佇《たたず》む私の隣にはジノンもいて。どんな時でも冷静な表情を崩さないジノンはさすが王太子。て言ってる場合か。

どう見ても我が家だった。見たことないソファやお洒落《しゃれ》なファブリックに総入れ替えされてるけど。テレビも大きくなってる。

キョロキョロと懐かしい我が家のリビングを見渡して、私はこころに尋ねた。

「こころ、ピアノは何処《どこ》行ったの？」

「しゃ、喋《しゃべ》った⁉ ピアノってあの、ねえねの練習用のやつなら、ねえねの部屋に移動したよ。大きいテレビと棚を入れたからスペースがなくて……て、なんで知ってるの？」

「ああ、そうなんだ。よかった、捨てたのかと思った。楽譜もあるかな？」

「あると思うよ。じゃなくて。『マジックアイズ』のリシェリとジノンだよね？」

「おいリシェリ、誰？」

ジノンが口を挟んでくると、こころとユキネが雷に打たれたような衝撃を受けた顔になった。

「ちょ、イケボ！ 何、これ。ゲームよりいいじゃん！」

「いや、こころ、それよりこの生の顔面偏差値よ！ ヤバい！ 奇跡！ 神の所業！ いかん、この体のパーツの造形美、ちょっと写真撮らせて！」

すかさずパシャパシャとスマホでカメラを起動して、ジノンを撮りまくる二人。ジノンは眉を顰《ひそ》めている。

「二人とも、待ちなさい。こんな綺麗な男の子だ、どこかの事務所に所属してるかもしれん。勝手に撮ったらダメだぞ」

いつの間にかパパもいて。平然とこころとユキネを窘《たしな》めている。何これ、夢？

「おにいさん、ハーフ？ クォーター？ お国は？ マドリード？ エクアドル？ ユアネイム？」

「ジノン！」

パパのおかしな英語に、ジノンではなく、こころとユキネが異口同音に返事をする。

「ちょ、ちょっと落ち着いて」

ようやく皆がパニックになっていることに気づいて、私は慌ててパパ達を制した。

するとそこに。なんと。

「なんなの、この騒ぎは。あら。来たのね」

「リシェリ！」

ゆったりしたトレーナーの部屋着姿の凛《りん》が姿を現した。高飛車そうにショーパンの腰に手を当てている。間違いなくリシェリだ。

「……リシェリ？」

ジノンが視力検査みたいに薄目になって、しばらく無言でリシェリと対峙《たいじ》した。ややあって、私の方に向き直る。

「これ、お前？」

私は途端に恥ずかしくなった。そうだわ、ジノンに本当の私の姿を見られてしまった。赤くなって俯《うつむ》く私に構わず、リシェリは艶然《えんぜん》と微笑んだ。

「まぁ、どんだけ平和ボケしてるのかしらと思ってたけどジノン、想像以上じゃない」

腰に手を当て、にやりと口角を上げるリシェリに、ジノンは顎を上げ不敵そうな表情でリシェリを見下ろした。いや私の姿だけど。

「お前も相変わらずだな」

「あら？　ジノン。ご挨拶《あいさつ》ね？　私に今度会ったら、きっと私に言いたいことがあるだろうと思っていたけど、違ったかしら？」

「そっちこそ。仇《かたき》は討ってやったけど？」

ジノンと元リシェリの間の空間に、バチッと火花が上がったように見えた。

「？？？」

私だけでなく、こころやユキネ、パパも「？」マークが飛んでいる中。

二人の間で一瞬張り詰めた沈黙が、モヤッと解《ほど》けた。

ジノンはチッと舌打ちをすると。

「〜〜〜……ありがとうっ」

ちっとも感謝なんてしてないような明後日《あさって》の方角を見ながら、ジノンはリシェリに礼を言った。

「どういたしまして？」

ふっと勝ち誇ったかのように艶然と微笑む不敵なリシェリ。二人は微妙に微笑み合いながら、どちらからともなく握手する。やっぱり二人の間ではバチバチと火花が散ってるように見えるのは、気のせい？？

握手しながらも明後日の方を見ているジノンの目の下は、怒っているのか照れているのか不服そうに剥《む》れつつも、少し赤くなっていた。


「リシェリちゃん、今日、泊まれる？　晩御飯食べていきなよ、ね？　おにいちゃんも」

白花家の順応性とは本当に呆《あき》れたもので。

九歳になった悠くんが送り迎えのママと一緒に学校から帰ってきた途端、私は思わず悠くんをぎゅうぎゅうに抱き締めてしまって、驚いていた悠くんもあっという間に私とジノンに慣れてしまい、しきりに我が家のディナーに誘ってくる。多分ハンバーグだけど。

ちゃっかり借りたお風呂から上がった私とジノンは、リビングのラグの上でくつろぎローテーブルに肘《ひじ》を突いて、熱燗《あつかん》を呑《の》んでいた。パパの晩酌《ばんしゃく》のお供だ。肴《さかな》は山芋の唐揚げ。ホクホクして美味《おい》しい。良かった、エイヒレとか出されてもきっとジノンの口には合わないもんね。

私はすっかり熱燗で気持ち良くなってしまい、久しぶりに我が家の柔軟剤の匂いのするラクチンな部屋着に癒《いや》されて、ご機嫌でこころやユキネにくっついていた。

なんかよくわからないけど、私とジノンが地球の白花家にいるなんて、あるわけない。こころやユキネも、深く突っ込むわけでもないし、ジノンも普通に馴染んでるし。こんなのきっと良くできた夢よね？　夢なら細かいこと気にしてもしょうがない。この機会に思いきり甘えて楽しもう。

「そうだったんだぁ。新シナリオがアプデされてたのね」

「そう。ヒロインを選べるだけじゃなくて、チート魔力とかもカスタムできるようになってるの。ラノベで悪役令嬢は人気だしね、リシエリもヒロインに選べるようになったのよ」

「そうそう。でも悪役もいなきゃだから、新しい悪役令嬢としてエロイーズが新規キャラとして追加されたの」

こころとユキネに実際に新シナリオのゲームプレイで実況してもらいながら、私は改めて真剣に『マジックアイズ』の世界をまじまじと見つめる。

「ダウンロードユーザーを世界シェアに拡大する狙《ねら》いもあって、海外ユーザーの嗜好《しこう》に合わせて、モデルチェンジしたのよ」

リシエリの言葉に、ジノンが鼻白む。

「どうせお前が、一枚噛んだんだろ。エロイーズがいるところを見ると」

「このゲームの最初の開発者はリシエリとジノンの周辺をチャネリングして創ったのよ。いわゆる魔力持ち。地球にも希少だけど存在するんでしょうね」

「?」

「だから魔力が組み込まれたプログラムだったために、本来の世界に引き摺《ず》られて、ゲームの筋書きの方が変わってしまうのよ」

この意味解る? とでも言うように、リシェリは眉を引き上げにやりと笑っている。

えーと。じゃあ、これまで私はゲームの強制力に振り回されてたわけじゃなくて、逆ってことよね? ってことは私達の世界に呼応して、ゲームが変化したってこと?

「……」

ジノンが手のひらを目の下に当てて黙り込んでしまった。なんか赤くなってる?

「以前とは違って、ヒロインのルーナマリアがジノンを攻略するのが難しくなってしまったって言ったでしょ?」

リシェリは私に視線を向ける。雲の上での話? そう言えば、そんなこと言ってた気がする。

「そもそも新しいシナリオはね、ユーザーから一番人気のジノンがなかなか落とせなくなったことに対する不評が起こりすぎたから、アップデートをかけざるを得なくなったのが発端なのよ」

そこまで聞いてさすがに何故だか解った気がして、私も頬が赤くなる。現実がゲームに影響するんなら、つまり、ヒロインのルーナがジノンを落としにくくなったって言ってたのは、つまり……。

リシェリの説明を聞いていたところが、ゲーム画面の最初のチュートリアル映像を私とジノンに見せてくれる。メインのルーナマリアだけでなく、新たなヒロインを数人追加し、プレイヤーがどのヒロインでプレイするか選択できるようにしたらしい。

私とジノンは目を見開いた。ニューヒロインの中には、悪役令嬢リシェリだけでなく、見慣れた女の子達が揃《そろ》っていたからだ。

「わあ、ミランダがいる！　ソニアも、カリーナも！」

「今一番人気なのはね、リシェリなのよ。よかったわね？」

「そうそう、ジノンルートが一番面白いんだよね」

私とジノンは微妙に目を見合わせて、何故かお互い照れて目を逸らしてしまう。

ライトノベルでは悪役令嬢ものは未《いま》だ人気なのもあって、以前から美麗なリシェリは何気にユーザーからの人気も高く、どのルートでも婚約破棄の修道院行きというバッドエンドでは可哀想という不満の声も上がっていたらしい。

魔法学院でも、ヒロイン達は最初は低い魔力から始まっていて。ヒーローとの恋が進むにつれて、ヒーローの攻略バロメータが以前の温度計でなくヒロインの瞳の色の変化で示される仕様に変更されている。ここも、私達の現実に引き摺られてゲームの方が影響されたの？

「ソニアをヒロインに選ぶと、隠しルートが出てきてね？　私の推しのレントがヒーローになるのよ、もう嬉しくて」

「ええ？」

こころはお風呂上がりでボブの髪を後ろで結び、ビールをコクっと呷《あお》りながら狂喜乱舞する勢いで、カタカタとセーブデータを開いてプレイ動画を見せつけてくる。

「もう私のツボを押してくるの、見て！」

「！」

エルランドの王宮がクローズアップされ、艶《つや》めく白金の髪が顎ラインでさらりと揺れて、スレンダーな身体が素早い身のこなしで窓からある一室に忍び込む。

『……ソニア？　どうしたの？　こんな夜更けに』

私はびっくりしてしまった。薄闇に幻想的な光が差し込んで、玉虫色に輝く腰までの長い髪を掻き上げて振り返ったのは、筆頭魔法師レントだった。うわ、ソニア、レントの寝室に忍び込んだの？

『舌を舐めてくれ』

『は？』

『明日までに魔力補給しないと怪しまれる。舌を舐めてくれ』

「ほらほら、この無表情で言うところが、悶絶《もんぜつ》もんでしょ。誘惑してるのかアプローチしてるのか命令してるのかよくわかんないけど、ドキドキするの！　ほら、このレント様のなまめかしい表情なんてもう、もう秀逸すぎて！」

こころとユキネが悶えながら実況する。思っても見なかった組み合わせの絡みに、唖然《あぜん》とする私。

確か、ソニアは私の護衛のために魔法学院に入ったんだったわよね？　魔力補給して緑がかった瞳を、クリストファーに見てもらって……え？　え？

「あれ？　でも……ソニアには婚約者がいるんじゃ……」

「ソニアの婚約者は、一応レントだぞ？」

「えええ!!」

「ソニアは諜報員《ちょうほういん》だが侯爵令嬢でもあるからな。確か親同士が決めた婚約だが、孤高のレントとは何だかんだお互い釣り合いも取れてるだろ」

さらりと何でもないことのように言ってのけるジノンに、私は仰天して大きな声が思わず出てしまう。

きゃあ！　と叫ぶこころとユキネの視線を追うと、白いローブに攫《さら》われるように童女のような細い身体を長身のレントがベッドへ押し倒して、神秘的なレントの瞳に艶《つや》っぽく見下ろされても動じず無表情のソニアの唇に、微笑むレントの唇が近づいていくところだった。

うわあーー、すごいところを見てしまった。でも。でもでも、アリかも。この意外性がむしろ新鮮でお似合いかも。

その時、パシャとシャッター音がした。

ジノンが訝《いぶか》しそうにリシェリのスマホを見ている。どうやらジノンをカメラで撮ったらしい。

「……そうよ、この画像をＳＮＳに上げればまたダウンロード数が伸びるわね……」

ぶつぶつ言いながら手元を動かしているリシェリのスマホを覗き込むと。

『マドリードで偶然見つけた。＃マジックアイズのジノンはきっとこんな感じ』

リシェリはスラスラと文章を入れ、パパのＴシャツを着てもセクシーなジノンの背景を、外国の道端の風景にせっせと加工していた。ジノンの画像だ。すごい格好良い、私も欲しい。

「もう帰るぞ」

溜め息を吐いたジノンがそう言って私の腕を引き上げたところで、何故だか私の意識は途切れた。


ふと気づくとまだ暗闇で。

ジノンの温かい胸に頬を埋めて抱き締められていて、滑らかなシーツの上だった。肌触りの良い布団も掛けられている。

夢？　見上げると、ジノンは規則正しい寝息を立てて眠っている。格好良い。

うっすらと暗闇に目が慣れてくると、仄青い月明かりにジノンの長い睫《まつげ》毛が色っぽい影を落としているのが見てとれた。

「そっか……夢だよね」

私はジノンを起こさないように、そっと呟《つぶや》く。

でも、久しぶりの我が家は、だいぶ様変わりはしていたけれど、いつも通りの優しい匂いがした。

呑気《のんき》で明るい、こころやユキネ。相変わらず可愛い悠くん。仲良しののんびりしたパパとママ。

夢でも、会えて嬉しかった。幸せな夢だったな。

天蓋の向こう側の棚の上からだろう、一輪挿しに活けた異世界の魔法植物、勿忘草の懐かしい香りがして。

また心地良くうとうとと瞼が閉じていき、もう一度眠るべく、ジノンの胸に頬をすりすりする。

ジノンは私をふんわりと優しく抱き締めた。

「ジノン……大好き」

眠りに堕《お》ちる直前、くすっと笑うジノンの吐息が聞こえたような気がした。

「おやすみ、りん。また、里帰りさせてやるよ。寂しくなる前にな」

幼い頃は、未来の自分がまさかこんな幸せを感じる日々がやってくるとは、まるで思っていなかった。

毎日、ふとリシェリのあどけない表情や、一緒にいる時のなんでもない瞬間が勝手に浮かんでくる。気づけば自然と笑顔になっているし、何かを見たり聞いたりする度にリシェリを思い出す。

するとムズムズする快感みたいな感覚が胸の奥にきゅうっと襲ってくるのだ。とりあえず王太子である自分が紅潮した頬《ほお》を緩めて悶《もだ》えているなんて気取《けど》られるわけにもいかず、額に手を置いて呻《うめ》き声を上げないように唇を噛《か》み締めて耐える。

一見すると机上の書類を押しのけ思案していると思わせなくもない俺の様子に、一日のスケジュールを管理している執事は気を利かせ温めたティーカップに熱い紅茶を注《つ》いだ後、書斎から下がっていく。紅茶を一口飲みその薫《かお》りが湯気とともに、幼い頃に幼馴染みのリシェリと交わした会話を立ち上らせた。

『この主人公の愛ゆえの愚かさが解らないとはね。才気溢《あふ》れる完璧な皇帝陛下が、一人の女性のために玉座から降りようとするシーンがこの歌劇の一番の見せ場なのよ』

『はっ、どこがだよ。盛り上がるどころか、俺は一気に萎えた。ただの芝居だからいいものの、こんな統治者がいたら周りがいい迷惑だ』

幼馴染みのリシェリと観劇を共にしたり物語に触れる時、情に訴えかける部分では大抵意見が分かれていた。

『ジノンにもこんな恋の衝動が理解できれば、ちょっとは可愛《かわい》げも出てくると思うのに残念ねぇ？』

『そういうお前は理解できるのか。リシェリ、たかが女一人にこの俺が左右されるわけないだろ』

一体どの口が言ったんだ。今の自分に呆《あき》れて俺は額を手のひらで押さえ目を閉じた。途端に午後のリシェリを思い出す。

『ジノン……どうして毎日、来るの……？　それに……』

『それに……？』

至近距離でその先を促す俺から目を逸《そ》らし、言いにくそうに俯《うつむ》くリシェリの黄桃色の瞳《ひとみ》が潤んで、俺の様子を窺《うかが》ってくる。その両頬は赤く染まっていて、俺は言い知れぬ加虐心を覚え思わず笑顔が込み上げた。

『それに、その、なんで……いつも……キス……』

『キス……？　したくなかった？』

逆に質問されて目を見開くリシェリの視線は戸惑うように泳いでいる。

『そ、そうじゃなくて……』

『じゃあ、したいんだ？』

重ねて尋ねる俺を見て、真っ赤になってリシェリは狼狽《うろた》えている。なんでそんなに面白い反応ができるんだろう？　見てるのが楽しくて仕方がない。

『そうじゃなくて、なんでって……』

『理由が欲しいの？』

『理由はないの？』

明らかにショックを受けているリシェリの唇を自分の唇で塞ぐと、リシェリは抵抗するように身体《からだ》を震わせた。重ねて吸いつくだけのキスでも勝手に熱くなって胸がときめいてムズがゆくなる。女が身体だけでなく脳や心に気持ちよさを与えるのを、俺は初めて知った。

柔らかい甘い唇を一日中でも堪能していたい。名残《なごり》惜しく離れると縋《すが》るようにとろんと瞳を潤ませて、真っ赤になって俺を見上げてくるリシェリ。俺は中心が熱くなって思わずリシェリに押し付けたくなる衝動を、ふぅと嘆息し払いのけた。さらりと躱《かわ》す俺を見て、真っ赤になって我に返り俯《うつむ》くリシェリ。

なんでこんなに可愛いと思うんだろう？　リシェリが陰で言っているようにリシェリとりんが入れ替わったのは本当につい最近のことで姿形はリシェリのままのはずなのに、不思議なことに幼馴染みのリシェリの姿をしていても、どういうわけか中身がりんだとだんだん姿形も、りんとして見えてくる。

そして相変わらずミュゲに仕込んだ聖紋は、夜毎《よごと》リシェリが滔々《とうとう》と吐露する独り言を俺に届けていた。

『きゅんきゅんしちゃダメ！　何、ときめいてるの？　キスは挨拶《あいさつ》みたいなもんなのよ』

ときめいてるんだ？

『好きになっちゃダメ！　しっかりするのよ、私！』

好きになっちゃダメって言い聞かせなきゃいけないくらい、好きなんだ？

この世界に留《とど》まることを決めてからリシェリは夜毎作戦を立てては、失敗を繰り返している。どうやら十八を迎える前に、俺に悪印象を与えて婚約破棄に持ち込むのが目標らしく、先週は俺に対してツンツンと高飛車な女を演じて見せていた。

『ジノンのことなんて、知らないわ』

『関係ないでしょ？』

『形だけの婚約だもの。毎日会いに来る必要なんてないでしょう？』

その様子は俺のよく知る幼馴染みのリシェリのようだったし、むしろそんな態度は平常で見慣れていたはずなのに、それでもそれをりんにされると俺はいい気はしなかった。しかし気持ちを乱される時間は短い。

夜になると、リシェリはミュゲにしょんぼりと白状するからだ。

『いくらなんでも、あんな言い方はなかったかしら』

『もし、すごく傷ついていたらどうしよう』

『明日、謝った方がいいしら？　でも、明日怒って来なかったらどうしよう』

聞きながら耐えられず、くっくっと俺はいつの間にかベッドの上で声を出して笑いだしていた。

胸の奥の方から込み上げる温かい幸福感を感じ、気つかずにはいられない。

ずっとずっと心の奥底で本当は欲しいと思っていたものが、俺の目の前に現れたのだと。


「殿下、次はこちらの資料に目を通しておいてください。内容は今週末の視察に向けて用意した、ここ数ヶ月の辺境伯領の周辺を洗い出したものです。結論から言えば、何も問題はなくクリーンでしたが」

「そうか、ありがとう」

宰相補佐が簡潔に纏《まと》めた数枚の資料に目を通し、あらかじめ王宮魔法師レントに視察させ報告を受けていたものと矛盾《むじゅん》がないことを確認する。ちょうど今日の雑務をすべて終えた時点で、給仕が冷えたエールを運んできた。晩餐《ばんさん》までまだ時間があったがすっかり外は暗くなっている。今日はリシェリは王都の端に位置する修道院を訪問していた。喉を潤し側近達を下がらせた後、目の前の空間に片手を翳《かざ》し、短く詠唱する。目の前にぽう、と現れた光景を見て俺は舌打ちした。煌々《こうこう》と明かりが灯《とも》った教会の講堂で、ポロンポロンとピアノの軽やかなメロディが弾み、それに合わせてリシェリの楽しそうな歌声が響いてくる。ピアノを奏でているのはシスターでも修道士でもなくて、修道院に訪れる子ども達のために隔週で通う若い男だった。

『ミュゲちゃん、すごいのよ。私が少しハミングしただけで、ちゃんと音を拾ってメロディを繋《つな》げられるの。絶対音感ていうのかしら、今日なんてね、私の好きだった曲をほぼ再現しちゃったのよ。ほんとピートに出会えてラッキーだったわ』

親し気に知らない男の名前をリシェリが初めて口にした夜、俺は無性に苛々《いらいら》した。すぐにこの男を諜報《ちょうほう》させたが、どうやら他国から単身で入ってきた音楽家らしく、ひと月も経《た》つのにまだ報告書が届かない。

『可愛い曲だね、これ』

『あ、ピート、そこはね、違うの。こうよ』

楽しそうに並んで鍵盤を叩《たた》いて顔を見合わせる様子に、俺は唇を噛《か》み顔を背ける。それでも目を逸《そ》らせなくて、視線を戻すとリシェリの髪に男は何気なく触れようと手を伸ばすところだった。

バチッ

その瞬間、男はリシェリに手を触れる直前に弾《はじ》かれるように叫びピアノのスツールから倒れた。

『あつっ！』

『ど、どうしたの？　大丈夫？』

リシェリは目を丸くして立ち上がり、床に倒れ落ちた男に近づく。

『だ、大丈夫……リシェリ、ちょっと待ってて』

男はリシェリに触れようとした手を庇《かば》うようにもう片方の手で押さえ、講堂から駆けるようにして出ていった。リシェリはわけがわからない、というふうに首を傾《かし》げて見送っている。

俺は溜《た》め息を吐いて、立ち上がった。

詠唱して目を開くと、燭台《しょくだい》の蝋燭《ろうそく》がオレンジ色の明かりを灯し、昼間は神聖だが厳《おごそ》かな講堂の空気を、緩やかに温かいものに変えていた。男と入れ違いであるかのように、急に目の前に現れた俺を見て、リシェリはびっくりして目を見開く。

「ジノン！　どうしたの？　何かあったの？」

「迎えに来たんだ」

俺はチラと出入口の向こうの暗闇を一瞥《いちべつ》し、驚いた表情のままのリシェリに向き直る。

「この間まで白夜が続いたから気づいてないだろうが、今日からは逆に日が短くなってるからもう外は暗い」

「そうなの？」

半信半疑で呟《つぶや》くリシェリの傍《かたわ》らのピアノに凭《もた》れ、鍵盤をポーンと弾く。

「何か弾いてみろよ」

ええ？　と戸惑うリシェリの腰を抱き寄せて、俺はリシェリの頬を掬《すく》い上げるようにして口づけた。

「ん……」

唇の柔らかさを感じると荒れていた水面が静かに凪《な》いでいくように、胸の中が穏やかになっていく。

目を開いてリシェリを見ると、黄桃色の瞳は涙が零《こぼ》れそうに潤んでいて睫《まつげ》毛を臥《ふ》せると流れ落ちそうだ。

「ほら、ちゃんと弾けって」

「んぅ……そ、なの、……むり……」

キスの合間に囁き合う吐息が互いに夢中になっているとわかるくらいなのに、押しつけた胸がどくどく打っているのは自分だけではないとわかるはずなのに、どうしてこいつは俺にキスの理由を聞いてくるのか。

とろんと蕩《とろ》けて力が抜けていく身体は柔らかくて、花のような匂いがして、この匂いであの男を惑わせたのかと思うとまた苛ついてリシェリの後頭部を強く引き寄せる。ポロンと弱々しく鍵盤の高音が響いて、リシェリのとろけた指先が鍵盤に触れたのだと気づく。ふと視線を感じて目線だけそちらの方に向けると、講堂の暗闇の向こうに佇《たたず》む人影が見えた。

俺はその方向を横目で見ながらもリシェリの唇に口づけたまま、ふっと笑う。黒髪に黒い瞳。どちらかというと小柄な細身の身体。度重なる俺のキスのせいでリシェリの身体には目に見えないシールドが張られている。劣情や邪心を纏い近づく者を焼いて弾き飛ばすのだ。さっき、男は火の中に手を突っ込んだのと同じようなもので、慌てて手を冷やしに行ったのだろう。もう二度とリシェリに触れようなんて思うな。

「息……苦しいよ、ジノン」

言葉とは裏腹に、すっかり桃色に紅潮した顔をとろんとさせて、力が抜けた身体は胸の中で倒れ込んでいて。柔らかなプラチナブロンドの髪に指先を滑らせて、俺のものだと引き寄せる。

人影がすっと立ち去り、俺はぎゅっとリシェリの身体を強く抱き締めた。はあ、と溜め息を吐いて、教会の天井を見上げた。

「マジラムを……飲もうかな」

「え？　なんて？」

「なんでもない」

ぽつりと呟き胸の中にいるリシェリの髪にこめかみを擦り寄せる。

ほんとにこいつは。男の気持ちも知らないで。

でもまさか、その時の俺はまだ予想もしていなかった。

禁欲生活があと二年も続き。

マジラムを飲むことにした俺は劣情を催す夢の末に夜着を濡《ぬ》らして、毎朝目覚めることになるとは。

婚礼が滞りなく行われた、その夜。晴れて王太子妃となり、ウェディングドレスから美しい白金色の繊細なレースのドレスに着替えた私は、今から王族や貴族大勢の前でお披露目《ひろめ》のファーストダンスを踊るため、王宮の大広間の中央に立つ。

緊張している私と向かい合い、手袋を脱ぐジノンは鮮やかな王家の正装に身を包んでいて。見たこともないような恍惚《こうこつ》とした表情のジノンの色気は凄《すさ》まじく、正視していられない。

銀色のキラキラした光の粒が降ってくるような燦《きら》めくシャンデリアの下で、ゆったりとした音楽が始まると私とジノンは一礼し、寄り添って踊り始める。

温かい腕に抱き寄せられると幸せで、私はジノンにリードされ上手にくるりと回ることができると嬉《うれ》しくて思わず笑顔になる。

「練習したかいがあったな？」

音楽に合わせて回り、私の腰を引き寄せたジノンは目を細め耳元で囁《ささや》いた。

「元々上手に踊れるわよ」

と言いつつ嬉しくて頬《ほお》が緩んでしまう。二年前からなんだかんだ一緒にダンスの練習につきあってくれていたジノンに愛情が込み上げてきて、思いきり抱きつきたくなってしまう。

ジノンが私の腰を両側から掴《つか》んで持ち上げて一回転すると、幾重にも重なったドレスの裾がふわりと優雅に翻《ひるがえ》り、辺りから嘆息するような歓声が上がった。曲が終わり私とジノンがまた一礼すると、続けて奏でられる音楽とともに一斉に皆が広間に集《つど》いそれぞれのパートナーと踊り出す。私はジノンの手から王陛下に手を取られ、ジノンは私から王妃様の手を取って、それぞれ踊る。

アクセル王子と同じシルバーブロンドの髪を美しく結《ゆ》い上げた、母親である王妃と笑い合って踊るジノンに、私まで嬉しくなる。

「とても美しいよ、リシェリ」

「ありがとうございます、陛下」

ジノンによく似た真っ青な瞳《ひとみ》で優しく微笑《ほほえ》む王陛下に祝福されて、こんなふうに音楽に合わせてくるくると回りながら踊っているのがなんだか夢みたい。

「魔力が満ちているね、リシェリ。魔法学院では何を？」

「治癒魔法を習っています、陛下」

「そうか、くれぐれも無理をしないように。ジノンのように」

「はい……え？」

目を見張る私と踊りながらちらりとジノンの方を見て、王陛下は続ける。

「ジノンは物心ついたばかりの頃、高熱で倒れたことがあってね。風邪ではなく原因は魔力切れだったんだ」

「魔力切れ……ですか？」

「そう。どうやら乳母や側近の者達に無意識に治癒魔法をかけていたらしく、ジノンの世話係は皆何《な》故怪我《ぜけが》の治りが異常に早かったり腰の不調がよくなるのかとか不思議に思っていたらしいんだ。ある冬の寒い日に、ジノンが窓辺から外仕事をしている乳母に保温魔法をかけていて、魔力切れして倒れたから原因がわかったんだよ」

可笑《おか》しそうにくつくつと笑う王陛下に、私は目を見開いた。

「そうだったんですか……じゃあ、ジノンが治癒魔法を使わないのは……」

「その一件で、ジノンにはもう治癒魔法を使わせないように言い含めたんだよ」

そうなんだ。使えないわけじゃなくて、使わないいんだ。初めて知った経緯を聞いて、私は幼いジノンが窓の外で寒そうにしているのを見てそっと小さな可愛《かわい》い指先から保温魔法を流している様子を想像した。可愛かったんだなぁ。今はあんな王太子然としているけど。

「……リシェリは二年前倒れてから、その後体調を崩してはいない？」

「あ、はい。とても元気です、陛下」

「それはよかった」

ちょうど音楽が終わり、私は王陛下に一礼するために腰を落として。はっと閃《ひらめ》き顔を上げると、優しい父親の表情で微笑む陛下と目が合った。


深夜、花の香りの湯から上がった私を待っていたのは、目を見張るような透け透けのブルーのネグリジェだった。

(こんな恥ずかしいネグリジェあるの？　スースーするし、どこも隠れてないし、これって着る意味あるの？)

赤面する暇もなくその上から温かい白金色のローブを羽織《はお》らされ、私とジノンの新居となった宮殿の寝室へ初めて入った私は驚きで辺りを見上げる。そこはピカピカの金でできた柱や梁《はり》以外は一面ガラス張りになっていて、高い天井からは満月と仄青《ほのあお》い光が差し込み外の庭園が見渡せた。アビーちゃんが整えてくれたのだろう薔薇《ばら》の馨《かぐわ》しい芳香が室内まで流れ込み、噴水からは心地良い水の音が微《かす》かに聞こえてくる。

「見て、ジノン。薔薇の庭園も噴水もガラス一面に見渡せて、絵画みたいじゃない？」

「そうだな」

ジノンは温かい両腕を私の胸に回すようにして後ろから抱き込み、私のプラチナブロンドの髪やこめかみに口づけてくる。柔らかな唇と熱い吐息が擽《くすぐ》ったくて気持ちよくて、くらくらする。

ただでさえ結婚式とダンスの余韻でフワフワしているのに、さっきからピンクの瞳の端に映る豪奢《ごうしゃ》な天蓋付きベッドが、さぁこれからしますって雰囲気を醸《かも》し出していて。まるで自分が据え膳になったみたいで落ち着かない。

「あ、ジノン、見て。満月もほら、部屋の中から見えるわ」

「んー……」

ローブを脱ぐのが恥ずかしくてできるだけ時間を長引かせたくて、喋《しゃべ》り続ける私の耳にジノンの吐息を感じ、唇の感触を何度も感じると麻酔をかけられたみたいに身体《からだ》の力が抜けていく。ジノンの熱くて硬いものが私の腰にねとりと触れて、ドキドキしている間に私はジノンに抱き上げられ、いつの間にか天蓋のベッドのシーツの上に柔らかく下ろされていた。

「可愛い……」

「あ……」

向かい合うジノンが私のローブの肩を滑らせるように落とすと、恥ずかしいブルーの透け透けのネグリジェを纏《まと》った裸が露《あらわ》になってしまい、私は堪《たま》らず真っ赤になって俯《うつむ》いてしまう。そんな私にうっとりと笑みを浮かべたジノンの指先は、透け透けの布から丸見えになっている乳房の丸みをつつ、と辿《たど》り、低く掠《かす》れた声で囁いてくる。

「自分の色を身に着けさせる意味、わかる？」

「え……？」

言いながらジノンは肉食獣のようにゆっくり私に近づいてきて、私の耳元から首筋を撫でるように唇で触れ吐息を這《は》わせていく。ぞくぞくと迫《せ》り上がってくる気持ちよさに震えていく私の背中は滑らかなシーツの上に仰《の》け反《ぞ》った。

「王宮に上がる時は、いつも青だっただろ」

両手の指先で私の乳房の輪郭を焦《じ》らされるようにそっと撫《な》で回される。わざと先端に触れずに私が余計に期待で身を捩《よじ》らせてしまうのを愉《たの》しむように、ゆっくりといたぶりながら快楽を堪能するジノン。

「ん……ジノンの婚約者だったからでしょ……？」

「そう……他の男に触れさせないために」

ジノンの熱い唇は私の弱い首筋に吸い付くように口づけて、れろりと追い打ちをかけるように舐《な》め上げる濡《ぬ》れた舌の感触に快感が走る。

「っぁあっ……」

喘《あえ》ぎながら私は助けを求めるようにジノンの腕に掴まった。ジノンはふっと笑いながらも舌で攻め上げるのをやめない。

「綺麗《きれい》にしてると、男は抱きたくなる」

「あっ……んっ」

じゅくり、とジノンの唇が尚《なお》も強く私の首筋を吸い上げて、快感とともに赤い鬱血《うっけつ》痕が散らされる。

「そういう気を起こさせる前に、これは誰《だれ》の女なのかって他の男に知らしめるんだ」

「ふっ……はぁ……ん……！」

続けて私のうなじから背中をつぅっと両手で滑らせるように触れながら、ジノンの熱い舌は唇ごと私の鎖骨から肩、胸元へと這わせられ、私の背中から腰が快感で引き絞られる。

ジノンの両手は私の震える背中からプラチナブロンドの髪の隙間を滑るように後頭部を抱き寄せて、柔らかい唇は私の唇に吸い付いて、濡れた舌を私の舌に絡みつかせて甘く甘く口づける。あまりの甘い口づけに蕩《とろ》けてピンク色の瞳を開けると、至近距離にあるジノンの臥《ふ》せられた長い睫毛《まつげ》が色っぽくてきゅんと胸が疼《うず》く。

「それと」

ジノンの睫毛が持ち上げられ、煌《きら》めくブルーアイズはこれまで見たこともないくらいに優しくて甘くて、熱い欲情を隠さずじっくりと私を舐め回すよう。

「これを脱がせるのは俺だってこと」

「あっ……」

さらりと肩紐《かたひも》を両側から落とされると、あっけなくその透け透けのブルーの布は白いシーツの上に滑り落ちあっという間に裸にされる。ふるりと乳首は期待するように上を向いて、ジノンは私の表情を上目遣いで見つめながら舌を突き出して見せつけるように先端をゆっくり舐め上げた。反射的に私はこれから続く膣奥《ちつおく》の衝撃に耐えるべく太腿《ふともも》に力を入れて身構えてしまう。

「ひぅっ……ぁあん……！」

くちゅくちゅ……ちゅく……ちゅく
ジノンの唇は私の乳首に容赦なくむしゃぶりつき舌でれろれろと舐め転がし、自身のローブを脱ぎ捨てると熱い身体を私に擦《こす》り付けるようにして伸《の》し掛かる。乳首に与えられる強い快感が蜜口《みつくち》の中までずくずくと響いて、溶けそうな気持ちよさに耐えられなくて逃げ場を探す私の背中が滑らかなシーツを摺《す》り上げると、愛《いと》しくて堪《たま》らないとでもいうようなジノンの熱っぽい表情が私を見下ろしていて、私の心臓はまたどくんと強く跳ね上がった。

「ジ……ジノン……」

ジノンは熱い肌を擦り合わせるように伸び上がって昂《たかぶ》る胸と胸を密着させ、大きな手のひらは私の頬を優しく包み込み、ドキドキしている私を真っ直ぐに見つめてくる。

「俺のものになった初めての夜だから、優しくする」

「っ……ぅあんっ……」

ゆるゆると熱くて硬い屹立《きつりつ》は私の内腿に擦り付けられ、獰猛《どうもう》に脈打つ先端は快感を我慢してぬるぬると粘着液を纏い私の肌を濡らしていた。私の喉を撫で上げるようにして舌が這わせられ、両手の指先はすっかり尖《とが》った乳首を捏《こ》ね回す。膣奥に快感が溜まっていき涙が溢《あふ》れる私のピンク色の瞳には、天蓋から垂れる白絹のドレープを背に、私の内腿を両手で開き中心を見下ろすジノンが見えた。

優しくするって言った……？　確かに今夜のジノンはいつもと少し違う。すごく甘くて、優しくて、ゆっくりとした動きで。少しずつ少しずつ私の気持ちいいところにそっと触れて、いつもの畳み掛けるような激しさはない。ないけれども。

じゅぷ……じゅぷ……ぬぷっ
「はぁんっ……だ、だめぇ……いやぁ」

「……優しくしてるだろ……？　ああ……もうこんなに濡れて狭くなってる」

ジノンの舌は私のお腹《なか》を舐め下ろし秘裂を辿《たど》り蕾《つぼみ》を捏ねるようにしゃぶりつきながらも、中指を蜜口の中へつぷ、と知り尽くした私の性感帯を甘く押し潰すようにゆっくりと抽送《ちゅうそう》させる。いつもよりも優しい動きで決して激しくはないはずなのに、ゆっくり動かされることで中の動きが鮮明にわかってなんだかすごくいやらしい。もどかしいような気持ちよさにどうにかなってしまいそう。熱く掻《か》き回されるような快感は恥ずかしくて堪らないのに、くねくねと淫らに腰や背中を捩らせてしまう。

「あぁあっ……あんっ……」

「ぁあ……ほら、もう子宮がこんなに下りてきてる、すごく気持ちいいんだろ……？」

蜜口の中に舌を突き上げるようにして舐められ、そっと甘く掠れた低音で囁かれると恥ずかしくて、でも熱い吐息でジノンの興奮も伝わってきて、余計にびくびくと感じてしまう。いつもと違う抱き方で私の反応も違っていて、嬌声《きょうせい》を漏らし悶《もだ》える痴態を見てジノンも耐えられないというように灼熱みたいに滾《たぎ》る巨根を蜜口に宛《あて》がうと、ぬぷりと中を突き上げるように侵入してきた。その途端、激しい快感が膣奥にまでぐっと響いて堪らず声を上げてしまう。

「はあんっ……！　ぁあ！　だめっ……だめぇ！」

ぬぷ……ぬぷっぬぷ……

「ああー……はぁ……最高……気持ちよくて溶けそう」

ジノンは私の中を硬い陰茎でゆっくり、ねっとりと上下に突き上げるようにして膣奥を苛《いじ》めてくる。仄かな明かりに照らされた表情は溺《おぼ》れるように欲情していて、私を甘く愛《いと》しそうに見つめる真っ青な瞳と柔らかな口づけは律動と一緒になって、私を甘くいたぶるように何度も繰り返し貫いてくる。膣襞《ひだ》が亀頭の括《くび》れに吸い付き擦り合わされて子宮を押し潰すたび、蕩けるように気持ちいい。ぐぽぐぽと互いの性液が結合部から溢れる淫猥《いんわい》な水音が恥ずかしくて、私は紅潮する顔をジノンに見られないようシーツに押しつける。

「ほら、聞こえてる？　どんどん溢れてとろとろになってる」

「やだあ」

「なんで？　俺すげー好き、この音……すげーやらしくて興奮する」

ジノンの汗で湿る筋肉で引き締まった胸の中で、息を呑み思わず見上げる私の唇にジノンは吸い付くように口づけた。

「んっ……」

ぐぷっ……ずぷっじゅぷっ……

ゆっくりと抽送を繰り返していたジノンの腰の動きが、少しずつ深く回し入れるように熱いものになっていくのと同じように、私に口づけながら甘く見つめるジノンの真っ青な瞳は熱を帯びて、私を愛しそうに見下ろしたまま、何度も何度も気持ちよくて堪らないというように興奮して出し入れを繰り返す。

「ほら……俺がお前の中、愛してるのわかる？」

「っ……ぁあ……あ……」

ぬぷっぬぷ……ぱちゅん……

とてもいやらしく長いストロークでジノンの巨根に蜜口から奥まで何度も突き上げられて、私の腰もその度に強い快感の衝撃に揺さぶられて。互いの舌を絡みつかせるように口づけを繰り返し、私とジノンは高みに一緒に昇り詰めていく。

「はぁ……愛してる……りん……」

「んんっ……あああ……ああっ……ジノン……わたし、も……」

「愛してる……？」

腰を掴まれ熱いもので執拗に抉《えぐ》ってくる中が気持ちよすぎて言葉にならない。

「ん……愛し……はぁ……ああんっ……！」

「はぁ、はぁ……なんて？　聞こえない、ちゃんと言って……ほら……りん、早く」

甘く掠れた声で吐息の合間に何度も何度も私の唇を貪りながら、愛してると言わせようとするジノン。同時に私の気持ちいいところをぐちゅぐちゅぱんぱん、と執拗に出し入れされて私は気が飛んでしまいそうな気持ちよさに耐えられず泣き濡れる。言わせたいのか感じさせたいのか、どちらかにして欲しい。じっくりと私のイきそうな顔を熱っぽく見下ろして、ジノンの腰は私の奥まで擦り潰すようにいやらしく回し入れる。優しくするって言ったのに、これってわざと？　もしかして私、苛められてるの？

「はぁ、はぁ……っ、りん……奥に出すよ、俺を、全部受け止めて」

ジノンの気持ちよさそうな喘ぎ声の中にジノンらしくない甘い言葉を聞いて驚き、私は過ぎる快楽の最中にピンク色の瞳を開けた。ジノンは熱く紅潮した顔で私を見つめている。

いつものクールで素っ気ないジノンではなく、私は睫毛を瞬《またた》かせる。ジノンの真っ青な瞳は熱く私への恋情に潤んだように蕩けていて。私の胸の奥はゾクゾクとムズがゆく擽られるように激しくときめいた。

ジノンの腰はさらに悩ましく突き上げて、私を激しく絶頂させようと追い込んでいく。

「あっあああっ……いやぁっ……イっ……」

ジノンの蕩けた表情に見下ろされながら、あっという間に強烈な高みに昇り詰めて私は堪らずイってしまう。

「はぁ……俺も、イきそう……気持ちいい……」

「んん……っ」

イったばかりの私を抱き締めて、腰を激しく振って昇り詰めようとするジノンは、苦しそうに喘ぎながら重ねて私に囁く。

「はぁ……ん……りん……一生、俺のそばにいて……」

「……ん……」

私は思わずジノンをぎゅっと抱き締めた。ときめいて。すごく愛しくて。なんだか可愛い。もしかして、これが本当のジノンの素顔なの？

ますます速く激しくなるジノンの抽送に私の意識は飛んで、また快感の渦に呑み込まれて達してしまう。

「ずっと……俺だけのりんでいて……」

そしてジノンは私をぎゅっと抱き締めた。私も必死にジノンに応えるように抱き締める。

ジノンは腰を何度も押しつけて私の奥で亀頭をビクビクと脈打たせて絶頂し、熱い迸《ほとばし》りを注ぎ込まれる。

ドクドクとジノンの心臓の音が強く速く打ちつける胸の中で、私はジノンの熱の余韻にドキドキしていた。

(きゅん死しそう……心臓保《も》つかな？)

これから毎日、一緒なの？　せっかく乙女ゲームが解決したばかりなのに、また心臓が止まりそう。

目の前でセクシーな裸身で私を抱き締め、色っぽい睫毛を臥せてスッキリした寝顔で眠るジノンを見上げ、私は心の中で声にならない叫びを上げるのだった。

あとがき

初めましての方も、すでに知ってくださっていた方も、こんにちは。夏《なつ》の葵《あおい》です。

このたびは、『こ、こんなイケメンが私の幼馴染みで婚約者ですって？　さすが悪役令嬢、それくらいの器じゃなければこんな大役務まらないわ』、私の初の書籍であるこの小説を、最後まで読んでくださって本当にありがとうございます。

書籍化にあたり担当様から追加で番外編も収録できるとお聞きして、本編読了後に、更に新鮮な気持ちでリシェリとジノンのいちゃラブを楽しんでいただけたらいいな、と願いつつ、ジノン視点のお話と初夜編の二編を書かせていただきました。いかがだったでしょうか？

ヒロインが現代人で乙女ゲームの異世界を舞台にしたお話を書こうと思った時、それを読んでくださる読者様が自分がロールプレイングしているような面白さで、ヒーローの格好良さや物語の謎をヒロインと一緒にドキドキと体感できたらいいなと思いながら書いたお話です。

中身は天然コミカルな現代人のリシェリと、全方位にイケメンな王太子のジノン。いつか王子をヒーローに設定する時がきたら、これまで書いたヒーローの中でも一番いい男に書こう！　と以前から決めていたのもあって、タイトルに「イケメン」と安

直に入れたわけなんですが（笑）

ゆるふわ愛でられヒロインリシェリを設定するともう、格好良くて凛としたイケメンのはずのジノンが、リシェリのマイペースなド天然ぶりに調子を狂わされていく様子が可愛くて、書くのが楽しすぎました（笑）読者様の心をきゅんと操るハッピーなお話にできていたら嬉しいです。

私は小説を書き始めた頃から、大好きな小説ばかり刊行されているメリッサ様からいつか私も本が出せたらいいなとずっと目標にしていたので、書籍化のお声がけをいただき夢が叶ったことが本当に幸せで、さらに大好きなイラストレーターの、すらだまみ様にイラストを担当していただけるとお聞きした時は、本当に脳内でリンゴーンリンゴーンと喜びの鐘が鳴り響きました。

イラストのリシェリが、もう本当に可愛くて可愛くて、内面の愛らしさも伝わってきて髪型も可愛い♡ジノンにいたっては外見と内面の凄絶な格好良さがダダ漏れで、まさにイケメン♡カバーイラストは幼馴染みで婚約者の二人のきゅんな空気感はもちろん、妖精がいて魔法が使える異世界を幻想的に描いてくださって、本当に幸せで宝物です。きっと皆様の胸も素敵なイラストにきゅんきゅんとときめいたのではないでしょうか？

今回、この小説がとても素敵な本として皆様にお目見えが叶いましたのは、編集部の担当様、校閲様、デザイナー様、イラストレーターのすらだまみ様、この本に携わってくださったすべての方、そしてＷｅｂから応援してくださっていた読者の皆様のおかげです。この小説を読んでくださったすべての方に、心から感謝申し上げます。

こ、こんなイケメンが私《わたし》の幼《おさな》馴《な》染《じ》みで婚《こん》約《やく》者《しゃ》ですって？　さすが悪《あく》役《やく》令《れい》嬢《じょう》、それくらいの器《うつわ》じゃなければこんな大《たい》役《やく》務《つと》まらないわ

夏の葵

2023年4月5日　初版発行

著者　夏の葵

発行者　野内雅宏

発行所　株式会社一迅社
〒160-0022　東京都新宿区新宿3-1-13　京王新宿追分ビル5F
電話　03-5312-7432（編集）
電話　03-5312-6150（販売）
発売元：株式会社講談社（講談社・一迅社）

印刷・製本　大日本印刷株式会社

DTP　株式会社三協美術

装丁　AFTERGLOW

ISBN978-4-7580-9544-0

●本書は「ムーンライトノベルズ」（https://mnlt.syosetu.com/）に掲載されていたものを改稿の上書籍化したものです。
●この作品はフィクションです。実際の人物・団体・事件などには関係ありません。

MELISSA